時を追う者
THE TIME CHASER
佐々木譲
Sasaki Joh
光文社

時を追う者

装幀　坂野公一（welle design）
写真　毎日新聞社（兵士）
Adobe Stock（炎）
地図　デザイン・プレイス・デマンド

満州およびその周辺

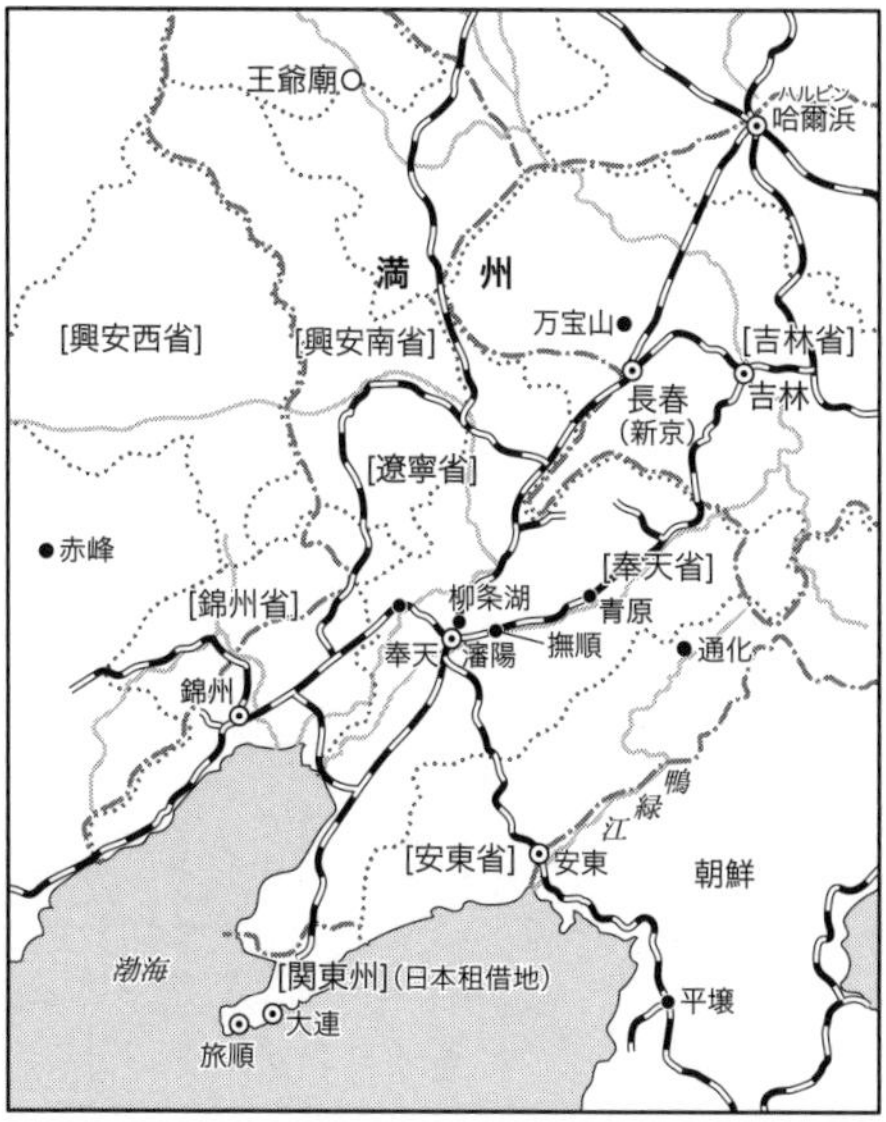

大連市街地図(1931年)

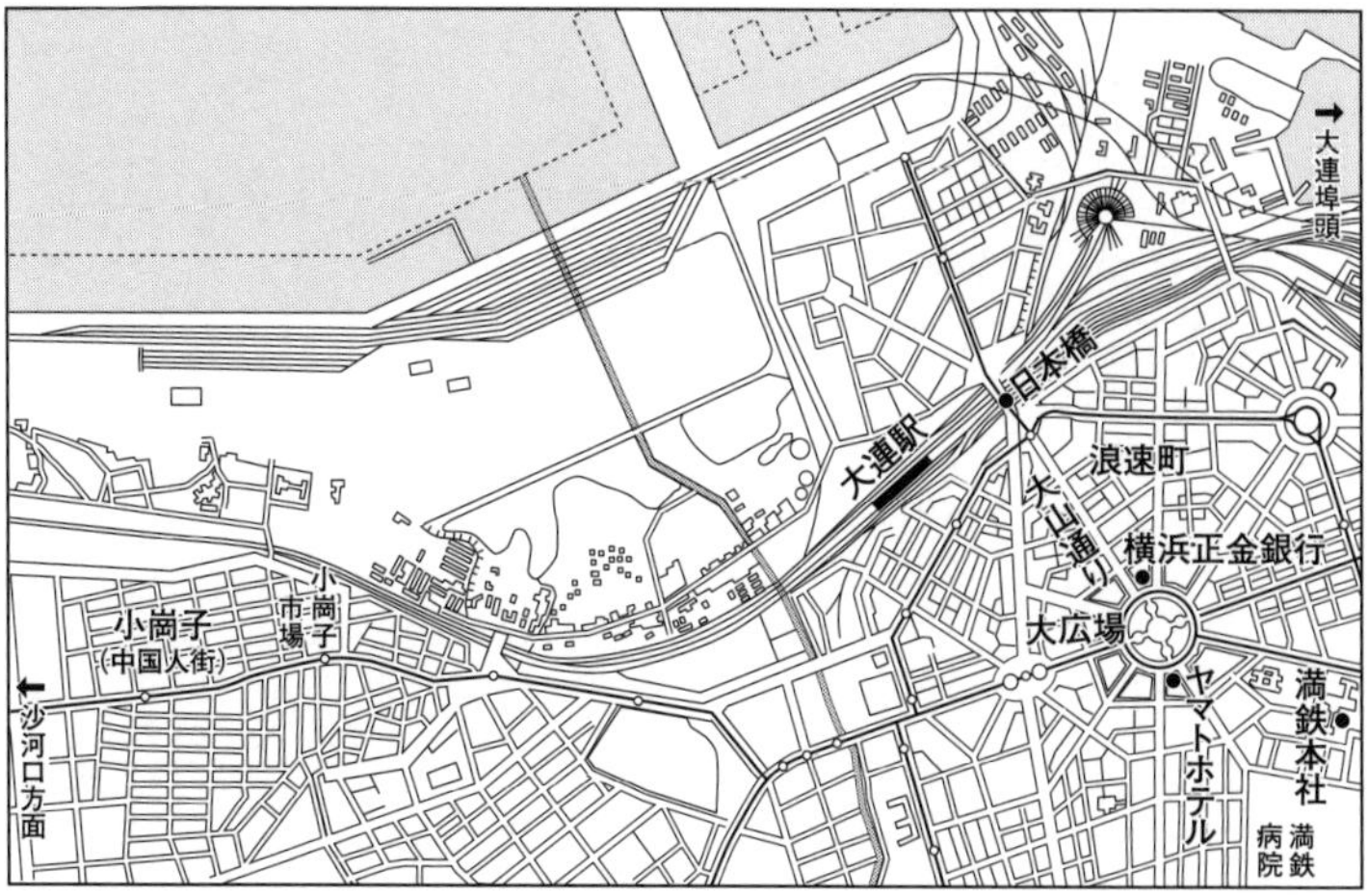

奉天・瀋陽市街地図（1931年）

▢＝満鉄付属地

1

部屋には、白いヘルメットをかぶったアメリカ陸軍のMP（憲兵）がふたりいた。

直樹《なおき》が部屋に入ると、憲兵たちは興味深げな顔で直樹を見て、脇によけた。

真正面に机があって、年配の日本人警察官が椅子に腰掛けている。その警察官は書類を手にして顔を上げた。

「藤堂《とうどう》直樹だな」

「ええ」と、直樹は答えた。

ついいましがたまでは、番号で呼ばれていた。本名で呼ばれたということは、やはりもう留置は終わったということなのだろう。理由も告げられず留置房から出され、指示されたとおりに書類に署名して拇印《ぼいん》を押し、逮捕されたときに着ていた服に着替えた。そうして警察官たちにはさまれて階段を下り、いまこの部屋に入れられたのだった。

しかし、米軍の憲兵がなぜここにいるのかわからなかった。この警察署が、GHQ管理となったはずもあるまいが。

その警察官は、憲兵たちを目で示して言った。

「こちら、進駐軍の憲兵隊が、お前の身柄を引き取るそうだ。書類を見てもわからんが、何をやったんだ？」

　直樹は言った。

「さあ。何のことだか」

「アカだったのか？」

「違う」

「行け」

　振り返ると、憲兵のひとりがドアを開けて英語で言った。

「来い」

　憲兵たちは直樹に手錠をかけるわけでもなく、捕縄《ほじょう》を使ったりもしなかった。

　直樹はドアを開けた憲兵について廊下に出た。もうひとりの憲兵が、直樹のあとから部屋を出てきた。次に自分は、進駐軍の憲兵隊の本部に連行なのだろうか。でも、自分が引っ張られる理由が思い当たらない。

　こんどの逮捕は、労働争議の中で起こった。勤める石鹸《せっけん》工場がストライキに入り、スト破りのならず者たちと激しく衝突したとき、駆けつけた警官に暴行の現行犯として逮捕された。しかし、従業員百人の工場の労働争議に、進駐軍憲兵隊が関わることはないだろう。

　先を行く憲兵は大柄だ。直樹も身長は百七十二センチある。日本男児としてはけっして小柄ではないが、その憲兵は百九十センチ近いだろう。後ろからついてくる憲兵のほうは、直樹よりも数センチ背が高い程度だが。

　廊下を一回曲がって、その警察署の正面玄関に出た。外の光がまばゆかった。目の前の幹線道路の穴だらけの路面は、八月の陽光を照り返している。気温も高かった。舗道脇に、幌《ほろ》をつけた米軍の四輪駆動車、ジープが停《と》まっている。

後ろの憲兵が言った。

「後ろの席に乗れ」

後部席に、初老の男がいる。日本人だ。眼鏡をかけてソフト帽をかぶり、白い開襟《かいきん》シャツを着ている。微笑を直樹に向けてきた。知り合いだろうか。

ジープの助手席のシートを前に倒して、直樹は初老の男の隣りのシートに腰掛けた。初めてジープに乗るが、後部席は予想外に狭かった。

初老の男が、直樹を見つめて言った。

「やっとあんたを見つけた」

直樹は言った。

「藤堂です。お知り合いでしたっけ」

「忘れていても無理はないな。三コマだけ、きみたちに日本近代史を講義した」初老の男は名乗った。「守屋《もりや》だ」

思い出した。直樹は思わず声を漏らしていた。

「守屋先生」

守屋淳一郎《じゅんいちろう》。東京帝国大学の史学科の教授だ。直樹が陸軍予備士官学校を卒業したあと、陸軍中野《なかの》学校への入学を命じられて諜報員《ちょうほういん》として訓練を受けていたとき、近代史の座学の講師として、守屋が幕末・維新史を語った。

守屋の幕末・維新史は、それまで学校で習ってきた薩摩《さつま》長州《ちょうしゅう》の史観によるものとはまったく違っていた。直樹はもともと東京出身だから、子供のころから佐幕《さばく》側の維新の見方を親や近所のひとから断片的に聞いていた。守屋の講義は、その非薩長史観をさらに徹底したものだった。中野学校であればこそ聞ける維新史だったが、あの時期、それはある意味で危険思想だった。守屋は維新史に登場する薩摩長州の軍人や政治家たちの名を、嫌悪を感じさせる調子で呼ぶこともあった。

守屋は直樹を見つめて安堵《あんど》したように言った。

「覚えていてくれたか。あんたの本名を知らなかったから、捜すのに苦労した」

陸軍中野学校に入った瞬間に、生徒には偽名が与えられ、その名で身分証明書や旅券が支給される。校内で、そして公務中は、本名は名乗ってはならなかったのだ。

直樹は訊《き》いた。

「わたしはどうして進駐軍の憲兵に引っ張られるんです?」

「引っ張られるんじゃない。逮捕されていると知って、面倒な手続きをやっている暇はなかった。GHQに頼み込んで、釈放してもらったんだ」

「何か用件でも」

「相談したいことがある」

運転席に乗り込んだ憲兵がジープを発進させた。

「どこに行くんです?」

走るジープの上では、話がしづらかった。守屋は、あとで、と短く答えただけだった。

ジープは旧陸軍火薬製造所跡の一角に建てられた王子《おうじ》警察署の前から発進した。

この一帯は陸軍の兵器補給廠《しょう》や銃砲工場、火薬庫などがあったため、米軍は戦争末期、空襲を繰り返した。陸軍の施設周辺は広い範囲に爆弾が落とされ、戦争が終わったときには、王子区は昭和二十年三月十日の下町大空襲の被災地と似たような、一面の焼け野原となっていた。

軍事施設のうち、一部には進駐軍がキャンプ王子という基地を設けた。かつての陸軍兵器補給廠は、いま進駐軍が接収して、TODつまり東京兵器補給廠となっている。進駐軍関連のほかの機関や部署も集まっているらしい。しかし、ジープはそこに向かうのでもないようだ。

やがて石神井川《しやくじいがわ》を渡ってから、ジープは本郷《ほんごう》通りに入った。本郷台地の尾根筋に延びるこの通りの周辺は、あまり戦災に遇《あ》っていない。というか、戦災をかろうじて免れた地区が多かった。道路の舗装は傷んでいるが、補修は追いついていない。戦争中はろくに自動車など走らなかったから、道路はあまり傷まなかった。逆に終戦後は進駐軍の軍用車の通行が増えたために、傷みもひどくなってきているのだ。

直樹は好奇心が次第に抑えられなくなってきていたが、この揺れるジープの上では、守屋との会話は無理だった。

やがてジープは、旧東京帝国大学の正門前で停まった。左手奥に、塔屋《とうや》のある講堂が見える。東京帝大は、ほぼ戦災を受けなかった。古い石造りや煉瓦《れんが》造りの建物がほぼ無傷で残っている。

「ここだ」と守屋が言って、後部席から降りた。

直樹も守屋にならってジープを降りた。

憲兵のふたりは、あらためてすぐにジープに乗り込んだ。助手席に乗った下士官のほうが、直樹と守屋に、グッドラック、と短く言った。直樹はその憲兵に目礼した。

ジープが本郷通りを南へと走り去ってから、守屋が大学正門の奥を指さして言った。

「ここに来たことは？」

「ありません」

直樹は、明治《めいじ》大学の卒業生だった。地歴科に入学し、アジア史を学んだ。卒業後、陸軍予備士官学校に入学、卒業間近になって中野学校を受験するように軍から指示され、陸軍中野学校に進んだ。入学は昭和十八年七月だから、文科系大学生に適用された、いわゆる学徒出陣は免れている。

守屋が言った。

「奥で、ひとが待っている。わたしたちの話を、じっくり聞いてもらいたいんだ。時間はいいかね?」

直樹は答えた。

「どっちみち、留置されていたんですから」

夏休みのせいか、正門の中央には車止めが置かれている。守屋が門衛所のある右側の通用口から構内に入ったので、直樹も続いた。構内には学生の姿はほとんどなかった。

直樹は守屋の右に並んで訊いた。

「先生は、GHQに力を持っているんですか?」

守屋が苦笑して答えた。

「力などないが、GHQの戦争経緯研究に協力している。こんどの戦争の発端、拡大の経緯について、資料を探したり、読んだり、関係者のインタビューに立ち会って通訳したりということをしているんだ」それから守屋は顔を直樹に向けてきた。「進駐軍の協力者とは、話したくないかね?」

「そんなことはありません。特高《とっこう》や帝国陸軍の憲兵隊は別ですが」

「どちらとも無縁だ」

「いまから、先生の研究室に行くのですか?」

「いいや。同僚の研究室だ。物理学の」

「物理学の?」

直樹はいよいよわからなくなった。物理学の研究者が自分に何の用だ？

守屋が訊いた。

「きみは腹は減っていないかな？」

そう言われれば、空腹だ。昨日逮捕されて、今朝まで留置場の食事だった。このご時世に、警察が留置者にたっぷりの量の食事など出すわけがない。

「減っていますが」

「同僚は、何か簡単な昼ご飯を出してくれるだろう。アメリカふうの」

「アメリカ人なのですか？」

「日本人さ。わたし同様にGHQに協力している。報酬はドルでもらえる。PX（売店）であちらの食品が買えるんだ。その同僚の研究室で、食べながら話そう」

「何の相談かだけでも伺っていいですか？」

「うん」守屋は少し困ったようにうなずいた。「どのように切り出したらいいものか、じつは悩んでいる。同僚の部屋で、そもそものところから話そう」

やがて直樹たちは、講堂に達した。

守屋はその講堂入り口のほうに向かっていく。物理学の教授がこの講堂の中に？

いぶかったけれども、黙って守屋のあとを歩いた。守屋は勝手知ったる様子で講堂の二階に上がり、さらに中央の塔の中にある階段室に入った。

塔の屋上へと出ると、想像もしなかったほどに展望が広がっていた。とくに、東南、南方面が開けている。東京大学は、本郷台地の上に広大な敷地を持っている。大学の中でもっとも高いのがこの講堂の塔であり、もともと見晴らしはよかったはずだ。戦争で都心から高い建物がほとんど消えたいまは、いっそう遠望がきくようになっているのだ。

直樹は墨田《すみだ》区方向が見える側の胸壁《きょうへき》まで歩いて、遠くに目をやった。隅田川《すみだがわ》の向こうに、まったく高い建物のない平坦地《へいたんち》が広がっている。建っているのは、ほとんどがあり合わせの廃材で建てた木造家屋であり、ぽつりぽつりと、再建された公共施設や民間の事務所、町工場などの建物がある。目を凝《こ》らしたが、かつて自分の家があったあたりは、密集した掘っ建て小屋が広がっているだけだ。

守屋が直樹の横に立って、同じ方向に目を向けながら訊いてきた。

「きみの家は、どのあたりになる?」

「両国橋《りょうごくばし》の向こうです。吉良《きら》の屋敷があった近く」

「あの大空襲があった日は、どこにいたんだったか?」

「シンガポール。昭南島《しょうなんとう》です」

「ご家族のみなさんは?」

「行方不明、というか、あの夜に死にました。両親、妹と弟。千葉に嫁いでいた姉だけが、自分の生き残った身内です」

「会いたいかね?」

「もちろんですよ。外地で三月十日の空襲のことを知り、被災者の数を知って、覚悟はしていましたが、復員してみてあの場に立って、その場にへたり込んで、半日動けませんでした」

「もしきみが、三月十日の大空襲のことを事前に知っていたら、家族には伝えたかね?」

「シンガポールから?」

「どこにいようと、きみは家族を救ったろうかという質問さ」

「それが軍事機密であっても？」

「軍機だろうと何だろうと、きみが知っている情報を伝えたなら、家族が助かるとしたら、きみはどうする？」

答え方に迷った。なんとか運に頼って生き延びてくれと考えるのが、終戦までの自分であったろう。軍機を漏らしたりはしない。

ただ、この戦争の様相は、内地で自分が想像していたものとは違った。軍のありようもだ。そして何より、このように国を焦土とするまでの戦争遂行に、何の意味もなかったのだと感じる。自分は予備士官学校の次にさいわい中野学校で諜報員としての訓練を受け、この帝国の外の世界のありよう、別の世界の歴史も知ってきたせいなのかもしれないのだが。

直樹は言った。

「答えようがありません。何も知らずに戦ってきた。自分の町が、自分の国が、ここまで徹底的に燃やされ、瓦礫《がれき》とされる未来など、考えたこともなかったんです。疎開しろとは言ったでしょう」

「いっときはアジアと太平洋にあれほどまで版図《はんと》を広げた帝国の、その末路がこれだ。内地の大都市は大部分が東京と同じ様となり、広島と長崎は原子爆弾で消えた」

直樹は胸壁から離れ、屋上をゆっくり回り、一九四九年夏の、つまり終戦から四年後の東京のありさまを見てから、守屋に訊いた。

「きょうの相談と、この塔の上にやってきたことは関係するんですか？」

「ああ」うなずいてから守屋は、階段の入り口を指さした。「下りよう」

階段を下りながら、直樹は言った。

「単刀直入に言っていただいたほうが、いいかもしれません」

「あとで同僚も補足するが、さっきの質問をもう少し広げた主題で、相談したいんだ」

「広げた主題?」

「もし、もしきみに、戦争を回避できる機会が与えられたら、きみはそうするかね?」

意味がわからなかった。

「戦争がまた始まるんですか?」朝鮮半島のことを言っているのだろうか。それともインドネシア? あるいは中国か? 国共《こっきょう》内戦は、まだ続いているが。「日本がまた始めると?」

「違う。われわれがみな体験してきた、ついこのあいだまでの戦争のことだ」

「その戦争を回避する? 終わってしまった戦争なのに?」

「始まる前に止められるとしたらどうだ?」

「意味がわからないのですが」

「わたしも、正直なところ、うまく説明できない。その説明は、同僚がする。可能かどうかはさておき、もしできるならという条件をつけての質問だとして、どうだ?」

冗談なのか、と直樹は思った。あるいは、何かの試験なのか。答え方から、直樹の性格なり、心理学的な特徴なりを探ろうということだろうか。中野学校の面接試験が一部はそうであったように。でも、いまはその試験の場ではない。真剣に答えなくてもいい。

「わたしが止められるようなことなんですか、そもそも」

「ああ」

「歴史の流れを?」

「歴史はひとの決断と、営みと、そして偶然の結果だ。止められる部分はある」

「止められる部分?」

「さっきも言ったが、わたしはＧＨＱに協力して、戦争がどのように始まり、どのように終わったかを調べてきた。ＧＨＱは関係者を片っ端から呼び出し、証言させた。いつ誰のどんな決断が何をもたらしたか、かなりのことが解明できた。逆の言い方をすれば、どこで何を止めれば、戦争は起こらなかったのかもわかる」

「どこでどうして、ということがわかっていたとしても、わたしは過去の戦争回避のために具体的には何ができるんです？」

「開戦謀略の阻止。戦争を始めた者たちの排除」

「わたしはいま、戦争が終わって四年後の東京にいるんですよ」

「もし、ということだ。もしそういう機会が与えられたら、きみはそうするかね」

直樹は考えた。どっちみち、これが何かの試験なのであれば、どう答えても言質《げんち》を取られたことにはならないだろう。

「現実的なことであれば、しますね。止めますよ。あの戦争の結果が、この東京なのですから」

守屋はかすかに安堵したように見えた。

講堂の一階まで下りた。目指す建物は、この講堂の真後ろにあるのだという。

講堂の裏手へと歩きながら、直樹は訊いた。

「どういうことを想定しているのかわかりませんが、先生がわたしにそんな質問をするのはなぜです？」

少し間を空けてから、守屋は答えた。

「きみが陸軍中野学校の出身だから。卒業後は、有能な諜報員であり、工作員だったと聞いているから」

黙っていると、守屋は続けた。

「戦争の末期、シンガポールでの、英国諜報部によるチャンドラ・ボース暗殺阻止の一件、きみだろう？」

答えられることではない。直樹は逆に訊いた。

「仮定の質問でしたけど、ずいぶん真剣な調子にも聞こえました」

「真剣だ」と守屋。「ただの思考実験や冗談で、きみをわざわざ警察から身請けしてきたりはしない。ＧＨＱに、理由は明かさずに釈放命令書まで書いてもらって」

「話だけ聞かせてください。釈放してもらったんだし」

講堂の真後ろにある赤煉瓦造りの建物の中に入った。五階建てだ。理・工学部の建物だという。正面の入り口を入り、ひんやりとした廊下を進んで、階段を上った。

二階の廊下をかなり奥まで進んで、守屋がひとつの部屋のドアの前で立ち止まった。

名前が記されている。

「和久田《わくだ》」

奥に細長い部屋だった。両側の壁の、一面は書棚だが、もう一面は大きな黒板だ。板いっぱいに、何か数式のようなものがチョークで書かれている。

部屋の中央にテーブルがあり、真正面、窓を背にしてデスクが置かれていた。デスクの向こうに、頭髪の薄い中年男性がいる。丸眼鏡をかけていた。理工系の研究者には多いが、世間擦《ず》れしたところを感じさせない、清潔な印象のある顔だちだった。

守屋がその男に直樹を紹介した。

「先日話した藤堂直樹くんです」

ついで中年男を直樹に。

理学部の、和久田元《はじめ》教授とのことだった。

守屋は和久田に言った。

「中野学校の生徒だったものですから、ついわたしは、くんづけで呼んでしまうけれども、藤堂さんと呼ぶのがいいのかもしれない」

直樹は守屋と和久田を交互に見て言った。

「若造ですから、くん、でけっこうです」

和久田は机の前の大テーブルに、厚切りの肉を載せたパンを用意していた。湯呑《ゆの》み茶碗も三個出ている。それに小ぶりのアルミ製のヤカン。

和久田が言った。

「パンにミートローフという肉を載せた。ミートローフは、アメリカの家庭ではよく食べる挽《ひ》き肉の料理だそうだ。紅茶は、アールグレイだ」

進駐軍のPXから手に入れてきたものなのだろう。パンは、日本の食パンのような白いものではなく、褐色《かっしょく》だった。

椅子を勧められて、正面の席に着いた和久田から見て、左側の椅子に直樹は腰を下ろした。守屋は、直樹の向かい側だ。守屋が、ヤカンから紅茶を湯呑茶碗に注《そそ》いで、それぞれの前に置いた。

和久田が直樹に目を向けて、うれしそうに言った。

「諜報活動とか破壊工作の専門家が入ってくれて、心強いところです。ありがとうございます」

「待ってくだ……」言いかけたが、守屋が和久田に言った。

「藤堂くんは、まだ承諾していないんです。全部話す時間もなかった。わたしには、あの仮説が説明できそうもないということもあって」

　和久田が不思議そうに守屋を見つめた。

「じゃあ、百年戻しの洞穴《どうけつ》のことは？」

「まだ何も」

「計画の件は、了解してもらえたのですよね？」

「やります、とは言ってもらった」

「ちょっと待ってください」あわてて直樹はあいだに入った。「あの仮定の話の件ですよね？　戦争を回避できるならするかという」

　守屋が、困惑した顔で直樹を見つめてきた。

「思考実験でも冗談でもないと言ったはずだ」

「現実的なことならと、わたしは答えました。でもあの戦争を事前に回避するって話がどうして仮定じゃないんです？　戦争はとうに終わっているんですよ」

「それでも、止めねばならないからだ。だから、わたしは慎重に藤堂くんの気持ちを確かめたつもりだった」

「起こってしまった戦争を、いまさらどうやって止めることができるんです？」

「それも答えた。開戦の陰謀を打ち砕くか、責任者を排除するんだ」

「どうやってです？　たしかにわたしは、諜報活動、破壊工作活動の訓練を受けましたが、過去に戻る訓練なんて受けていない」

　和久田が穏やかな声で言った。

「訓練は必要ない。わたしたちが、送り出す」

「はあ?」と、直樹は首を傾けて和久田の顔を見た。送り出す、といま和久田は言ったのか? 送り出す? 過去に? 開戦前の日本に? 船にでも乗せてか?

和久田も、直樹がまったく話題について予備知識を持っていなかったことで面食らっているようだった。この面談前に守屋がすっかり話しているはずだと思い込んでいたのだろう。

和久田は言った。

「小さな旅行になる。どこかの山に登ることを想像してもらえるとわかりやすいかもしれない」

「開戦前に行けるような山があるんですか?」

「守屋先生が」と、和久田は守屋のほうを目で示してから言った。「地方の歴史研究家と情報を交換していて、行ける場所があるのではないかと考えるようになった」

「開戦前の過去に行ける場所が?」

「行って帰って来られる場所だ」

「そんな都合のいい場所があって、どうして知られていないんです? 誰か行って帰ってきたひとがいるんですか?」

そのとき、視線がついテーブルの上のパンに動いた。

和久田は見逃さなかった。

「遠慮なく食べてくれないか。紅茶も、いい香りがする。柑橘《かんきつ》系の果物の香りをつけた紅茶なんだ」

すぐには手が伸びなかった。またここでも借りを作ることになる。

守屋が言った。

「お察しのとおりだ。買収するつもりなんだ。買収されたと思えば、気も軽くならないかな。わたしもいただく」

直樹はパンに手を伸ばして言った。

「買収はされませんが、ここは呼ばれます」

ミートローフを載せたパンを頬張《ほおば》った。初めて口にするものだった。あっと言う間に一枚を食べ、お茶を飲んでから、もう一枚を食べた。

お茶をまた喉に入れているときに、まるで会話の中断などなかったかのように守屋が言った。

「きみは、百年戻しの洞穴の話を聞いたことはないだろうか？」

昔話かおとぎ話に、そのような名のものがあったような気がする。本で読んだのではないはずだ。子供のころ、近所の話好きの年寄りか誰かに聞いたのではなかったか。いや、たしかに聞いたという確信もなくなってきた。べつの物語を、子供の自分はそのような名の物語として解釈したのだったか。あるいは、自分が聞いたのは、浦島太郎《うらしまたろう》の昔話の少し変わった筋のものだったのか？

守屋は続けた。

「日本各地に、百年戻しとか、百年返しと呼ばれる風習の言い伝えがある。ひとを、過去に追いやってしまう、その共同体のひそかな刑罰のことだ」

「ぼんやりと」直樹は答えた。「子供のころに、聞いたことがあるかもしれません。あれは刑罰の話だったのですか」

「その土地で共同体から追放しなければならない人物が出たとき、洞穴とか、大地の裂け目などに追い込むのだ。追い込まれた者は、過去に行ってしまう」

「話の中身を覚えていませんが、過去に行ったと、どうしてわかるんです？」

「そうした洞穴とか亀裂の周辺には、未来から来た人物の伝説が残っている場合もあるからだ」

「未来から来たと、本人は言っていたという伝説があるんですね？」

「いいや。自分はいついつに、こういう理由で穴に放り込まれ、先へ先へと進んでみるとここに出た、と言ったというような伝承だ。それまで使われていない元号で、穴に入ったときのことを証言したりする」

「きっと後世に捏造《ねつぞう》されたか、時代特定を間違えた記録文書ですね。不合理な記述があれば、歴史学者ならそう解釈するのではありませんか？」

「どうしても、そういう解釈では疑問が残るという記録もあるんだ。わたしは近世史が専門だが、一次史料や古文書は読める。そして、全国にいくつもある伝承のうちに一ヵ所だけ、確実にこれは事実を伝えていると信じるようになった場所がある」

「その百年戻しの穴は、科学的にはどう解釈できるんです？」

守屋が、助けを求めるように和久田を見た。

和久田が椅子の上で姿勢を正して口を開いた。

「きみにわかるように言うとすれば、ねじれている」

「どんなふうにです？」

「始まりがなく、終わりもない」

「それは」直樹は、その言葉を咀嚼《そしゃく》してみようとした。「入り口もなく、出口もないということですか？」

「かえってわかりにくいか。きみは、メビウスの帯を知っているか？」

少し考えてから、直樹は答えた。

「見せ物小屋の、手品師が見せていたリボンのことかな。輪を切ったら、大きな輪ができたり、からみあった二本の輪ができたりした。中学に入って、数学の教師からそれはメビウスの帯だと教えられましたが」

「それに近い穴を考えてくれるといい。穴は、無限に続くように感じられる。気がつくと、一度通り過ぎたところを歩くことになる」

直樹は言った。

「わたしは学生時代、山登りが好きでした。冬山でのリング・ワンデルングという遭難に似た現象をやらかしたことがありますが」

それは悪天候のときとか夜間、目標物がない場所を進んでいて、方向を見失って輪を描くように歩いてしまうことだ。もといた場所に再び出てしまって、ようやく自分たちが遭難していたことを知る。わりあい平坦な雪山とか、広い谷間、高原などでやってしまう。それと似たようなことが起きる穴、ということか？

直樹の表情から、自分の言ったことが理解できたとは思えなかったのだろう。彼は続けた。

「その穴の場合は、同じ場所に戻ることができるというよりは、過ぎ去った時間に戻ることができるんだ」

和久田はとつぜん激しくかぶりを振って、いまにも悲鳴を上げそうな顔となった。

直樹は驚いて和久田を見つめた。

和久田は立ち上がって言った。

「違う。違う。そういうことじゃないんだ。そういうアナロジーでは説明できない」

最後は深い嘆きのように聞こえた。

直樹は啞然《あぜん》として守屋を見つめた。守屋はうなずいてくる。心配しなくていい、とでも言ったのか。

　和久田はため息をついてから、また直樹を見つめてきた。

「その穴は、ねじれている」と、落ち着きを取り戻した声で和久田が言った。「いま守屋先生から記録が説明されていたとおり、簡単に言えば、その穴に入ると時間を遡《さかのぼ》ることができる。空間の移動が、過去へ遡る時間移動ともなる地球の亀裂が、そこだ」

　守屋が言った。

「百年戻し、あるいは百年返しという伝承の、科学的な意味だ」

　直樹は守屋に意地悪く訊いた。

「そういう穴が、じっさいにあったとおっしゃるんですか？　その穴に放りこまれて、時間を遡ることができた人間が、ほんとうにいたと？」

「どうしても、その土地にあった事実だとしか思えない伝承もある」

「その穴を使って、こんどの戦争の前の過去に行って、歴史を変えて来いと？」

「そのとおりだ」

「百年前といったら、行けるのは明治維新の前じゃありませんか。それとも、過去の任意の時代に行けるのですか」

「いまなら、こんどの戦争が始まる直前に行ける穴がある」

「百年戻しの穴なのに？」

　また和久田が言った。

「百年というのはたとえに過ぎないし、帯は、収縮しているんだ」

「収縮？」

「そうだ。もしさっききみがメビウスの帯のような立体を想像したのなら、その立体がどんどん小さくなってゆくところも想像してくれ。直径が小さくなっていくとわかりやすいかな。そうした地球の亀裂では、かつてはとんでもない大昔にまで行くことができたはずだ。でも、いまはつい少し前までしか行くことができないサイズとなっている」

守屋が補足するように言った。

「いくつかの伝承のあった洞穴は、収縮してとうにそのねじれが消滅してしまった。あるいは、穴の入り口が崩落するとか、物理的な変化のせいで、亀裂はひとの前から消えたのだろう。だから、確認できるような記録もないんだ。伝承のもととなった事実はおそらく、日本人のほんの一部しか文字を書けなかったころが最後だ。いや、もっと前かもしれないな。天《あま》の岩戸《いわと》伝説が生まれたころとか」

直樹は和久田に訊いた。

「どうしてそんな地球の亀裂が、収縮したり消滅したりするんです？」

「正直に言えば、わからない。ただ、仮説は思いつく」

「どんな仮説です？」

「地学は専門ではないが、地球が安定してきているからだろう。逆に言うと、日本にぽつぽつと百年戻しのような伝承が残っているのは、日本列島が地球のスケールで俯瞰《ふかん》すると、いくらか不安定だったからだ、とも言える」

和久田が、テーブルの上に残っていたパンを手に取った。直樹は自分がその手を見つめていたことに気づいて、あわてて意識をこの場の主題に戻した。

「もし」と直樹は唾を飲み込んでから守屋に訊いた。「その時間を遡れる穴を使えば、自在に開戦前に、開戦回避ができる時に行けるんですか」

　守屋が答えた。

「行ける時代は選ぶことができない。いま和久田先生が言ったように、わたしたちが目星をつけている穴、地球の亀裂も、どんどん収縮している。行ける時代は、ほんの少し昔でしかないだろうと計算できるんだ」

　守屋が、自分の説明は間違えていないか、と問うたような目で和久田を見た。

　和久田はパンを手にしたまま答えた。

「守屋先生が調べた伝承のうちで、いま現実に時間遡行《そこう》が可能だと推定される亀裂がいくつかある。そしてそのひとつの亀裂を使うと、この一九四九年から二十年前後の過去に行けるんだ。ただ、正確な数字は出ない。守屋先生が調べた記録から、逆にその規則性についての仮説を立てて話している」

「二十年前後の過去に行って、戦争を回避できるんですか」

　守屋がうなずいた。

「わたしはGHQが戦争の経緯を調べるのに協力していると言ったろう。誰が何をやったから戦争となり、あるいは戦争が拡大し、止めようもないものになったかわかる。張作霖《ちょうさくりん》爆殺事件の真相は知っているね？」

「中野学校で教えられました」

　それは昭和三年、一九二八年に、満州《まんしゅう》の軍閥の指導者・張作霖が、国民党軍《こくみんとう》に追われて北京《ペキン》から奉天《ほうてん》に退去していたとき、乗っていた列車ごと爆破されて死亡した一件だ。日本国内には、中国の国民党軍か抗日組織によるものとして発表された。満州某重大事件、と呼ばれた。

守屋が言った。

「誰が計画し、誰が実行したか、いまは明らかになった。関東軍《かんとう》が満州全土を占領するための謀略だったが、当時の田中《たなか》総理は関東軍の出動を認めず、関東軍の、ということは陸軍のということだが、満州占領計画はいったん中止された」

直樹は言った。

「関東軍がやったという真相は、中野学校では教えられていました」

「では、満州事変のことは、どの程度知っている?」

満州事変は、張作霖爆殺事件の三年後、一九三一年、昭和六年に起こった。張作霖爆殺事件の現場にも近い柳条湖《りゅうじょうこ》で南満州鉄道の線路が爆破され、関東軍はこれを張作霖の息子・張学良《がくりょう》の仕業として軍事行動を起こし、満州南半分を占領した。日本陸軍中央と政府もこれを追認した。日本政府は当初、不拡大、を唱《とな》えていたが、関東軍は翌年春までには北部満州までを占領している。

国民党政府は、日本軍の軍事行動を国際連盟に訴え、連盟は満州に調査団を派遣、事件を関東軍の仕業と断定した。しかし日本政府はこの調査結果を受け入れず、ついには国際連盟を脱退するまでの事態となった。日本はこの間、一九三二年、占領した満州に傀儡《かいらい》国家・満州国を樹立した。さらに日本は万里の長城の内側、河北《かほく》省、熱河《ねっか》省にも軍を進め、最後には日中戦争に突入していったのだ。しかし、中野学校でも、満州事変から満州国建国、そして支那事変すなわち日中戦争に至る過程の詳細は教えられていない。

直樹は答えた。

「事情はよく知りません」

「GHQは解明した。やはり誰が企画し、誰が実行したか。その個人名、密謀が計画された日時、場所がほぼわかっている」

「さっき先生が、謀略の阻止、関係者の排除で戦争は回避できる、とおっしゃったのは、その謀略を事前につぶすか、関係者を物理的に遠ざけてしまうということですね？」

排除という言葉が、暗殺を意味するだろうとはもう想像がついている。でも、ここではまだ、そう直截《ちょくせつ》には言いたくなかった。

「そのとおりだ」守屋がうなずいた。「もちろん、この破局、この破滅に直接つながる歴史的事件はほかにもいくつか数えられる。でも、わたしたちがいま行って修正が可能な過去は、話したようにいまから二十年前ほどの過去だ」

和久田が言った。

「二十一年プラスマイナス二年の誤差、とわたしは計算する」

守屋が続けた。

「その範囲でやれるとすれば、このふたつの事件の阻止だが、満州でのこれらの事件の前に、陸軍の狂気の軍国主義者たちを排除するのが確実だ。あとのふたつの事件については、首謀者たちの事前の排除という強硬手段ではなくても、中国側に事前に謀略の存在を報《しら》せて信じてもらえるなら、回避できることかとも思う。回避できたなら、その後の日中戦争も、太平洋戦争もなかったかもしれない。そのくらいの大きな分岐点だ」

「もし満州事変の謀略を阻止したとしても、満州占領や日中戦争が多少遅れるだけでは？」

「そうは思わない。成功した謀略は、幸運と偶然が奇跡的にはまったというものが多いんだ。逆に言えば、小さなしくじりさえも、歴史を大きく変えてしまう。力の向きがほんの一度変わっただけで、三年後の歴史の様相は想像もつかないものになる。やってみる価値はある」

「平和が確実でもないのに？」

「わたしたちには、二十年前に行って戦争を止められる機会があるんだ。それを使わない手はないし、多少遅れさせることにしか過ぎなくても、する意味はある。どれだけの命が助かるかを考えてもだ」

和久田が、首を振りながら言った。

「こういう問題は、一かゼロだ。このひとの説得は、無理だったようだな」

和久田は身体《からだ》の向きを黒板のほうに向けた。目の焦点はとくに黒板に書かれた数式めいたものには向いていない。うつろな目にも見える。

直樹はまた和久田に顔を向けた。

「その地球の亀裂を使うにしても、そもそも過去になんて行けるものなのですか？」

和久田がまた直樹に顔を向けて、謹厳な顔でうなずいた。

「行けないと証明されてはいない。つい最近、プリンストン大学のクルト・ゲーデルという数学者、論理学者が、時間的閉曲線が存在することを論文として発表した。わたしは論文そのものを読んではいないが、要旨は耳にした。その論文では、宇宙の歴史が周期的に繰り返されると解釈できるようなのだ」

「申し訳ありません。物理学はまったく不得手《ふえて》です。わかりません」

「その論文では、時間旅行は理論的に可能だと解釈できる」

「理論的には、というのは、現実には不可能という意味では？」

「テレビジョンを知っているね？」

「聞いたことはあります。遠くのものを、小さな映画のように映し出す技術だとか」

「そうだ。日本ではまだまだ先になるだろうが、テレビジョンは、アメリカやドイツでは戦前にはもう実現されていた。二〇年代かな。ただ、電子を使ったテレビジョンの理論は、その五十年以上前から存在した。しかし真空管や撮像管が存在しなかったので、当時は、理論的には可能、としか言えなかった」

「理論的に可能なら、現実にも可能だと？」

「そのとおりだ」

「もうひとつわかりません。ほんとうに、過去を変えられますか？」

「ひとが過去に行けるのなら、変えられる。行った瞬間に、その過去は変わらざるを得ない」

「過去が変わってしまえば、その十八年後、あの戦争を回避しなければと悩む先生は、存在していないことになるのですね」

「そうだ。このようなわたしは存在せず、戦争回避を相談するきょうのこの集まりもないだろう。わたしは妻を空襲で失わず、いや、それ以前に、ハーバード大学からの招聘《しょうへい》を断らずにすんだろう。何の不都合がある？」

「いまのこの現実の中に、失いたくないものはないのですか？」

「選択肢が示されるわけでもない時間の中を生きるだけだ。何ひとつ失うわけでもない」

「十八年前に戦争を回避できたら、その影響は膨大な範囲に及びます。悪いほうにもです。先生は、列車事故に遭うかもしれない。奥さんとはめぐり合えないかもしれない」

「世の中が壊滅したこの歴史よりも、もっと悪い歴史を想像できるのかな？」

反論もできないままに、もうひとつ直樹は訊いた。

「その過去に送る者として、わたしひとりしか、当たってはいないのですか？」

質問し終えた瞬間に、自分は蟻《あり》地獄に落ち込むことになったと意識した。まるで自分は、計画に乗ることを前提としているような質問をしてしまった。

守屋が答えた。

「きみ以外に、思い浮かばなかった」

「ひとりでやらせようと言うのですか？　わたしは狙撃の訓練は受けていませんよ」

「方法はともかく、きみを補佐する者が何人か、必要だろうとは思っている」

「候補はいないんですよね？」

「それも相談したい。誰が必要か。誰に呼びかけたらよいか」

「何人か、諜報や破壊工作の専門家が必要になるでしょう」

「わたしたちには、まったく当てはない」

「わたしが先生たちの計画に乗ったとして、わたしはここに戻ってこられるのですか？」

「行った過去から？」

「ええ。自分が変えた歴史の二十何年か後に。戦争が回避された歴史の、一九四九年に」

「帰還できる。百年戻しされた者が、短時間で戻ってきた記録もある。追放した側が、追放した事実を覚えていたのだから、追放した時間と同じ歴史の中に戻ってきたのだろう。そこはそういう亀裂だ」

「それは、歴史は変えられなかったということではありませんか？」

「追放された人間たちは、何の使命感も信念もなしに過去に行き、変えるほどのことなど何もせずに戻ってきたんだ。外から見れば、洞穴で遭難した人間が数日後に戻ってきただけにしか見えない。いや、本人にとってもそうだろう。その帰還後の世界は、戦争を止めた者が帰ってくる現在とは違う」

　直樹は和久田を見た。先生も、そう約束できるのですね？

「できる」と和久田は言った。「そこがメビウスの帯のようにねじれた穴である、という仮説が正しいならばだ」

　直樹は苦笑した。

「そういう条件がつくんですか」

「テレビジョンのことを思い出してくれ。虚言を口にしたのではない」

　まだ確認したいことはいくつもある。直樹はさらに訊いた。

「送り出した先生たちは、誰かが過去を変えたとは思いも寄らずにその時代を生き、最悪のこの現在よりもはるかにましな一九四九年を迎える。でも、帰ってきたわたしは、自分が過去を変えたことを意識しつつ、こんどは自分が変えた結果としての現在を生きることになるんですね」

「帰ってくれれば」

「錯乱せずに、復員できますか」つい軍隊の言葉を使ってしまった。「帰ってきたわたしは、その世の中になじめますか？」

「あの戦争と敗戦後の世の中を、わたしたちもきみも生き抜いたんだ。いかほどのこともないさ」

「戦争が回避できたなら、帰還したわたしは、おそらく先生たちとも会ってはいない」

「こんな不幸な理由で会わずにすむことを、むしろ喜んでいい」

「いい未来が到来すると、確信されているんですね？」

　守屋が答えた。

「している。その未来では、いやその現実では、きみのお身内もみなお元気に生きていることだろう」

和久田が立ち上がって、直樹と守屋の湯呑茶碗に紅茶を注《つ》ぎ足してくれた。

もしかすると、和久田はもう直樹が説得を受け入れたと考えたか？　まだ自分は決めていないのだが。

直樹は紅茶をふた口飲んでから、守屋に訊《たず》ねた。

「先生は、いまに残っている記録から、そこが時間を行き来できる穴だと確信されたとおっしゃっていました。くどいかもしれませんが、おもしろおかしい昔話とかおとぎ話とは違うのですね？」

守屋が答えた。

「ある土地の百年戻しの伝承は、事実の裏付けがあると信じ得るんだ。その土地に残る追放刑の伝承だ。司法制度の枠の外で行われる事実上の死刑だから、その村なり町なりがやったという公的な記録は残るはずもない。でも土地によっては、明治時代までは確実に、村の総意として成員をその百年戻しの穴に追い込むリンチのことが、伝えられているんだ」

「百年過去に？」

「百年、は大昔の意味だ。千里の道も、の千と同じだ」

「では、じっさいは、追われると、どのくらいの過去に飛ばされるんです？」

「残っている記録からは、わたしにはその年月や規則性が判断できなかった。ただ、毎回同じ時間だけ過去に戻されるのではないんだ」

「そもそもいつごろから、記録が世の中に出てくるんです？」

「わたしが目にしたものでいちばん古いものは、室町時代のものだ。応安《おうあん》三年にその土地に現れた異国風の身なりの男は、読み書きができた。自分はいまが慶安《けいあん》四年だと思うと言ったという。将軍の名は、徳川家綱《とくがわいえつな》という名だと証言した。その男はほどなくその土地から消えた」

「西暦で言ってもらうと？」

「一三七〇年に現れた男は、二百八十一年後の一六五一年の元号と、将軍の名を正確に言っていたんだ」

「二百八十一年も戻されたのですか」と直樹は笑って、和久田を見た。「それでいったい何の戦争を回避できるというんです？　関ヶ原《せきがはら》ですか」

和久田はにこりともしない。

守屋が続けた。

「同じ土地の次の記録では、一七〇五年、宝永《ほうえい》二年に男が現れている。この男は百姓ふうの身なりだったが、簡単な読み書きはできた。自分は文化《ぶんか》十四年という年の丁丑《ひのとうし》生まれだと名乗ったという。慶応《けいおう》三年、つまり明治維新一年前の一八六七年にいたと言ったという。百六十二年戻されたことになる。このことを記した地元の寺は、戻されびとが現れた、と、さほど驚いた筆致でもなく書いているんだ」

「戻されびと？」

「未来から送られてくる者に、そう名前がついていたんだ。百年戻しの伝承は、このころの土地のひとにとって、その程度にはなじみのあるものだったと推測できる」

「記録はもうひとつあるんでしたね？」

自分の顔に、少し退屈だという思いが出たのだろう。和久田がもうひとつパンを勧めてくれた。直樹は遠慮なく、残っているミートローフを載せたパンを手に取った。

守屋が言った。

「次は一八三二年、天保《てんぽう》三年だ。西洋人のような身なりの男が出現した。この男は多少なりとも、自分が百年戻しの刑で過去に来てしまったという自覚はあったようだ。自分は明治という時代にいたと言ったという。明治二十年。一八八七年だ。世に将軍はいないと。この男もやがて消えた。わたしはこの男の名前を地元で調べたが、明治二十年にはたしかにその名の男がいて、村の若い娘と厄介ごとを起こしたあとに行方《ゆくえ》知れずとなっている」

直樹は、パンを飲み込んでから確認した。

「戻ってきたひともいるとのことでしたが」

「追放して、おそらく数日以内に。その場合、穴に追い込む百年戻しの刑は撤回されて、単にその土地からの追放となる」

「それは単に、一晩かふた晩その穴の中で過ごして、入り口へと戻ってきたということではないのですか?」

「過去に行って戻ってきた、と読んだほうが納得できる伝承もある。古い時代の焼き物とか、小《しょう》刀《とう》を持って戻ってきたとか」

直樹は思った。過去のものなら、その時代にもいくらでも残っていたろう。過去から戻ってきた証左とはなるまい。

「運のいい者は、なんとか入り口まで帰ることができたのではないですか」

「伝承の洞穴が特定できれば、調査もする。しかし、穴の構造を確かめる術《すべ》もないんだ」

「でも、先生たちはわたしを送り込みたいと計画しているんでしょう?」

「いま話した記録の残っている亀裂からだ。そこは、入り口がふさがっていない。場所はわかっている」

「どこにあるんです？」

守屋は和久田を横目で見てから答えた。

「筑紫《つくし》山地」

直樹は地図を思い描いた。九州北部だろう。守屋がいま、都市や町の名を出さずに山地と言った以上は、あまり交通の便もよくない場所に違いない。東京からどのくらいかかるところだ？　そもそも出撃の拠点が東京からそんなに遠くて、戦争をめぐる陰謀を阻止できるのか？

直樹は確かめた。

「九州の、筑豊《ちくほう》炭田ってことですか？」

守屋が首を横に振った。

「筑豊炭田の南にあるが、あの地方、あるラインから地質がまったく変わって、花崗岩《かこうがん》の山地となる。石炭は出ないところだ。そこに、いま話した記録が残っていた。地元の郷土史家が丹念に調べていて、わたしもここの伝承の解釈を手伝った。一度行ったことがある。かなり山奥の、地層が露出した谷あいにその亀裂があった。少し右手に傾いた縦の亀裂だ」

「中に、入ったんですね」

「いいや。入り口から五メートルばかりまでだ。やっとひとが通れるほどの隙間だ。身体を入れてしまうと、中はいくらか広くなっている。立って歩けるだけの空間だ。下りの傾斜がついているが、すぐに急斜面になっていた。先はわからない」

「わからないんですか？」

「残念ながら、洞穴調査の装備をしていかなかった」

直樹は、守屋が冗談で言ったのかどうか、判断できなかった。いや、その部分だけではなく、ふたりが説明してくれることの根幹がそもそも理解できない。直樹は黙って、正面にある窓のブラインドに目を向けた。

和久田は物理学者と紹介されたが、詐欺師ということはないだろうか。いや、かつてはともかく、守屋自身が詐欺の片棒を担《かつ》いでいるという可能性もある。戦争を回避する、という大きな話で興味を持たせて、最終的な目標はそのための資金を奪取するために力を貸せと言い出すとか。あるいは、新興宗教の勧誘に、地学やら物理学やら古い伝承やらを持ち出しているとか。

もちろん紅茶もパンもミートローフも、直樹を釣るための小道具だ。詐欺師たちが、中野学校出身の侵入や強奪に慣れた男を仲間に引き込むためになら、その程度の小道具を揃《そろ》えるカネと手間はかけて惜《お》しくない。それだけじゃない。この研究室を使えるように手配したり、進駐軍の憲兵隊まで巻き込むことができているのだから、むしろ彼らはそうとうに手練《てだれ》で、規模の大きな詐欺グループなのだと考えることもできる。

そこまで考えて、想像がつい現実から飛び過ぎたかもしれないと直樹は苦笑した。

和久田が、痺《しび》れを切らしたように言った。

「きみを説得するためには、あと何が必要なんだ」

直樹は和久田に顔を向けた。

「そもそも説得されようと思ってここに来たわけじゃないんです。先生たちが情報をすべて出してください」

「疑問は出尽くしたんじゃないのか？」

「細かな部分よりも、やはりわたしには、最初の前提が受け入れられないのです。過去に行けるということ。歴史を変えられるということ」

「いましがた、最新の理論物理学の論文について話した」

「証明したひとはいるんですか」

「テレビジョンの例で不足なら、原子爆弾のことを考えてくれ。十年前、飛行機に載せられる程度の大きさの爆弾一発で、ひとつの都市を壊滅させることができると、人類のうちの何人が信じた？理論的には可能だと理解できていたごく少数の学者だって、確信を持って実現するとは言えなかった」

「科学が進歩したから実現した。でも、いままでのお話では、時間を遡ることは科学じゃない。伝承を信じるかどうか、ということに過ぎないじゃありませんか」

「科学だ」と守屋が、いくらか憤慨したように言った。「歴史学は科学だ。科学が、ひとが過去に行った事実、戻ってきた事実を裏付けている」

直樹は首《こうべ》をめぐらして守屋を見た。

「どうしてもわたしには、伝承を信じるかどうかの話としか聞こえないんです」

「伝承の中の一部には、記録が残っている。その記録のさらに一部は検証できた。裏付けられたんだ。そのことをどう解釈すべきか、以前から和久田さんに訊ねていたが、和久田さんも、ありうるだろうという以上のことを言えなかった。でも」

和久田があとを引き取るように言った。

「そこにゲーデルの時間的閉曲線の存在についての論文だ」

「先生は、それで解明できたと？」

「記録を否定する根拠はなくなった」

「もしこれが自然科学で解明すべきものなら、理論の正しさを実験で証明していくのではありませんか？　ひとをまず近いところに送って、歴史の些細《ささい》な部分を変えてみるとか」

　守屋が言った。

「実験している余裕はないし、この亀裂を使う意味は、きわめて実際的なものだ。歴史を変えられるのなら、この破滅を回避するために使う。伝承が歴史的事実だったかどうかを世に知らしめることが目的ではない」

　和久田が言った。

「ゲーデル論文を証明することでもない」

「過去に行けるかどうかすら、先生たちは証明していない」

「誠実に答えている。不確かなことをごまかしたりはしていない」

　和久田が言った。

「亀裂に入り、過去を変えて帰還したとき、わたしたちがそこにいなければ、きみの旅行は首尾よく終わったのだ。わたしたちがいないことを喜んでくれ。もしわたしたちがそこにいたら、過去は変わらなかった。単に送り出したときから何日か後に、穴から戻ってきたきみを迎えたということになる」

　守屋が言った。

「和久田さんの言うとおり、過去に行けずに、戻ってきてしまうかもしれない。その可能性はあると思う。これまでも、百年返しできなかった追放者が、何ごともなく戻ってきた場合は、記録されなかったんだろう」

「さっきも言いましたが、先がどうなっているかもわからない洞穴に入ることは、探検の一分野です。遭難して帰れなくなることが想定できます」

「きみに声をかけるのに、大学で山岳部だったことを無視したと思うのかね？」

そちらの訓練も、選抜の理由になっているということか。たしかに自分は、過酷な自然の中、最低限の装備で生き延びる経験は持っているが。

直樹はそれでも続けた。

「それに、わたしは百年戻しの伝承というのは、穴に追い込んで同じ村人を殺したことの、聞こえのいい弁明に過ぎないと感じますよ。筑紫山地のその穴だって、過去に通じてなんていない。奥に深い穴があって、底には人骨が散らばっているんです」

「じっさいそういう穴だったなら、戦争を回避することは諦めるさ。この現実を受け入れる」

「穴に送り込んだひとはそのままに？」

「もしきみが行ってくれるなら、救出の手順と装備を教えてくれ。送り出すときに、手立ては取る」

「先に誰かに、亀裂がどうなっているのか、確かめさせるべきですよ。実験抜きで本番ですか」

和久田が言った。

「繰り返すが、その帯は収縮している。いまは、二十一年プラスマイナス二年という範囲の過去に行けるだろうと計算したが、探検隊を送って、その報告を待っている余裕はないんだ」

「探検隊を送るのに時間がかかるにしても、それでもたとえば八年前に行けるのなら、真珠湾《しんじゅわん》攻撃は回避できませんか？」

「それまでに、どれだけのひとが死ぬ？　兵隊だけじゃない。日本人だけでもなくだ」

「じゃあいっそ、日清《にっしん》戦争の前まで行くべきでしょうか」

和久田はにこりともせずに言った。

「もうその亀裂からは、それだけの過去に戻ることはできないはずなんだ」

そのとき、直樹の後ろのドアがノックされた。和久田が、どうぞ、と声をかけた。直樹は振り返った。

ドアが開いて、職員らしい中年の女性が姿を見せた。長袖の白いシャツのいちばん上までボタンを留めている。その女性が和久田に言った。

「先生に、お電話が入っています。至急だそうです」

どこからの電話、とは職員は告げなかった。しかし和久田は、それを問うこともなく立ち上がった。

「いったん休憩にしよう」それから職員に言った。「紅茶を、入れてもらえるだろうか」

「はい」と職員が答えた。

直樹は、腰を浮かして言った。

「わたしもそろそろ」

和久田は、振り返って直樹に言った。

「話は終わっていない。待っていてくれ」

その声には、有無を言わせぬ威厳があった。直樹は腰掛け直した。

その休憩のあいだに、職員が紅茶を入れ直してくれた。直樹の湯呑み茶碗に紅茶を注いでいるとき、彼女の手の甲に火傷《やけど》の痕があることに気づいた。夏の八月に長袖シャツを着ているのは、と直樹は想像した。空襲のときの火傷の痕を隠すためなのかもしれない。

女性は無言のまま三つの湯呑み茶碗に紅茶を注ぎ足して、部屋を出ていった。そのあと直樹は、柑橘類の香りのする紅茶を飲みながら、和久田が戻ってくるのを待った。

紅茶を半分ほど飲んだところで、直樹は守屋に訊いた。

「和久田先生は、GHQでどんな仕事をされているんです?」

守屋が答えた。

「終戦直後は、広島、長崎の被害調査だ。アメリカ軍の調査団に同行した。それが終わったあとは、日本の原子爆弾開発の実態調査を手伝った」

「登戸《のぼりと》研究所のこととか?」

「それも含めてだったろう。いまは、アメリカからのその後の調査団がくるたびに、広島、長崎を案内し、調査に協力している」

「原子爆弾開発に関わっていたのですか?」

「いいや。日本では開発なんていう段階のものではなかった。ただ、向こうの学会の事情や、研究の進捗《しんちょく》状況については、戦前から情報を得たり推測できる立場にあった。ドイツやポーランドの学者たちとの個人的な交流からだ。一時期情報は途絶えたというけれども、それでもアメリカ軍には原子爆弾研究の第一人者と評価されているらしい」

「違うんですか?」

「理論物理学者としては一流だ。アメリカの原子爆弾開発を担っている研究所から、執拗《しつよう》に招聘がある。先生は断ってきたが」

「断る理由は何なんです?」

直樹はそのとき、ミートローフも紅茶も好きなだけ手に入るのではないか、と、自分でも愚劣と感じることを考えたのだ。

守屋は少し侮蔑《ぶべつ》の感じられる目で言った。

「自分が修めた学問を、第三第四の広島を生むために使えと言うのか？」

「いいえ」あわてて直樹は弁解した。「単純に、アメリカの研究機関からの誘いを断る理由はなんだろうと思っただけです。さっき和久田先生は、ハーバード大学からの招聘に応えられなかったことを、残念がっていましたから」

「医学を学んでも、悪魔の研究に嬉々として取り組む者もいる。和久田さんは違う。単純なことだ」

やがて和久田が戻ってきた。

無言でドアを開けて、さっきまで腰掛けていた席に着いたが、顔には苦悩が表れていた。電話で、無理難題を吹っ掛けられたのだろうかと想像した。

守屋は黙ったまま、和久田の顔を見つめている。話題の再開には、もう少し時間が必要なのかもしれない。和久田が、その苦悩を脇によけておくだけの気持ちの余裕ができるまで。

三分以上も、誰も口をきかなかった。直樹が、部屋の息苦しさを意識するようになったとき、ようやく和久田が守屋に顔を向けて言った。

「わたしには、あまり時間がなくなった」

守屋が和久田を見つめ返した。

「では？」

「ああ」と、痛みでもこらえたかのような調子で和久田が答えた。「もうわたしには選択の余地はない。娘が人質だ」

直樹が訊いた。

「娘さんがどうしたとおっしゃいました」

和久田は直樹を横目で見たが、返事をしなかった。

守屋が代わりに答えた。

「奥さんが亡くなった山の手大空襲のとき、娘さんも大怪我《おおけが》をした。まだ病院に入ったままだ」

和久田がようやく直樹を正面から見つめてきた。

「明日、正式の招請が届くようだが、来月半ばには東京を離れることになるだろう。それまでに、きみを送り出す準備を終えなければならない」

「ちょっと待ってください」直樹は両手で和久田を制止する仕種《しぐさ》をした。「わたしは返事をしていません」

「決断をためらっているうちに、手遅れになる。取り返しのつかないことになる。せっかくいまそこに、使える条件が揃っていて、それが消滅するとわかっているのに」

守屋が、和久田を取りなすように直樹に言った。

「きみの懸念はわかる。最初にそこがほんとうに過去に行ける場所なのかどうか、確かめよう。きみにはまず探検に行ってもらうというのはどうだ？」

直樹は守屋に確認した。

「行って帰ってくればいいんですね？」

「そこが行き止まりならばだ。もし仮説どおり、抜けた先が過去ならそこに留《とど》まり、戦争を回避するためにやるべきことをやってきてくれないか」

「そうしてもう一度、同じ亀裂を使って、昭和二十四年に帰ってくるのですね」

「昭和という元号かどうかはわからないが、いまこの現実とは違う一九四九年だろう」

「戦争を回避できたなら、その歴史に残っても、それなりに居心地はいいのでは？」

「回避に成功すれば、殺人犯や反体制活動家として追われるだろう。平穏には暮らせない。それに、その時代をわたしは学生として生きたが、戦争はなくても治安維持法のある時代は、成人したきみには生きられまい」

外国に逃げるのは？と質問しようとしたが、やめた。手に職もない自分が、言葉も不自由な外国でどうやって生きる？　まだこの焦土の日本の石鹸工場で働いているほうが生きやすいかもしれない。

それを考えてから、もうひとつ新しい疑問が湧いた。

「その時代には、子供時代のわたしも生きていませんか？　わたしがふたりに分裂して存在するんですか？」

守屋が助けを求めるように和久田を見た。

和久田は難しい顔で言った。

「過去に行けた場合のその問題は、正直に言うが、解釈できない。論文も目にしていない。同時に同じ場所に存在することになったらどうなるのか、見当もつかないんだ。ただ、行けたのだったら、問題は起こらないはずだと推論できる。しかし、すべきことをしたら、可及的すみやかにその亀裂にもう一度入るのが無難だ」

守屋が言った。

「こうしよう。わたしたちは、まず探検としてきみを送り出す。命綱をつけてだ。過去には行けない亀裂であれば、引き返してくれれば、わたしたちが待っている。これ以上行くのは危険だときみが判断した場合は、引き返してくれ。やはりわたしたちが待っているだろう。抜けた先が過去なら、きみは探検からじっさいの作戦に切り換える」

「作戦の段取りはついているんですね?」

「いいや。だからきみが必要なんだ。ただし、GHQがかなりのことを解明した。何をどうすればよいかは、おのずと結論は出るはずだ。きみが決断してくれたあとに、説明する」

和久田と守屋が直樹を見つめてきた。

返事を待っている。というか、承諾することを迫っている。

承諾などできるものではなかった。こんな荒唐無稽《こうとうむけい》な話をいきなり持ちかけられて、どうしてそう簡単に承諾できるというのか? このふたりは、自分たちが直樹に打診していることの無茶さ加減に気づいていないのか?

直樹は口にした。

「もしここまでの話をわたしが信じたとして、その探検の報酬はいくらなんです?」

和久田が、信じがたい言葉を聞いたという顔になった。まばたきしている。

守屋は、きまりが悪そうに言った。

「報酬としては、出せない。ただ、これは我が家の下水管を直してくれという話じゃあない。戦争を止めてくれというお願いなんだ。必要なカネはなんとか工面する」

「探検であれ、作戦であれ、へたをすると生命をなくします。命懸けの仕事に、まったく出すつもりがないんですか?」

「逆に訊くが、問題が金額だけだというなら、いくらなら引き受ける?」

和久田が、守屋を制するように言った。

「もういいでしょう、守屋さん。いまのがこのひとの返事だ。諦めよう。こんなことを引き受けてくれるひとが、そうそう世の中にいるはずがない。やはり最初から、公的な機関に持ち込むべきだった」

公的な機関？　ＧＨＱとか、アメリカ軍とでも言っているのだろうか。それとも何かの学会？　どうであれ、そうした機関であれば、要員の手配は簡単だとしても、そこにそれをしなければならない理由はあるか？　ＧＨＱには、勝利で終わった戦争について事前に回避しようという動機があるとは思えない。すでに費消した莫大な戦費に関しても、いまさら節約したいなどとは考えまい。

守屋が和久田に言った。

「その件は、十分に検討したじゃありませんか。わたしたちがやるしかないんです」

直樹は、肝心の件をまだ確かめていなかったことを思い出した。ほんとうは最初に訊いておくべきことだったかもしれないが。

「守屋先生の言うわたしたちというのは、何なのです？」

守屋は直樹にまた顔を向けた。少し焦りが見えている。

「わたしたちだ。わたしと和久田先生。それに何人か、支援者、協力を約束してくれているひと、多少の資金も融通してもらえる。まだ名前は言えない」

「ＧＨＱは関係ないんですか？」留置場から解放されるにあたっては、守屋はＧＨＱを動かしたのだから。「全然何も？」

「これまでのわたしたちの協力に対して、多少の協力はもらえる。わたしは戦犯追及の一環だということで。和久田先生は、新兵器開発研究の秘密事業という理由をつければ、いくらかは便宜《べんぎ》をはかってもらえるだろう。身分証明書や、ＧＨＱから行政機関への協力要請書類とかも出してもらえる。わかるだろう。印籠が出るということだ」

ここまでだな、と直樹は感じた。これ以上訊けば、断ることが難しくなる。作戦要員として契約を前提にしての打ち合わせとなってしまいそうだった。それに、守屋は報酬について、いくらなら引き受けるかと訊いてきた。こちらの言い値を出す用意があるのだ。答えてはならない。金額の交渉になる前に、切り上げるべきだ。

直樹は、守屋の左腕の腕時計を見て訊いた。

「何時になりました？」

「二時三十五分」と、守屋が腕時計を見て答えた。「話は終わっていないが」

「勤め先が争議中なんです。戻らねばなりません。ここでお断りしたら、またわたしは留置場でしょうか？」

「その手があったか。それを材料に取引きできたんだな」

和久田が不満そうに言った。

「取引きできるようなことじゃない」

「このひとの説得が難しいなら」と守屋。

「帰ってかまいませんね」

守屋も、和久田も、無念そうな顔だった。直樹の説得がもっと容易だと想像していたのだろう。

守屋が言った。

「ご足労だった。出口まで送ろう」

声にはかなりの落胆と徒労感が感じ取れた。しかし直樹が同情すべきことではない。こんな件を、直樹に当たってきたのが間違いだったのだ。中野学校で数時間、幕末・維新史を語って聞かせたというだけの関係で。

直樹は立ち上がり、振り返って部屋のドアへと向かった。ドアを開けて振り返ったとき、守屋の向こう側に和久田が見えた。腕を組み、壁を見つめている。電話を終えて帰ってきたときと同様に、顔には苦悶《くもん》が表れていた。

守屋が廊下を先に歩き、階段を下りた。

建物の出口までできたところで、守屋は立ち止まった。もうひとことふたこと、何か話したいことがあるようだ。直樹も立ち止まった。

守屋は、名刺を渡してきた。

「もし気が変わったら、電話をくれ。文学部の教務課の電話番号だ。伝言してもらえる。直接訪ねてきてくれてもいい」

直樹はその名刺を受け取って言った。

「和久田先生が、時間の余裕がなくなったと言っていたのは、どういう意味なんですか?」

「それこそGHQから、連絡があったのだろう。和久田先生は、アメリカの原子爆弾研究所に連れて行かれることになったのだと思う」

「強制的に?」

「入院中の娘さんも一緒に連れてゆき、向こうの病院に入れる、という条件は出ているはずだ。こんどはおそらく、断ることは不可能だろう」

「その呼び出しが、どうしてきょうなんです?」

「わたしの勝手な憶測だが」

守屋が言葉を切ったので、直樹は守屋を見つめ直した。

守屋が言った。

「たぶんソ連でも、原子爆弾の実験に成功したんだ。専門家筋には、そろそろだと予測されていたらしい。そうなると、アメリカはなりふりかまわず、理論的には実現可能な水素爆弾の開発に乗り出す」

直樹への皮肉のこめられた言葉にも聞こえた。

「だからあらためて研究者を大量に集めにかかった。もしかすると、和久田先生がソ連に引っ張られることも、心配し始めているのかもしれない」

直樹が黙っていると、守屋は首を横に振ってから、苦しげな声で言った。

「あんな戦争がなければ、そんな爆弾の開発など、理論だけの話で終わらせておいたろうが」

建物の東側にある玄関から外に出た。残暑が身体にまとわりついてくる。二日間留置場にいて風呂にも入っていなかったから、銭湯に行きたい気分だった。でもまず先に、あの工場だ。やくざ者たちの襲撃で、工員たちはストライキ中の工場から追い出されてしまったろうか。それともまだ続いているか。そろそろ経営者も、妥協を考え出していいころなのだが。ともあれ、留置場を出た以上は、まずは工場に戻らねばならない。

直樹は、その工場の従業員で結成された労働組合の副委員長だった。GHQが終戦の年、昭和二十年には、日本民主化の一環として早々と労働組合法を制定していた。新憲法制定より二年も早くにだ。

この組合法に基づき、自分が組織者の中心となって昨年、勤務する工場で組合を結成したのだ。人望あるベテラン工員が委員長で、直樹は委員長を補佐するため副委員長となった。書記長となったのは、二十代の理科専門学校出の技師だ。

東京は焦土となったが、労働者の権利が守られるようになった。無茶苦茶に高いものについたが、敗戦も破滅もいくらかの見返りをくれたと表現することもできるのだった。もし過去を変えた場合、この国は自力でこれほどまでに民主化を進めることができるのだろうか？　二十年後に、工員たちは組合を持てるようになっているのか？

講堂の真横まで来たところで振り返った。玄関先には、まだ守屋教授が立っていた。すがるような、祈るような目を直樹に向けている。直樹は目礼して、大学の正門のほうへと向き直り、再び歩き出した。

2

路面電車を乗り継いで王子駅の東口に向かい、石神井川に面した石鹼工場へと歩いた。あと二町ほど東に歩くと隅田川という地区だ。

正門に着いたとき、紺地の組合旗がないことに驚いた。板塀に貼られていたビラも、あらかた消えている。ストライキ中の立て看板もなかった。門扉《もんぴ》は開けられている。工場の裏手の煙突からは煙が出ていた。操業が再開されているようだ。

門を抜けようとすると、警備員が脇の小屋から飛び出してきた。

「藤堂さん、ちょっと待って」

警備員という職務柄、彼は組合員ではない。四十がらみの、小柄だが肩幅の広い男だ。

門のすぐ内側で止まって、直樹はその警備員に訊いた。

「ストは、終わったんですか？」

「ああ」警備員は答えた。「事務所に来てください。知らなかった？」

「留置場にいたんです」

「あんたが一昨日《おととい》、警察に引っ張られたあとに、組合総会があって、ストは解除になりましたよ」

「賃上げは認められた?」

「お互いが歩み寄って」

事務所の隅《すみ》の小さな備品部屋に通された。事務員たちの休憩室としても使われている部屋だ。テーブルを囲んで、形の不揃いの椅子が四脚。直樹は、備品棚を背に椅子に腰掛けた。

警備員が去ると、ほどなく労務の担当係長がやってきた。彼はそろそろ五十になるという年齢のはずだ。小さな問題に関しては、組合は彼を相手に交渉してきた。開襟シャツ姿だった。

労務の係長は、直樹の前に書類を一枚と、封筒を一通滑らせてきた。

「なんです?」と直樹は訊いた。

「解雇通知。一昨日付けだ。それと賃金の残額。日割りで計算してある」

「わたしは組合役員ですが、それを理由に解雇はできないはずだ」

「問題は、一昨日の会社内での暴力行為だ。警察に引っ張られた。会社の信用を落とす行為があった。それが解雇理由だ」

「組合活動の中の話です。暴力行為と言っても、会社が雇ったならず者たちを追い返そうとしただけだ」

部屋に、もうひとりの男が現れた。組合委員長の猪瀬《いのせ》だ。ランニングシャツ姿で、首にタオルを巻いている。作業の途中なのだろう。少し卑屈そうな表情だった。

直樹は訊いた。

「妥結したそうですね?」

「ああ」猪瀬は直樹の目を見ずに言った。「工場をつぶすわけにもいかないから」

「妥結額は？」

「工員一律、月額にして八十円」

要求は三百円だった。妥結できる額ではない。

「わたしは解雇されました」

「あんただけじゃないんだ。全部で六人」

「誰々です？」

猪瀬が挙げたのは、五十代の年配工員が四人。試用期間が終わったばかりの、つきあい下手《べた》な若い工員がひとりだった。年配工員たちはみな猪瀬よりも年上のはずだ。

直樹は訊いた。

「浮いた六人分の賃金を、残った工員に分けるという意味ですか？」

やっと猪瀬は直樹を横目で見た。

「どういう計算なのかは、わからない。ただ、呑むしかないだろうってことだ。ストライキは一週間続いたんだ。みな干上《ひあ》がる」

「解雇する六人のリストは、どっちが作ったんです？」

会社なのか、組合なのか、と訊いたのだ。希望者があったはずはない。

委員長の猪瀬は答えなかった。

労務担当が言った。

「暴力行為で逮捕されるような男は雇っておけない。あんたに関しては、会社の意思だ」

つまりほかの五人の解雇者リストは組合が用意したということだ。こいつらは馘首《かくしゅ》していいから、自分たちの雇用は守れと。その解雇が法的に通るものなのかどうか、出るところに出るという手はあるはずだ。しかし、ストライキが一週間続いた。組合員たちも、限界に来ていることはわかる。

猪瀬が言った。

「これ以上争議を続けたくない。あんたも、呑んでくれないか。当面の生活費のカンパを募《つの》る」

直樹は委員長を見つめた。自分はこのベテラン工員の評価を完全に間違えていた。筋を通す、ある意味では一徹な職人のように考えていたが、じっさいは自己保身だけが人生の主題という男だった。一徹さが保身に作用しているあいだは、それで通す。いったん劣勢となれば、何の逡巡《しゅんじゅん》もなく寝返る。なぜそれに気がつかなかったのだろう。自分のひとを見る目は、それほどまでに未熟だったか。

委員長の顔に怯《おび》えの色が浮かんだように見えた。彼は少し背をそらして直樹から距離を取り、弁解するように言った。

「組合総会で、妥結が決まったんだ。組合員全体の生活を護《まも》るためだ。どこかで折れるしかなかった」

直樹はその小部屋の中をぐるりと見回した。ただ、頭の中を整理するため、自分の気持ちを落ち着けるためにだ。いま委員長や労務担当の顔を見たくはなかった。

どうでもいい、と直樹は唐突に思った。知ったことか。こいつらも、そしておれ自身も。組合結成までの、毎晩の同僚たちとの話し合いや、ほかの会社の組合役員たちに助言を受ける日々が、次々と思い出されては消えた。中野学校での訓練も役に立った、と思えた日々だった。自分の協力者を作るための技術。協力者がさらに協力者を増やすための技術の伝授……

直樹は書類と封筒を手元に引き寄せると、立ち上がった。目の前のふたりが、びくりと直樹を見上げてきた。直樹は書類と封筒を折り畳《たた》んでから、ズボンの尻ポケットに突っ込んだ。

委員長の工員が言った。

「わかってくれたか」

直樹は黙ってその小部屋を出た。

更衣室でタオルなどの私物をつめた雑囊《ざつのう》を肩にかけると、同僚たちの誰にもあいさつすることなく、直樹は工場を出た。

この工場には、一年と三ヵ月勤めた。いささか情けない気分だった。こともあろうに、スト破りのやくざ者たちに対して身を張ってピケ隊を守り、逮捕されて留置されているあいだに、組合は会社と手打ちしてしまったのだ。手打ちの条件のひとつが、直樹の解雇を呑むことだったのだろう。組合としては十分に力もつけた。しかし副委員長である直樹は、今後組合に対してどんなことをそそのかしてくるかわからない。それで、直樹を切る、と決めたのか。

それを恨むな、と直樹は自分に言い聞かせた。こういうご時世なのだ。この大戦に敗北し、焦土となり、外国軍に占領された日本で、誰もが生き延びることに必死だ。特別に彼らが浅ましく卑《いや》しいわけでもない。少なくとも、直樹と同じ程度に、つい先日までは一面の焼け野原だった国に似つかわしい労働者であり市民でしかない。

石神井川沿いに王子駅前へ向かって歩いた。途中、溝田橋《みぞだばし》にかかる手前で、米軍の幌つきトラックが停まっているのが見えた。軍服にギャリソン帽姿の白人GIも、トラックのまわりに三人見える。ひとりはサングラスをかけていた。川岸には二艘《そう》の船が係留されていて、日本人の作業員らしき男たちが、木箱や厚紙製の箱などを船に積んでいた。

路面電車の軌道の手前まで来たところで、直樹は立ち止まった。賃金の残額はいくらだったのだ？　ズボンのポケットから、日割り計算したという賃金を確かめてみた。ほぼ十日分の賃金として千五百円ある。昨年の新円切り替えで、新しい円の三百六十円がアメリカの一ドルと決まった。つまり十日間働いて、自分は四ドル少々の給料を得たことになる。アメリカでは、公立学校の教師の給料が月百ドルぐらいだと聞いた。自分の給料はその八分の一ほどということになる。

明日は月末だから、この中からまず家賃を支払わねばならない。それが四百円。タバコのゴールデンバットを買う。三十円だ。そのカネが残っているうちに、仕事を探す。当面は日雇い仕事でもいい。自分が修めた学問も専門能力も、いまは売れるものではない。仕事は選ばない。

きょうは酒を飲みたかった。釈放祝いと、馘首の憂さ酒《ざけ》と、東京大学の珍妙な体験の反芻《はんすう》のためにだ。喉がカラカラに渇いている。ビールは高価だから、焼酎を炭酸水で割った酒でいい。

王子駅の近辺の安《やす》食堂に入ろう。腹はもうあまり空《す》いていないから、酒を飲むためだ。この時刻なら、開いている店も少なくないはずだ。

王子駅の一帯は、被災も甚大《じんだい》だった。もともと王子区や滝野川《たきのがわ》区は陸軍の施設が多かったから、何度も集中的な爆撃を受けたのだ。駅前は焼け野原となり、戦後はしばらくのあいだ、闇市が立った。

直樹がいま借りているバラックは、かつての東京第一陸軍造兵廠《ぞうへいしょう》の南側にある。やはり空襲で完全に燃えた地区だ。終戦後は、造兵廠は進駐軍に接収されて、東京兵器補給廠となった。アメリカ兵が相当数駐留していて、非番には王子駅周辺にも外出してくる。目当ては酒か、酒に加えて女だ。アメリカ兵のためのそうした店もある。

アメリカ軍の憲兵隊がよく見回っているが、補給廠からは横流し物資も出るから、これを扱う闇商人なども集まる。さっき見た石神井川岸での荷物の積み替えも、進駐軍の物資の横流しの現場だ。補給廠が近いから、王子駅の周辺には闇商人たちが跋扈《ばっこ》しているのだ。

しかし昼間からあのように堂々と闇物資の受け渡しをやっている場面には、そうそう遭遇しない。進駐から四年経《た》って、アメリカ軍の軍規もかなりゆるんできたということかもしれなかった。

ともあれ、飲むなら国鉄王子駅東口の柳小路《やなぎこうじ》の周辺がいいか。柳小路周辺は戦後二年だけ赤線《あかせん》地区となったが、いまは赤線地区は国鉄の高架の線路と飛鳥山《あすかやま》とのあいだの細い小路、さくら新道《しんみち》に移っている。そちらには柳小路よりもずっと安く飲める酒場も並んでいる。焼酎の炭酸割りなら一杯十円前後で飲める店もある。でもその赤線地区は、当然ながら柄は悪いし、治安もけっしてよくはなかった。

飲むなら、駅前の市場に隣接する一杯飲み屋街か屋外の屋台がいいか。残暑は厳しいが、日除《ひよ》けの天幕を張っている屋台も多いから、暑さにうだることなく酒を飲むことができる。

王子駅の南口前まできたとき、駅から出てきたひとりの女性が目に留まった。背嚢《はいのう》を負い、肩から大きめの雑嚢を斜め掛けしていた。本来男ものの国民帽をかぶっているせいで、目立つ。白いシャツに長いスカート。旅行中のように見える。

遠目でもひと目を引く、造作の大きな顔だちだった。女は通行人の中年女性を呼びとめた。中年女性のほうは、駅の東側を指さした。道を訊ねたのだろう。

路面電車の軌道を渡って右折し、国鉄の高架の石垣に沿って、王子駅の中央口方向へと歩いた。右手、軌道と石神井川の向こう側に、空襲で焼失した王子製紙の工場跡が見える。敷地の中には、何棟ものバラックが建っていた。路面電車の乗り場の近くの舗道で地面にへたり込んでいる青年がいる。工場の同僚で、解雇された六人のうちのひとりだった。解雇者の中で最年少の工員。両手で膝を抱えてうなだれている。手には、かつての海軍の略帽《りゃくぼう》。

永原与志《ながはらよし》という名だが、工場でも彼は苗字《みょうじ》ではなく下の名前のほうを呼ばれていた。

「与志」と、直樹は立ち止まって声をかけた。

与志が顔を上げた。

「藤堂さん」

与志は途方に暮れた顔だ。細面《ほそおもて》で、鼻梁《びりょう》が細く、切れ長の目。繊細そうな印象の青年だった。ふだんでも泣き顔に見えるときがあるが、いま少し前まではじっさいに涙を流していたのかもしれない。

工場では、先輩の工員たちからよく怒鳴られていた。ある種の男たちには、どことなくからかったり遊んだりしてやりたくなる雰囲気があるのだ。そのために与志は休憩時間も昼も終業後も、ほとんど同僚たちと交わることはない。黙って機械の修理道具を使い、自動車のバネ板でナイフを作ったり、把手《はしゅ》つきのブリキのカップを作ったりしている。それを、ふだんからかっている先輩工員たちは勝手に取り上げていくのだ。

与志が、力ない声で直樹に訊いた。

「釈放されたんですね？」

「ああ」直樹は答えた。「だけど、解雇されていた。与志もだって？」

「ええ。仕事探しで歩きまわっているんですが、疲れてしまって」

「与志は、機械が扱えるんだ。すぐに仕事は見つかるさ」

「ぼくはつきあいも少ないし、世話してもらえるひともいないんです」

彼も戦災で両親を失ったと聞いていた。徴兵されて、終戦のときは工兵第一連隊の二等兵だったと聞いている。機械工作が得意らしかったが、石鹸工場では攪拌《かくはん》機や型打《かたうち》機の保守と整備が中心だった。

直樹は誘った。

「飯をごちそうする。一緒に来ないか？」

「どうしてごちそうなんて」

「争議はおれが主導した。与志が解雇されたことに、責任がある」

与志は少しだけ笑った。

「そんなことありませんよ」

「つきあってくれ。こっちも首になって、ひとりで飯を食うのはいやだったんだ」

与志はためらいがちに立ち上がった。丸首の半袖シャツに、作業ズボン。雑嚢を肩に斜め掛けしている。背は直樹よりも一寸ばかり低い程度だ。

すぐ後ろを、さっき見た国民帽をかぶった女性が通っていった。一瞬、目が合った。二十二、三歳だろうか。意志の強そうな目鼻だちだ。それに日本人女性にしては大柄だった。姿勢がよく、大股で歩いている。なんとなく、外地帰りかと感じた。

その背中を見送ってから、直樹は与志に訊いた。

「酒は飲むのか？」

同僚たちが、与志をからかうときの決まり文句のひとつを思い出したのだ。やつが飲むのは母親のおっぱいか機械油だけだ、と。

「ほんの少しなら」

戦後すぐの赤線地区である柳小路側から明治通りを隔てた北側には、市場と商店街がある。椅子代わりの木箱を並べて商売している店も少なくない。

こうした市場の常で、隅では香具師《やし》やテキ屋も店を出すし、口上売りも出る。まだ四時前という時刻だが、日除けの下の席はほぼ埋まっている。

市場の北端に近いところまで歩いて、手頃な席を見つけた。電線ドラムの卓に木箱の椅子だ。四人、腰掛けることができる。

割烹着《かっぽうぎ》を着た初老の女性がコップを片づけているので、焼酎の炭酸水割りをふたつと、茹《ゆ》でた枝豆、それに佃煮《つくだに》と飯を頼んだ。周囲を見渡すと、酒を飲んでいる進駐軍の兵士が数人見える。視線と表情から、彼らはやはり酒だけではなく、女も探しに来たのだろうと察しがついた。

直樹たちも飲み始めたが、与志は口の重い青年だった。身の上話を聞こうとしても、最小限のことしか答えない。それでも、豊島《としま》区の出身で、姉がふたり、弟がひとりいること。高等小学校を卒業したあと、石川島《いしかわじま》の造船所の職工養成所に入ったことなどを知った。機械工作が専門で、さまざまな船具や機関の部品などを製作する仕事だった。いまは赤羽《あかばね》で叔父《おじ》夫婦と同居している。

石鹸工場の仕事は、必ずしも彼の腕が生かせる仕事ではなかったが、仕事を探すときに職種で贅《ぜい》沢《たく》を言ってはいられなかったのだという。しかし会社も、彼を雇っておくのは無意味だとわかってきていたのだろう。だからこの解雇なのだと、さして怒りを見せることもなく与志は言った。

直樹は言った。

「先輩工員たちに、ときどきからかわれていたな」

与志は言った。

「あの手のひとたちを相手にしないんで、面白くないんでしょう」

「軍隊で、古参兵にいじめられなかったかい？」

「毎晩でしたよ」

「よく我慢したな」

「入営して四カ月目に終戦でした。もう少し延びていたら、やらかしていたかもしれません」

やらかす？　直樹は訊いた。

「何をだ？」

与志は雑嚢の中に手を入れて、長さ六、七寸のスパナを取り出した。片側にはさらしがきつく巻いてある。与志が渡してくるので、直樹は受け取った。そこそこ持ち重りのする鉄の工具だ。さらしにはかすかに、洗った血の痕のような染みがついている。つまりこれは武器か？

与志が直樹を見つめてきた。感情の読みにくい顔でだ。

「ぼくは喧嘩《けんか》は得意じゃないので、これを持ち歩いているんです。どうにもならなくなったら、これを使う」

「使ったような痕がある」

「二度。一度は造船所にいたとき、やっぱりうるさくからかってくる先輩工員がいたんで」

「殴ったのか？」

「横に払ったんです。顔を」

その様子を想像してから、直樹は確かめた。

「相手はどうなった？」

「頰の骨が砕けて病院に運ばれました」

「警察沙汰にならなかったのか？」

「相手はごまかしました。作業中に治具《じぐ》の把手《とって》が跳ね上がって怪我をしたということになって、何日か造船所には出てきませんでしたよ」

「よくやれたな」

「自分を抑えられなかったんです。後先考えなかった」

「仕返しはされなかったのか？」

「ぼくが危ない男だとわかってくれたみたいで、その手の男たちは近づかなくなりました」

もう一回は、と訊こうとしたとき、ふいに直樹たちの席の周囲が静かになった。会話がやんだのだ。

市場の南寄りから、男の声がする。

「待てって」

「落ち着けよ」

その声の方向に目を向けると、軍帽をかぶった女が市場の雑踏の中を急ぎ足で移動している。さっき近くで見た女性だ。その後ろに、やくざ者と見える若い男がふたり。

どうした？と見つめていると、女とまた目が合った。当惑顔。というか、いまいましげな表情だ。怯えているようではない。女は振り返ってから屋台の卓のあいだに入ってきて、直樹たちのいる電線ドラムの横に立った。

女が直樹に訊いた。

「ここ、腰掛けてもいいですか？」

「どうぞ」と、直樹は指さした。

「ごめんなさい」

女は直樹と与志のあいだの木箱に腰を下ろすと、与志に言った。

「待たせたね」

それから、いきなり与志の身体を両手で抱き、接吻《せっぷん》した。与志は目を丸くしたが、女を突き放したりはしなかった。

近くの席から、声がする。

「おいおい、アメリカ人みたいだな」

「やってくれるねえ」

女が与志に抱きついたことに呆《あき》れているようだ。ここは駅前の市場だ。赤線地区ではない。はしたないことをするな、という非難の意味もあるのかもしれない。

追いかけていた男がふたり、直樹たちの電線ドラムの近くまできて立ち止まった。女と与志が抱き合い接吻しているようなので、戸惑っている。

「見せつけるなあ」と、ひとりが言った。ふたりのうちの年かさのほうだ。

もうひとりが女に近づきながら言った。

「芝居だってわかるぞ」

与志の右手が、電線ドラムの脇の雑嚢を探った。危ない。

直樹は立ち上がって、女に手を触れようとした男に言った。

「野暮はやめとけ」

「何?」と、その男は直樹をねめまわしてきた。「この女を知っているのか?」

直樹は男の視線を受け止めて見つめ返し、いまよりも低い声で言った。

「男がいるんだ。諦めろ」

直樹は、中野学校で訓練を受けただけではなく、実際に外地で多少の修羅場もくぐってきた。闇市のやくざ者程度は相手でもない。

年かさのほうの男が、その相棒に言った。

「もういいさ。行くぞ」

「だって」と、若いほうは不服そうだ。

「来いって」

年かさのほうが若い男の肩を軽く叩《たた》いた。若い男は憎々しげな目を直樹に向けてから、年かさの男と一緒にその場を離れていった。

直樹はまた木箱に腰を下ろし、目の前のふたりを見た。

女が与志から身体と顔を離した。

与志は顔を赤らめている。

女も与志の反応に戸惑ったようだ。

「ごめんね、お兄さん。びっくりさせたね」

少し息が荒かった。

与志はうつむいて言った。

「いいんですけど」

「やくざ者から逃げたくて、ついこんなことをしてしまった。もしかして、ここに彼女が来る？」

「いえ」

女は直樹に顔を向けてきた。

「こっちの兄さんも、ありがとう」

大きな口から、歯並びのいい白い歯が覗《のぞ》いた。発音が明瞭で、口調には媚《こび》のようなものは感じられない。直樹も驚くようなことを目の前でしたわりには、すれた印象はなかった。もし進駐軍の女性兵士を間近に見たら、その雰囲気はこの女性のようなものかもしれない。

直樹は訊いた。

「何があったんです？」

女は答えた。

「仕事を探してある会社を訪ねたら、ひと買いやってる組だったんです。すぐに逃げてきた。広告にはGHQとの取引き実務なんて書いていたんで、引っかかるところだった」

戦前から、女衒《ぜげん》たちの使う手は決まりきっている。まるで違う職種の募集のように見せて、じっさいは娼婦を募っている。採用されて自分が何をすることになるのか気づいたときには、もう遅い。海の上にいるか、監視つきの宿舎にいるかだ。終戦直後は政府も、進駐軍兵士のための娼婦をその手で集めた。

直樹は言った。

「仕事が欲しいと、目も曇る」

「東京には土地勘もないんです」

「どこから？」

「名古屋」女は直樹たちの前にあるコップに目を留めて言った。「その前は哈爾浜《ハルビン》」

「引揚者なのか」

女は直樹たちの前のコップに視線を向けた。

「こんな時間から、お酒？　うらやましい」

「ふたりとも失業したんだ。一杯つきあうかい？」

「ああ」女は笑みを見せた。意志の強そうな顔立ちと見えていたが、その微笑は無邪気にも見えた。

「うれしいけど、せっかく王子に来たんだから、もう一軒、広告で見たところを訪ねてみる」

女は振り返って、市場の南の方向に目をやった。直樹も女の視線の先を見た。女がさっきの男たちを気にしているのだとしたら、その姿はもう見当たらなかった。女を追うことを諦めたようだ。扱いにくい莫連女《ばくれんおんな》だとでも思ったのなら、何よりだ。

女は顔を直樹に戻した。

「次も駄目だったら、ごちそうしてくれます？」

「戻ってくるか？」

「駄目だったら、すぐに。三十分待ってください、あたしが戻らなかったら仕事が決まったと思って」

「働くのは明日からにするといい。お祝いしてあげるよ」

女はまた笑った。

「お兄さんの名前を聞いていいですか」

藤堂、と直樹は苗字を教えた。

女は、水村《みずむら》、と名乗った。

「こちらのお若い方は？」と与志に顔を向ける。

永原、と与志はぶっきらぼうにも聞こえる声で言った。

「さっきはごめんなさい」と水村。「あんたの唇、柔らかくて好きだよ」

年齢は与志のほうが上にも見えるが、水村は完全に与志を年下扱いだ。

与志はまた赤くなった。

水村と名乗った女は立ち上がると、背嚢を負い直し、斜め掛けしている雑嚢を腹のほうに向け直した。

「じゃあ、ぜひまた」

「待っている」

水村は、市場のひとのあいだを縫うように出ていった。直樹は、彼女を追う者がいないか、その姿が建物の陰に消えるまでを見送った。

顔を与志に戻すと、彼は照れを隠すような調子で言った。

「何ですか、あのひとは」

直樹は真顔のままで言った。

「ひと助けできたんだ。そう嫌がらなくても」

「嫌がってはいませんが、面食らった」

「引揚者は、女性もたくましくなるんじゃないか」

また少しお互いの身の上話となった。

それから五分ばかり経ったころだ。直樹の視界に、駆けてくる女の姿が入ってきた。あの水村だ。また女衒たちにからまれたのか？

与志も振り返った。

水村は、直樹たちを目に留めると、電線ドラムのあいだを抜けて駆け寄ってきた。

「助けて」と彼女は、直樹たちの席に達する前に言った。

「さっきの連中か？」と、直樹は立ち上がった。

与志も立ち上がって、雑嚢を肩に掛け、右手を入れた。

水村は立ち止まった。顔に怒りと憎悪がある。さっき逃げてきたときとは比較にならないほどに、真剣な顔だ。彼女はいま来た方向を振り返って早口で言った。

「進駐軍が、女の子を」

さらおうとしているのか？　それとももうどこかに押し込んだ？

「進駐軍は三人。助けてやって」

与志が言った。

「ぼくらは、ただの日本人がふたりです」

「三人いる。あたしもやる。手伝って」

天幕の下の席だから、飲み代はすでに支払い済みだ。

駆け出した水村を、直樹たちは追った。水村は市場を出ると、駅とは直角の通りに曲がった。少し先に、幌をつけた進駐軍のトラックが停まっている。エンジンはかかったままだ。後部の幌は下がっていて、中が見えなかった。幌の中から、女の悲鳴が聞こえた。通行人はそのトラックを避け、離れて歩いていた。

トラックの後ろの路上に、日本人が立っている。監視役だろう。闇商人の手下か。

直樹がまっすぐにトラックに向かっていくと、監視役の若い男が、立ちはだかってきた。

「なんだ、なんだ。消えろ」

なおも直樹が近づいていくと、男は直樹を蹴ってきた。その足をかわして、相手の右手の薬指の関節をひねった。小手《こて》返しだ。男は悲鳴を上げて路面にひっくり返った。

もうひとりは与志に殴りかかった。与志はくるりと身体を回転させながら、スパナで相手の顔を払った。遠慮なしに、鉄の工具を振るったのだ。ごつりと鈍い音がして、その男は身体をよじりながら路面に崩れ落ちた。

トラックの運転席から、サングラスの兵士が降りてきた。直樹よりは、五、六センチ背が高い。

ここで何があったかすぐに気づいたようだ。腕を広げて直樹たちに向かってくる。直樹は相手に向かって一歩踏み出し、相手の喉元に右手を入れて突き上げ、すぐに引いた。兵士は路面に崩れ落ちた。ギャリソン帽とサングラスが路上に飛んだ。

最初の男がもう一度突進してきた。直樹はこんどは相手の右腕に右手を乗せて、自分の重心を落とした。相手は崩れて頭を路面に叩きつけた。

兵士が起き上がって、直樹に向かってきた。直樹は兵士の右腕をつかんでひねり、伸ばした状態にしてから首を固めた。兵士はわっと叫んで地面に転がった。もう一度起き上がるかと思ったが、うつぶせに倒れて四肢を伸ばし、そのままとなった。

後部の幌を開けて、べつの兵士が姿を見せた。右足が裸足《はだし》だ。左足だけ、編み上げの長靴を履いている。ベルトをゆるめたズボンを、両手で引っ張り上げていた。兵士は外の様子を見て、何ごとか怒鳴った。

水村が荷台に駆け寄り、兵士の裸足の甲に何か思い切り突き立てた。兵士は絶叫しながら、靴で水村の顔を蹴った。水村は蹴りをかわしたので、重そうな長靴は水村の頬をかすっただけのようだった。次の瞬間に与志がその兵士の下に駆け寄って、左の向こう脛《ずね》あたりをスパナで殴った。硬いものがゴキッと砕ける音がした。兵士は悲鳴を上げてトラックの外に倒れてきた。その身体がまだ宙にあるうちに、与志が兵士の左腕にスパナを叩き込んだ。路面に落ちた兵士は横向きに身を縮めて、立ち上がらない。

水村が荷台の中を覗《のぞ》いて、中にいる誰かに叫んだ。

「スタップ！　糞野郎《くそ》！」

直樹も水村の横に駆けた。水村の頭の横から荷台の奥が見えた。若い女が隅にしゃがみ込んで顔を覆《おお》っている。その前で、膝立ちの兵士がいた。彼はズボンもトランクスも、足元まで下げている。編み上げの長靴は履いたままだ。

間に合わなかった？

直樹は幌を上げて、荷台に飛び乗った。水村もあとに続いた。

下半身をむき出しにした兵士が立ち上がり、直樹に殴りかかってきた。直樹はこの兵士も小手返しで荷台の外に放り出した。

水村も荷台に上がり、女の子の脇まで進んでしゃがみ込んだ。

「大丈夫？　大丈夫？」

女が顔を見せた。まだ十五、六歳かという娘だった。シャツはボタンが取れて胸がはだけており、スカートは腿《もも》までまくり上げられていた。

直樹は水村に言った。

「その子を、送っていこう。家を訊いてくれ」

娘が、あえぐように言った。

「東十条《ひがしじゅうじょう》です」

声の調子から、やつらは未遂だったとわかった。

直樹は水村に言った。

「ここはまかせた」

「はい」と答えた彼女の顎《あご》のあたりに、擦り傷があった。

直樹はトラックの荷台を飛び降りた。五人の男が地面に転がっている。背中を起こしている者もいたが、痛そうだ。動けない。通行人たちが呆れ顔でトラックを遠巻きにしていた。

直樹は与志に訊いた。

「運転は？」

「できますよ」と与志は答えて、運転席へと向かった。

直樹はトラックの反対側に回って助手席に飛び乗った。

「東十条、駅に向かってくれ」

「はい」

トラックが発進したとき、助手席側のドアに、兵士がひとり飛びついてきた。サングラスをかけていた兵士だ。ドアを開けようとする。与志が、振り落とそうとするかのようにトラックを加速し、車体を振った。

直樹はこの男にも、窮屈な姿勢のまま小手返しをかけた。男はドアから飛ばされた。

そのときトラックは、道路の電柱のすぐ脇を通過した。ごつりと鈍い音が響いて、男の姿は消えた。直樹はウィンドウから首を出して後方を見た。電柱の向こう側にいまの兵士が倒れている。車にはねられたのと同じ程度の衝撃だったはずだ。大怪我をしたことだろう。いや、それですんでいるわけはないか。

与志がクラクションを鳴らして、その道路をさらに加速した。

運転台の背のウィンドウ・ガラスが叩かれた。見ると、水村が何か言いたげだ。直樹はウィンドウを数センチだけ押し上げた。

水村が言った。

「あの子は大丈夫だった。死ななくてすむ」

「死ななくて？」と直樹は思わず訊き返した。女の子は、殴られたり、絞められたりもしていたのか？　怪我をしているという意味か？

「もし兵隊たちにやられていれば」と、水村はまるで男のような直接的な言葉で言った。「死にます。この子は、さいわい死なずにすんだ」

「よかった」水村がそこまで心配したのが意外だったが、直樹は言った。「それより、進駐軍の兵隊を突き落とした。死んだかもしれない」

「いまの音がそうですか？」

「電柱にぶつかった」

「もし死んだとなると、微罪じゃすみませんね」

その声の調子には、直樹や与志への非難はなかった。ただ、このあとどうするか決めるための前提を口にしただけだ。

与志が申し訳なさそうに言った。

「すみません。振り落とすつもりだったんです」

水村も謝った。

「巻き込んでしまった。ほんとうに申し訳ありません」

「いい」と直樹はふたりに言ってから、提案した。「女の子を送ったら、一緒に逃げるか？」

水村が訊いた。

「憲兵隊と警察は、日本のどこにいようと追いかけてくるでしょう。逃げる当てはあるんですか？」

「ある」

「どこです？」

「二十年ばかり昔だ」

「え？」と水村。

聞き違えたと思ったのだろう。当然だ。

与志も運転席から直樹を横目で見てきた。詳しく話してくださいと言っている目だった。

3

その亀裂は、小さな峡谷の奥の急斜面の下にあった。

直樹には、その峡谷自体も山塊《さんかい》の岩盤に穿《うが》たれた亀裂のように思えた。両岸はほぼ垂直で、高さはおよそ十メートルというところか。両岸から樹木の枝がさしかかっていて、陽光はこの峡谷の底までは届いていない。底の部分の幅は二間《けん》ほどあって、岩盤の上を小さな流れが走っている。

また峡谷は、ろくに奥行きがなかった。渓谷の入り口から五十メートルも入ったところで、巨岩が重なり合って行き止まりとなっている。左右の斜面が崩落したのかもしれない。

和久田教授は、このあたりを花崗岩の山地だと言っていたが、この斜面は黒っぽい堆積岩《たいせきがん》の岩盤だった。

峡谷の南側の岸には、ひとひとりがやっと通れるほどの幅の小道がついている。峡谷の底に延びているのではなく、急斜面を削って作られていた。巨岩の積み重なる行き止まりの手前で、道は終わっている。そこに古い小さな祠《ほこら》があった。

村はずれの村道の終点からここまでを、先頭で歩いてきたのは守屋淳一郎教授だった。歳《とし》に似合わず、なかなかの健脚だった。

彼は祠の前で足を止め、振り返って言った。

「ここだ。ここが、百年返しの伝承のある洞穴の入り口。和久田先生の表現を借りるなら、時の亀裂との接触面だ」

その祠の背後、急斜面に洞穴の入り口と見える穴がある。七十度ほどの角度に傾いた、高さ三メートル、幅一メートルほどの、斜面にできた亀裂だ。

穴は、違う地層同士が擦《こす》れてできた空隙とも、露出していた断層面が浸食されてできた跡のようにも見えた。穴の輪郭は意外にも鋭角的だ。不等辺四角形と言えるかたちをしている。

亀裂の上の岩盤が天然の庇《ひさし》を作っていて、雨が吹き込むことはないようだ。また、峡谷の底から一メートル以上の高さにあるので、沢の水が流れ込むこともないと見える。

入り口の外の地面に、丸太やら板やらが腐食して重なっていた。かつては入り口がふさがれていた時期もあったようだ。

与志が、穴の入り口を見て言った。

「もっとおどろおどろしい穴かと思っていました」

守屋が苦笑して言った。

「伝説のある場所は、たいがい地味なものだ」

水村千秋《ちあき》も言った。

「熊とか、狸《たぬき》の巣になってるんじゃありませんか?」

守屋が首を横に振った。

「三日前に、地元のひとに煙を焚《た》いてもらった。何も出てこなかったそうだ」

小倉《こくら》に迎えに来ていた、横尾《よこお》という三十代の男が言った。

「いちおう御祓《おはら》いもしてもらっています」

横尾は守屋の教え子だったという。いま九州大学の史学科で助教授をつとめているという研究者だ。この村の百年返しの洞穴の伝承を守屋に教えたのも、彼だとのことだ。しかし守屋の解釈を伝えられても、記録をまだ信じ切れてはいないのだという。

守屋は、横尾には直樹たちを洞穴に送る理由については正確には伝えていない。調査だと言ってあるのだ。だから横尾は、直樹たちを小倉駅に迎えたときから、守屋がまるで伝承を事実のように直樹たちに話しているのを、微笑しながら見守っていた。

いまこの場にいるのは、直樹を含めて五人の男女だった。守屋教授、直樹、与志、千秋、それに横尾。横尾も大学時代は山岳部に入っていたとのことだ。守屋の助手を務めていたときも、野外調査を好んでいたという。こんどの計画では、守屋と共にここに張るテントで、もしもの場合の直樹たちの救援に当たることになっている。

直樹は守屋の脇を抜けて、洞穴の入り口に立った。亀裂は左手奥方向に延びているようだ。奥を見通せない。また入り口周辺の様子は、鍾乳洞《しょうにゅうどう》のようではなかった。やはり異なる地層のあいだに何らかの理由でできた空隙と見える。

数歩入ってみた。入り口から左手に少し上り勾配《こうばい》の斜面があって、その先が真っ暗だ。伝説や記録では、地元の住人が共同体の「罪人」を過去へ追放するために使っていた洞穴だから、その先は垂直の深い穴ではないはずだ。落ちたら死んでしまうような形状、構造ではない。下方向への急斜面になっているのではないかと直樹は想像した。

そして、追放したはずの者がすぐに戻ってきた記録もあるということは、奥に穴の分岐があるのかもしれない。過去に通じる穴と、入り口に戻る穴との。いずれにせよ、奥行きもさほどないだろう。

　とはいえ、試しに一度入ってみる余裕はない。入った上で、自分たちが確かに過去に向かっているとわかれば、この試行をほんものの作戦へと切り換えるだけだ。

　守屋が直樹の後ろから訊いた。

「ひと休みするかね?」

　直樹は振り返った。

「頭の中で演習は繰り返してきました。すぐにも行けますよ」

　直樹は外に出ると、首に巻いた手拭いで汗をぬぐってから、いま進んできた峡谷の出口方向を見やった。五十メートルほど下流で、峡谷は浅い沢とぶつかる。沢に沿って一キロほど下ってゆけば、村のはずれに出るのだ。いまその沢沿いの道を上ってきたとき、この峡谷自体が沢の岸の崖に入った鋭い亀裂のように見えたものだった。

　直樹は、与志と千秋に目を向けた。

　直樹たち三人は、軽登山ができるような服装と装備だった。底に鋲《びょう》を打った登山靴と、ズボン、厚手の丈夫な作業着。手には軍手。それに、炭鉱で使うアセチレン・ランプつきのヘルメット。直樹は、岩登り用のハンマーにハーケン、カラビナ。さらにロープ、登山好きがドイツ語でザイルと呼ぶ綱を、直樹と与志が持つ。

　落下傘兵が装着するような胴着はつけていない。わずかな距離であろうし、必要ないだろうと直樹が判断した。

　またそれぞれの背嚢の中には、うまく過去に行けた場合に、旅行者と見せるための衣類が入っている。それに身分証明書。旅券。カネも十分に用意された。新円切り替え時に交換できなかった旧紙幣を、守屋たちはただ同然の交換比率で集めてくれたのだ。

背嚢にはそれぞれの私物も収められている。身元や、いつから来たかがわからないものばかりだ。

直樹は、与志と千秋の腰の革ベルトにカラビナをつけ、千秋を真ん中に入れて命綱を通した。互いの距離は三メートルほどとした。ヘッドランプを使うから、暗闇《くらやみ》ではぐれることを想定したというよりは、誰かが滑落《かつらく》とか転落した場合に備えたのだ。あとのふたりが、体重で事故を止める。互いがこれ以上離れていると、止め切れない。

それから直樹は、洞穴の入り口の内側にハーケンを打ち、カラビナをつけて、ロープを通した。ロープを伸ばしながら進んでゆき、引き返す場合はそのロープを逆にたどるのだ。長さ二十メートルのロープは、直樹と与志がそれぞれ首にかけた。ふたり合わせて四十メートルのロープを使って進む。それでも向こう側に抜けられなければ、たぶん穴は「収縮」してしまったか、伝承がでたらめだったのだ。

直樹はふたりに、アセチレン・ランプへの点火を指示し、ついたところでヘルメットをかぶるように言った。

用意はできた。

直樹は与志と千秋の装備をざっと点検してから、守屋に向き直って言った。

「そろそろ出発します」

守屋が、案じるような目で言った。

「無事で帰ってきてくれ。ここまで来て言うのもなんだが、無事生還を最優先にしてくれ。戦争を回避できなくても、それはそれでしかたがない」

その顔は、十二日前に直樹に過去に行くよう請《こ》うてきたときの顔とは違って、狂的にも見えた自信や確信が薄れていた。少なくとも、直樹たちを送り出すことに躊躇《ちゅうちょ》がある。後悔しているようにも見える。

直樹は言った。

「もしこの世界に戻ってきてしまったら、わたしたちの逃亡には力を貸してください」

「できる限りのことはする。ほんとうに気をつけて」

直樹は与志と千秋に顔を向け、洞穴の入り口へと足を踏み出した。ふたりが、岩盤の上に鋲の音を立てて続いてくるのがわかった。

直樹が留置場に入っていたところを守屋によって解放されてから十二日目、朝の八時だった。べつの言い方をすると、王子駅近くで進駐軍兵士に強姦《ごうかん》されそうになっていた日本人の少女を助けて乱闘となり、進駐軍兵士ひとりが電柱に叩きつけられて死んだその日から十二日目ということになる。


あのあと、進駐軍のトラックを奪った直樹は、与志、それに知り合ったばかりの千秋と一緒に王子から逃走、途中でトラックを乗り捨てて、東京大学史学科の守屋の研究室に逃げ込んでいったのだった。

さきほどの件、やらせてもらいます。ただ、進駐軍に追われる羽目になったので、救って欲しいと。

事情を聞いた守屋は、頭を抱え込み、しばらくのあいだ直樹を見ようとはしなかった。

直樹は言った。

戦争と、この刑事事件と、どっちが先生にとって重大かを考えてください。ことの優先順位をつけられるはずです。知らなかったことにすれば、すむ話ではありませんか？

もちろん守屋が、その言葉で進駐軍兵士ひとりの大怪我や、いやことによったら死亡事件を知らんぷりできると思えたわけではない。彼の遵法意識や倫理観は、軍の工作員教育を受けた自分のものとは完全に次元が異なる。彼は戦争を激しく憎む理想主義的な学究の徒《と》だ。実際的になれと迫ることさえ酷《こく》かもしれなかった。

三分以上、守屋の答を待った。やがて彼は、直樹に訊いてきた。

きみの目から見て、おふたりはそれをする覚悟と腕があるひとたちなのか？

直樹は答えた。

目の前で見ました。十分です。

守屋は、直樹が紹介した与志と千秋にも確認した。

きみたちは、戦争を止めるために過去に行くことに同意したのか？

千秋が先に答えた。

詳しいことはわからないけど、逃げられるのはそこしかないと聞いた。だったら行く。

守屋は与志の顔を見た。与志の答は簡潔だった。

藤堂さんについていきます。

守屋は、まだ完全に得心できていないという目だったが、それでも葛藤《かっとう》を振り切るかのように言った。

そういうことにしよう。きみたちにやってもらう。

守屋は、ふたりの答でなんとか落胆と幻滅から立ち直ったのだろう。すぐに直樹たちを送り出す手配にかかるという。身分証明書から列車の切符の手配、必要な装備類の調達などだ。山陽本線《さんようほんせん》で関門《かんもん》鉄道トンネルを抜けて小倉に向かう。

与志も千秋も、守屋の言葉を不思議そうな顔で聞いていたが、直樹がそうしたようには守屋を質問攻めにしたりはしなかった。守屋も途中で言った。自分たちが何をすることになるか、詳しいことはあとで藤堂さんから聞いてくれ。奇妙なお願いに聞こえるだろうが、藤堂さんはもう理解している。

いや、理解はしていない、と直樹は否定したりはしなかった。いま自分には、あの戦争を回避するということ以上の切実にして緊急性のある課題がある。与志と千秋を守ることだ。そのためには、守屋と和久田の奇妙な懇請《こんせい》を受けるしかない。潜伏や逃亡はわずかな時間稼ぎにしかならない。完全に解放されるには、この歴史から別の歴史に移るしかなかった。ほんとうに移れるものなら。

守屋は、忙しくなってきたと言って、夏休み中の大学の、守屋の研究室に泊まるよう勧めてくれた。もちろん大学の規則では許されないだろうが、進駐軍に協力している教授のすることであれば、誰もとがめられない。

守屋の研究室に駆け込んだ翌日だ。新聞に、王子駅近くで軍需物資を運ぶ進駐軍のトラックが襲われ、兵士がひとり死んだという記事が出た。やはりあの兵士は死んでいたのだ。でも守屋は、きょうこの亀裂の前に来るまでその件をいっさい話題にしていない。

そうして二日前、守屋に従って直樹たちは国鉄山陽本線・門司《もじ》駅に降り立った。門司駅には横尾が迎えに来ていた。彼の案内で、小倉へ移動、日豊《にっぽう》線に乗って行橋《ゆくはし》に向かい、行橋で田川《たがわ》線に乗り換えて、この村の駅に着いたのだった。

東京を出発する前日、守屋から戦争を回避するための歴史を変える工作の具体的な中身を教えられた。戦争を回避するために、いつの時点ならば誰と誰を排除したらよいか、どんな謀略を阻止すればよいか、守屋はまるで自分がその場で見てきた事実であるかのように、言いよどむことも憶測を混ぜたような口調になることもなく、淡々と教えてくれたのだった。

さらに守屋はつけ加えた。謀略はいつどのように起こったか、その時点直前での排除すべき者の居場所はどこか、彼らが集まって密謀したとしたらいつで、場所はどこであったか、排除のための接近に容易な時機はいつかを。

守屋は終戦後はGHQに協力し、開戦に至る経緯と戦争責任のありかについての調査に携《たずさ》わってきた。自分が得た情報については、絶対の自信を持っていた。

直樹たちが戦前のいつの時点に行くことになるのか確実にはわからないため、計画にはいくつもの代案があった。それが不可能だった場合、あるいは失敗した場合の、次の目標、さらに次の目標と、数段階の提案を用意していた。もちろん、すべては行ってから直樹が判断して決定するのだ。

守屋の話が一段落したとき、直樹は与志と千秋の顔を見た。

軍の諜報員なり工作員の任務に近いことをやるぞと直樹が呼びかけて、それでも与志と千秋が自分に同行してくれるかどうか、直樹は心配していた。薄々ことの重大さには気づいていたろうが、それでも殺人を含む反軍活動、反帝国活動まで実行する覚悟でいるかどうかはまだ確かめていない。もしふたりとも、自分はやらない、降りると言えば、直樹はふたりをそのままこちらの歴史に残して、自分ひとりでおよそ二十年の過去に向かうつもりだった。

ひとりでは戦争回避のための工作活動など困難過ぎるかもしれないが、一緒にやってくれる同志の当てもない以上、ひとりで行くしかないし、ひとりでできる限りのことをする以外にないのだった。そしてもし自分が、なんとか戦争回避のきっかけでも作ることができたならば、あのふたりが進駐軍と新生日本の警察から追われる現実も消えるのだ。自分は和久田教授の説明をそのように理解したが、正しいだろうか。

与志を見つめた。お前はどうする？

与志は、とくに表情を変えることもなく言った。

なんでも指示してください。やりますよ。

直樹は千秋を見た。彼女は微笑した。

あの王子駅前から逃げたとき思った。あんたたちとなら、たいがいのことができそうだって。あたしたち、やれるんじゃない？

直樹はふたりの返答に逆に不安になって言った。

失敗するかもしれない。つまり死ぬかもしれないんだぞ。相手は帝国陸軍だし、帝国の政府だ。あのときの進駐軍兵士たちとは、怖さが違う。大きさが違う。

ふたりが反応する前に、守屋が彼らに言った。

藤堂さんは、自分では話していないかもしれないが、陸軍で特別な訓練を受けたひとだ。本物のスパイだ。英国諜報部を相手にして、インドの英雄を救ったこともある。安心してついていける隊長だ。

与志と千秋が、やはりそういうひとなのですねというように直樹を見つめてきた。

守屋が続けた。

大学時代は山に登っていたひとだ。冒険や探検の心得もある。

いや、心得しかないのだ。経験が豊かでもなければ、熟練でもない。でも仲人口《なこうどぐち》のようなものだ。黙っていていいだろう。

洞穴の入り口から斜め左手方向に延びるゆるい斜面を上りきると、天井部分が少し低くなった。屈《かが》むように直樹は慎重にその斜面を上った。斜面は、入り口がちょうど見えなくなる高さのところで平坦になり、その先五十センチばかりのところで急斜面となって落ち込んでいた。斜面の角度は四十度以上あるだろうか。スキーゲレンデなら上級者向きと言える角度の斜面だ。

直樹はヘッドランプで底を探った。細長い隙間が、白っぽい別の岩盤に突き当たっているようだ。その白っぽい岩盤が底だ。深さは三メートルほどだろうか。動物の骨などは見当たらない。穴は右手に続いているようだが、はっきりはわからなかった。

頬がかすかに涼しくなった。風が吹き上がってきている？

左隣りに千秋が来た。彼女は底を覗き込んで言った。

「空気が流れていますね。奥から吹いてきている」

「やはりか」と直樹は言った。「どこかに通じている」

与志が千秋の向こう側で、穴の奥へと上体を乗り出した。

「この下に落とされると、上ってくるのはちょっと難儀ですね」

容易ではないだろうが、ひとによる。屋根葺《ふ》きとか鳶《とび》の仕事に就《つ》いたことのある男なら、なんとかできるかもしれない。

直樹はここでもハーケンを打ち、カラビナにロープを通した。

そのロープを使い、順に懸垂下降で降りた。降り立ったその空間の左手には、岩盤の崩落の跡があった。黒っぽくて平たい岩が積み重なっている。底にあたる部分の岩盤は、左右の岩盤とは種類が違って見える。

右手の前方方向に、穴が延びている。底に当たる面は、いくらか上り勾配がついていた。その空間はやはり二枚の巨岩のあいだにできたような歪《ゆが》んだ四角形をしていて、ひとがふたり並んで立って通れるほどの大きさだった。風が奥から吹いてくるのがはっきりとわかった。前方に出口がある。いや、ことによると、ここはあの亀裂のどこかの隙間に通じる横穴なのかもしれなかった。

空間全体を見渡していくと、左手の壁面の途中に、ひとの高さほどの位置から、隙間ができている。岩盤の節理《せつり》の部分が浸食されたかのようなくぼみだ。斜めに傾いていて、ちょうどひとが身体を入れることができるほどの大きさだった。奥があるのかどうかはわからなかった。

直樹は磁石を取り出した。磁石の針が一定しない。くるくると回っている。進んでいる方向を知ることはできそうもない。

穴の先へもう十メートルばかりも進んだ。前方に平たい石塊《いしくれ》が積み重なっていた。両側か天井部分の岩盤が、ちょうど剝離《はくり》したかのように崩落している。積み重なった岩の高さは、底から一メートルほどだ。

行き止まりなのだろうか。和久田教授の言葉が思い出された。

その亀裂は収縮している。

収縮は、具体的にはこのように穴がふさがれていくかたちで進行しているのだろうか。

その積み重なった石塊の上に上がってみると、崩落はそこだけだとわかった。すぐにまた穴は広がり、奥へと続いている。腹這《はらば》いになってここを通過すればいい。風はいっそう強く感じられるようになった。

崩落を乗り越えて立つと、穴は右にゆるく曲がっていった。次第に狭くなっている。左の岩盤が倒れるように迫ってきているのだ。そのうち、いやでも身体を倒し、右の岩盤に手をついて進まざるを得なくなった。

命綱の感触を確認しながら進むと、後ろで千秋の言うのが聞こえた。

「自分の姿勢がわからない。立っているんですか。横になっているんですか？」

そう訊かれて気づいた。身体を斜めに傾けていると思っていたが、自分はいま垂直に立っている？

混乱しつつ進むと、ふいに空間が広がった。小さな部屋のような空間に出たのだ。その部屋の壁面の、いわば窓枠の中に、自分がいる。正面の壁が、向こう側に倒れるような斜面となっている。

直樹は、岩盤の途中に開いたその隙間から、穴の底に慎重に降りた。ぐるりと見回すと、そこはさっき懸垂下降で降りた空間だとわかった。

どこで、戻ることになったのだろう？　直樹は混乱した。ここがさっき降り立った空間だとしたら、正面の斜面には自分が下ろしたロープがあるはずだが。

見当たらなかった。よく似ているが、ここは別の場所ではないだろうか。

千秋が隙間に身体を出した。

「あれ」と千秋が驚いた声を出した。「ここって」

直樹は手を貸して、千秋を穴の底に下ろした。

千秋は空間を見回してから言った。

「ひと回りしてしまったんですか？」

与志もその亀裂から出てきた。

「さっき降りた場所じゃないですか」

直樹は、岩盤の斜面を指で示した。

「ロープがない」

「ほどけて、引っ張ってきてしまいましたか」

直樹は振り返った。ロープはいま直樹たちが出てきた亀裂の奥へと延びている。直樹は手にしていたロープを奥からたぐりよせた。すぐにロープはぴんと張られて動かなくなった。穴の角に引っかかっているのか？　いや、ここに達するまで、自分は何度もロープが切れたりほどけたりしていないか、引っ張って確かめている。切れたと感じたことはない。

与志が、そのロープに手を触れて引っ張った。

「反対側で、たしかに結ばれていますね」と与志はロープから手を離した。

千秋が言った。

「じゃあ、ここは違う場所なんですか？」

「わからないが、まだここまで十五メートルくらいしか来ていない。迷うほどの距離を移動していないはずなんだ」

与志が言った。

「違う場所なんですよ」

直樹は腕時計を見た。午前八時二十五分だ。二十五分かけて自分たちは穴の中をひと回りしてきたのか？　ほんの五分ほどに感じたが。

磁石を取り出した。いまは針は安定している。急斜面はこの空間の北側にある。

「ランプをいったん消してくれ」と直樹は指示して、自分のランプも消した。

ふたりも消すと、斜面の上のほうがかすかに明るい。入り口があるのだ。

もう一度ランプをつけてから、直樹は急斜面の上に顔を向けて大声を出した。

「おおい。守屋先生！」

声は自分たちがさっき進んでいった穴の奥へも伝わっていった。谺《こだま》がいくつも重なって聞こえた。

耳を澄まして、返事を待った。何も返ってこない。聞こえなかったか？　先生たちは洞穴の入り口の外にいる。聞こえないのか。

次は三人一緒に声を出した。

「おおい。守屋先生！」

やはり返事はない。声が返ってこなかった。

直樹は苦笑して言った。

「休憩しているかな。いくらなんでも、戻ってくるのが早過ぎた。上がろう」

直樹は岩登りの要領で、角度のついた岩盤に隙間を探し、ハーケンを打ち込んで足がかりを作りつつ、ロープを延ばして、斜面の上に這い上がった。そこも、記憶にある空間だった。左手方向の壁がぼんやりと明るい。入り口のそばだ。

「守屋先生」と、声をかけた。返事はなかった。

穴の底でふたりを不安にさせてはならなかった。

直樹は穴の底のふたりに大声で言った。

「外に出られる。守屋先生たちはいない。いまからロープで引っ張り上げる」

新しくハーケンを打ち、カラビナをつけてロープを通した。これで自分の体重をかけてふたりを順に引っ張り上げることができる。

上がってきた千秋が言った。

「やっぱり、さっき降りてきたところですよ」

直樹は、わけがわからないままに言った。

「おれがさっき打ったはずのハーケンがないんだ。同じ場所かどうかわからない」

「同じ時間かどうかも」

「そうだ」

与志を引っ張り上げた。与志の反応も千秋と同じだ。

「戻ったんですね?」

「確かめていない」

命綱をはずし、ロープも置いてヘルメットを脱いでから、直樹たちは洞穴の入り口方向へと進んだ。一回、穴の中で折れ曲がると、入り口だった。入り口には板が張られている。板戸で閉じられているのだ。板の隙間からは明るい外の光が漏れている。

まさか。

直樹の背を、冷たいものがつたっていった。

自分たちは閉じ込められた? でも、誰に、いつ?

直樹は板戸を押してみた。がたついている。板自体も風化している。直樹は鋲を打った靴の底で、思い切り板戸を蹴った。蹴った部分の板がバリンと向こう側に弾《はじ》けた。蹴りを繰り返して、板戸を完全に外に押し出すことができた。直樹は洞穴の外に用心深く踏み出した。

誰もいない。守屋も、横尾も。ふたりの持ち物も見当たらなかった。

自分たちが入っていったとき、洞穴の入り口はふさがれていなかった。ほとんど腐食したような木材が入り口の地面に積み重なっていたが、この二十五分のあいだに地元の誰かがふさいだのだろうか。事故など起きないようにと。

祠を見てみた。記憶よりも少し木材が新しいように見えたが、確信は持てなかった。

千秋と与志も外に出てきて、あたりの風景を見やっている。不安そうだ。

木々の葉の茂り具合や色から判断すれば、入ったときと同じ日のように見えるが、それを示すものが目に入るわけではなかった。過去の同じような季節に出たというだけかもしれない。いずれにせよ夏だ。いや、出発したときと同様、セミは鳴いていない。夏の盛りは過ぎている。九月か。

直樹はもう一度洞穴の中に入って、自分が打ったハーケンがあるかどうかを確かめてみた。入るときに打ったハーケンは見当たらなかった。守屋教授が抜いた？　この二十五分の間に。まさか。何の意味がある？

与志と千秋が、どうなっているんでしょうという顔を向けてくる。

直樹は言った。

「やはり、入ってきたときとは違う時間に来てしまったんだと思う」

「先生が言っていたとおりに？」

「穴の中を歩いていたときも、じつは半分以上は先生の言葉を疑っていた。行けるはずがないと。でも、この場所に出てきたのに、三十分前とは違う」

千秋が言った。

「洞穴の中を歩いているとき、自分がまっすぐ立っているのかわからなくなったときがあった」

「自分も、たしかにそんな感覚になった」

「あのとき、わたしたちは境目を越えたのでしょうか？」

「暗闇の中で、不自然な姿勢を取った。そのせいで、五官が狂ったのかと思うけど」

与志が訊いた。

「どうします？」

「駅まで歩く。途中ひとに会ったら、いまがいつかを確かめよう」

「きょうはいつですかと訊くんですか？」

たしかにそれは、奇妙過ぎる質問だ。時代によっては、ひどく怪しまれるだろう。警察に通報されるかもしれない。自分たちは、穴を抜けたあとは、新聞なり鉄道駅の表示で確認しようと考えていた。誰かに尋ねることは、考えていなかった。しかし、すぐにでもいまがいつなのか知りたい。

直樹は言った。

「訊き方は考える。いまがいつかはっきりしたら、それから何をしたらいいかを決める。いまがいつかによって、することが決まる」

千秋が訊いた。

「駅まで、この格好で？」

「ヘルメットとランプは、洞穴の中に置いていこう。おれたちは、登山者だ。愛宕山《あたごやま》から下山してきたことにする」

涼しい穴の中から外に出てきたので、汗が噴き出てきた。緊張が解けたせいかもしれない。ここがいつのどこかもわからないいま、まだ緊張を解くべきではなかった。でも、脳のほうは外光のもとに出たというだけで、恐怖や圧迫感から解放されたのだ。

「行こう」

直樹は峡谷の底の小道を下り出した。五十メートルも下って行けば、沢に出る。そこからまた沢沿いに下って行けば、農家がぽつりぽつりと見えてくるのだ。ここが、あの峡谷であるならば。

直樹は振り返った。千秋と与志が、登山者のような格好で続いてくる。自分たちは、登山好きののどかな暇人と見てもらえるだろうか。いまはそういう時代だろうか。

沢に出て、視界が広がった。

この沢の下流、歩いて一時間ほどのところに、田川線の駅がある。二日前から今朝まで泊まった商人宿《あきんどやど》は、その駅前にあるのだった。これから何をするにせよ、そこからまた数時間かけて小倉駅まで出なければならないのだが。

沢の下流に、農家の茅葺《かやぶ》きの屋根が見えてきた。そのたたずまいには見覚えがあった。今朝は駅前でトラックを頼み、この農家のもう少し下流にある木橋まで乗ってきた。そこから歩いてあの祠の前まで行ったのだった。

家と沢とのあいだの平坦地に小さな野菜畑があり、男がひとり作業をしていた。肥《こやし》を畑に撒《ま》いているようだ。

直樹たちが近づいていくと、男は作業の手を止め、まっすぐに直樹たちを見つめてくる。登山者のような三人が近づいていくのだ。注意を向けてきて当然だった。

直樹は与志に言った。

「台詞《せりふ》をひとつ覚えてくれ」

「何です?」と与志。

「九月一日。大正十年」

与志が同じことを繰り返した。

「合図したら、それを言ってくれ」

「はい」

農作業中の男は、麦藁《むぎわら》帽をかぶり白いランニングシャツ姿だった。

声が届くところまで近づいてから、直樹は帽子を取って言った。

「こんにちは」

相手はどぎまぎしている。ああ、ああ、という声が聞こえた。

沢沿いの道は、その農家と畑とのあいだに延びている。男の真横まで来たところで、直樹は足を止めた。与志と千秋も帽子を取って、屈託のない調子であいさつした。

中年のその男はやっと顔から警戒を解いた。

「山登りかい?」

「そうなんですよ」直樹は答えた。「きれいなところですね」

男は千秋に目を向けて言った。

「女のひとも一緒かい」

「ええ。料理係なんです」直樹は駅の名を出して訊いた。「……まで、一時間くらいですか?」

「ああ。そんなものだ。東京のひとかい?」

「そうなんです。やっと夏休みが取れたんだけど、休みが終わるまでに帰れるかどうか、心配しているんです」

直樹は目で与志に合図した。

与志が一瞬戸惑いを見せてから言った。

「九月一日。大正十年」

「違うって」直樹はあわてた様子を作って男に言った。「弟は、きょうが何日かを覚えられなくて」

また与志に合図。

「九月一日。大正十年」

麦藁帽の男は、笑ってよいものかどうか、困惑する顔となった。

直樹は与志に顔を向けて言った。

「与志、お前、学校の成績はいいのに、日付だけどうして数え方がわからないんだ？　こちらのひとから、きょうがいつかをきちんと教えてもらえ」

「九月一日」とまた与志が言う。「大正十年」

直樹は男に頼んだ。

「きょうがいつか、教えてやってくれませんか。弟は、日付とか年号を覚えるのが苦手なたちなんです」

「九月五日だ」と男。

「九月五日」と与志が言った。「大正十年」

男が笑いながら訂正した。

「昭和六年」

直樹は驚愕《きょうがく》した。昭和六年？　和久田教授の計算していた時代からはずれている。

与志がまた言った。

「九月五日。昭和六年」

和久田教授は、二十一年プラスマイナス二年の範囲の過去に行けると言っていた。つまり、大正十五年九月から昭和五年九月のあいだだ。守屋教授の戦争回避計画も、その前提で立てられた。その前提よりも一年あとに来てしまったとは。

直樹は男に礼を言った。

「どうも。もうわかったと思います」

それから与志の肩を叩いた。

「忘れるなよ。東京に帰るのは明後日《あさって》の九月七日だからな」

「うん」

直樹は帽子をかぶると、与志と千秋を促して再び道を歩き出した。

男に声が聞こえないだけ離れてから、直樹はふたりに言った。

「ここは十八年前だ。十八年前の前日」

和久田教授が計算を間違えたのではない。計算のための条件が少な過ぎたのだろう。むしろこのようなことを、ほぼよく当てたとさえ言えるのではないか。

ただ、守屋教授が立てた計画は、そのままでは使えない。練り直しが必要だった。

千秋が言った。

「まだ信じられません。ほんとうに過去に来たんですか?」

「じつはおれもだ」と直樹は言った。「駅に出れば、確証も得られるだろうけど。この風景を見ている限りは、小一時間前と変わらない」

与志が言った。

「計算どおりの過去じゃないですよね?」

「一年あとにずれてる」

「昭和六年でも、計画は実行可能なんですか」

「不可能じゃないはずだ。応用は利くだろう」

もう一年過去に戻して欲しい、と誰かに願ったところでかなわないのだ。この現実を受け入れるしかない。直樹は歩きながら周囲を見回した。

昭和六年の九月五日であれば、まだ外国スパイの暗躍などは、地方都市では絵空事だ。直樹たちがスパイと疑われて通報されることはないだろう。女も交じった三人組で背嚢を担っているし、のどかな登山者とは見えなかったとしても、行商の一行ぐらいには勘違いしてくれるかもしれない。村の中は堂々と歩いていけばいいのだ。

沢にかかる橋を渡り、対岸に延びている道路を下った。往路は守屋がトラックを手配していた道だ。

ときおり村人に好奇の目を向けられたけれども、次第に広くなる谷を西に下り、村のはずれにある鉄道駅に着いた。自分たちが泊まった商人宿はなかった。その場所には、粗末な民家があるだけだ。

駅舎のたたずまいは、昨日見たときの印象のままだった。周囲を見回すと、駅前の広場の前の商店の壁に、琺瑯《ほうろう》びきの広告看板がかかっている。サクラビールの看板だ。

この看板は、昨日はなかった。なかったことは覚えている。そして、サクラビールはたしか門司の醸造所が造っていたビールだ。戦争中に、サクラビールの醸造所は大日本《だいにっぽん》麦酒に吸収されているはず。いまが昭和二十四年なら、この看板があるはずはない。やはりここは、今朝洞穴に入ったときよりも過去だ。

直樹たちは駅舎の中に入って、まず壁の時計を見た。九時十五分だ。駅舎の中にはひとはいない。

自分の腕時計は、もう十時近い。与志の腕時計は止まっていた。千秋は腕時計はしていない。この時代、男でも腕時計をする者はごく限られているのに、女性がしていてはひと目を引き過ぎるからだ。代わりに千秋は腰の信玄袋の中に、懐中時計を入れていた。彼女の時計の針は、一時半を指していた。洞穴の中で、時計は三つとも完全に狂ってしまっていたのだ。

時刻表を見ると、このあと二十分ほどで、行橋行きの列車が来る。四十分後には、反対方向伊田《いた》行きの列車。

来たときと同じ路線を戻るのがいいだろう。つまり行橋行きに乗り、行橋で小倉行きに乗り換えるのだ。次の行動をまだ決めていないが、この時期、とにかく東京に入ってしまうべきだ。小倉から門司に行き、国鉄の山陽本線と東海道本線で東京に向かうのだ。

直樹は、旧紙幣を入れた財布を取り出して、窓口で小倉駅までの切符を三人分買った。買いながら、腰を屈めて窓口の奥を覗き、事務室の壁の日めくりの暦《こよみ》を見た。9月5日、と大きなアラビア数字で印刷されている。その上に、小さな文字で昭和6年の文字。

受け取った切符にも、日付印が押されていた。国鉄が暦を間違えることはあるまい。やはり自分たちは十八年前の前日に出てきたのだ。過去に来たという事実が確かならば、それが一年ずれていたことなど些細な問題だ。

壁際のベンチに並んで腰を下ろしたところで、客がふたりやってきた。続いてまたひとり。三人とも、直樹たちを見て少し驚いたような顔をした。直樹は、和服姿の中年男に、微笑してあいさつした。和服の男はうなずいたが、とくに言葉をかけたりはしてこなかった。

千秋が、信玄袋の中に手を入れた。何をしようとしているか、すぐにわかった。彼女は煙草《たばこ》を喫《す》うつもりだ。昨日まで、彼女が喫っているのは、新生《しんせい》だった。二十本入りのピンクがかった箱のものだ。今年の六月に発売されたばかりの煙草だ。いまこちらの時代にはない。

直樹は千秋の手を押さえて言った。

「煙草は、向かいの店で買おう」

千秋は直樹を見つめてきたが、すぐに理解した。

「そうか」

いまが昭和六年なら、もうコハクとかホープといった煙草が売られているはずだ。

「新聞もだ。マッチも必要だ」

「はい」と千秋は待合室を出ていった。

与志が、くすりと笑って店に向かう千秋を見送った。彼は煙草は喫わないのだ。自分が喫うべき煙草の銘柄に気をつかう必要はない。

直樹は待合室にいるほかの乗客の顔を窺《うかが》った。千秋が煙草を喫うことは、この時代は不自然だろうか。かなり蓮《はす》っ葉《ぱ》な女と見られるか。都会と農村ではまた違うだろうが。

待合室が少し混んできた。改札口の前には、列もできている。

待合室の中には、直樹たちをうさん臭げな目で見ている者がいる。地元の者ではないし、登山者ふうの身なりなのだ。ということは、遊びのために遠出している者たち、ということだが、そのことが気になるのかもしれない。いっそこの沿線にある温泉にやってきた客を装ったほうが、目立たなかったのかもしれない。

千秋が戻ってきた。新聞を一部と、煙草の箱がふたつ。持ち歩き用の小さなマッチ箱もふたつ。

直樹がコハクの箱を取ると、千秋はホープの箱を開けた。

新聞は小倉で発行されている地方紙だった。九月五日号だ。昭和六年。今朝早い列車で、この駅にも運ばれてきたのだろう。

記事は地元のものが大半で、東京の政治関連のニュースはほとんどなかった。ただ満州大興安嶺《だいこうあんれい》の立ち入り禁止地域で関東軍の中村《なかむら》大尉が張学良配下の部隊に拘束され殺害された件の続報が短く載っていた。いったん調査を約束した中国政府は日本側の陰謀だと主張し始めているとのことで、中国東北《とうほく》地方の軍閥に対して、打ち懲らすことが必要ではないかと記事は締めくくられていた。地方都市の新聞にこうした記事が載っているのは、北九州が満州とは地理的に近く、関連記事がよく読まれているせいかと想像した。

あらためて新聞の日付を見た。昭和六年九月五日だ。

改札口の引き戸が開いて、駅員が声をかけた。

「行橋方面行き、改札を始めます」

待合室のベンチの男女が一斉に立ち上がった。

やってきた列車はさほど混んでおらず、直樹たちは離れることにはなったものの、とにかく椅子に座ることができた。戦後のぎゅう詰めの列車を想像していた直樹は、いくらか拍子抜けする思いだった。東京から門司までも、守屋がGHQに手をまわして二等の座席を早めに用意してくれていた。移動はさほど難儀ではなかった。考えてみれば、戦争前だ。まだ都市も鉄道施設も空襲で被災していない。戦後の東京周辺ほどには、鉄道事情は悪くはないのだ。

行橋駅で、小倉に向かう列車に乗り換えた。こちらは少し混んでいて、与志だけは千秋と直樹のそばの通路に立つことになった。

途中、与志や千秋は話をするわけにはいかなかった。直樹は煙草を喫いながら、次の手を考えた。いまが昭和六年の九月五日であれば、何をすることが戦争回避となるのか。

和久田教授の計算から、自分たちが行くことになる過去は、二十一年プラスマイナス二年という前提だった。つまり、大正十五年、西暦で言えば一九二六年の九月から、昭和五年、つまり一九三〇年の九月までのどこかの時点だ。守屋教授の計画は、そのあいだで戦争を回避できる分岐点を検討し、それが実現することを阻《はば》むというものだ。

行ける過去を任意に選ぶことができない以上、じっさいに行ってみて、あるいは来てみて、やれることを直樹たち実行チームが選ばねばならなかった。

ただ、それがどの時点であれ、目標はこの時期に着々と戦争を準備していた帝国陸軍の高級将校たちとなる。もし行った先が昭和三年つまり一九二八年の六月以前であれば、満州奉天軍閥の指導者・張作霖の爆殺事件を阻むことになったろう。それは後の満州事変を準備する謀略であり、戦争の端緒《たんしょ》でもあったのだから。

事件を未然に阻止するには、張作霖の側近に対して、関東軍の謀略を伝えるだけで十分なはずだ、と守屋は言っていた。満州事変についてもだ。信用できる情報だと受け取ってもらえるなら、現地での計画の責任者や工作指揮官を事前排除する必要はないと。情報が漏れたという事実だけで謀略の関係者は恐慌をきたし、拙速な第二案、第三案を繰り出して自滅するだろうと。

またもし行った時点が計算のちょうど中央、昭和三年、一九二八年の九月であったなら、帝国陸軍の内部の結社、二葉会《ふたばかい》と木曜会《もくようかい》のメンバーの排除を目標とすべきだと、守屋は助言してくれていた。とくに陸軍省と参謀本部にいる課長級の軍人たちだ。直樹には、当時の帝国中枢の戦争推進者たちについて知識はなかったから、守屋の助言はすなわち指示だった。

その戦争に取りつかれた高級将校たちの名を、直樹はもちろん完全に覚えてきたし、居住場所、通勤の経路も頭に入れている。

昭和四年には、二葉会と木曜会は合同し、一夕会《いっせきかい》という組織になっていた。一夕会は反長州閥意識の強い軍人たちを糾合《きゅうごう》しており、長州閥将校とは陰に陽に対立していた内部結社だ。その一夕会が陸軍中央の主要実務ポストをあらかた押さえて、戦争への道を準備していたのだった。

その流れで守屋は教えてくれたが、これが昭和六年の九月だと、全部で七つの課が一夕会の好戦派軍人で占められていたのだ。

つまり、計画を修正すると、いまの目標は軍人七人ということになるか。三人で手分けしても一度に排除はできないが、ありがたいことに、守屋はその七課長会議が非公式に夜にも開催されていることを調べ上げていた。彼らは料亭に集まって芸者をはべらし、そこで謀略を語ることを好む日本人たちだった。そこであれば……

いや、と直樹は考え直した。昭和五年の秋と昭和六年の秋とでは、もう戦争への流れはまるで規模の違うものになっているはず。陸軍の実務家たちの排除では、流れを変えることはできないのではないか。たとえば満州事変直後、陸軍省・参謀本部合同の首脳会議が、満州事変をきっかけに満州全土占領を計画している。このときの出席者クラスを排除しなければ、戦争は回避できない。

この会議の出席者のうち、より好戦的な者はといえば、小磯《こいそ》軍務局長、杉山《すぎやま》陸軍次官、二宮《にのみや》参謀次長、荒木《あらき》教育総監部本部長であり、永田鉄山《ながたてつざん》軍事課長、と守屋から教えられている。会議がどこで行われたかも、守屋は調べ上げていた。

そこで、一気に排除するか。しかし、陸軍中枢の施設の中だ。容易な作戦とはならない。

違う案はあるだろうか。

直樹はその日、三本目の煙草を喫い終えたが、まだ結論は出せなかった。具体的な計画はともかく、いまはまず東京を目指すだけだが。

乗り換えた列車が小倉駅に着いたのは、正午前だった。

改札口を出たところで、与志が訊いた。

「このあとは？」

直樹は答えた。

「昼飯。それからどこかで着替え。登山者じゃなく、旅行者になる。おれは、この街に公立図書館があるか探してみる。あってこの数ヵ月の新聞が読めるようであれば、記事を読んでこの時代の知識を入れる」

千秋が訊いた。

「あたしたちも一緒でいいんですか？」

「もちろんだ。だけど先に飯にしよう」

駅の窓口で、小倉市には公立図書館があるかを訊ねた。ないが、門司市や八幡《やはた》市にはあるという。東京に行くには、どっちみち門司港で関門連絡船に乗らねばならなかった。門司に移動して図書館に行くのがよいだろう。

駅舎の掲示板に、何枚も旅行関連のポスターが貼ってあった。東京、京都、伊勢神宮《いせじんぐう》といった都市や観光地のもの。神戸発の上海《シャンハイ》航路の船や、門司港発の大連《だいれん》航路の船のポスターもある。上海と大連。どちらも日本人は旅券を必要とせずに行ける都市だ。

駅の外に出ると、駅前には食堂がいくつも並んでいる。独立した部屋を使える食堂もあった。直樹たちはそこに入って、昼食の前に着替えをすませた。

食事中、隣りの部屋から客の声が聞こえてきた。東京から帰ってきた男を、地元の知人たちが囲んで、会食をしているようだ。

「とにかくね」と、帰ってきたばかりらしい男が言っている。「霞《かすみ》が関《せき》近辺、陸軍省のあたりまで含めて、警備がやたらに厳しいんだ。何度も巡査に止められて、身元調べ、所持品検査さ。去年はなかったことだぞ」

地元の男らしい男が言う。

「それは、三月事件のせいかい？　桜会《さくらかい》やら大川周明《おおかわしゅうめい》たちが軍部内閣を作ろうとした事件」

「そうだろうな。ぴりぴりしていた」

昭和六年の三月事件。それも守屋教授から教えられていた。陸軍大臣の宇垣一成《うがきかずしげ》を首相に押し立てようとしたクーデター未遂事件だ。参謀本部ロシア班の橋本欣五郎《はしもときんごろう》中佐が計画を立案し、民間の大川周明らが支援した。

土壇場で宇垣陸軍大臣が参加を拒み、クーデターは未遂に終わった。軍部内閣の樹立はならず、宇垣一成は三ヵ月後、朝鮮総督に任命された。橋本中佐はこのあと、十月にもクーデターを計画したが、このときも事前に露顕して失敗している。処分は二十日間の謹慎だった。

その三月事件からまだ半年しか経っていない。陸軍の七課長を標的とする計画は無理があるか？　いま昭和六年九月の段階では、もはや課長級の実務派軍人ではなく、参謀総長や陸軍大臣級の排除を目標とすべきだろうか。守屋の話ではこの当時、陸軍中央ではすでに桜会とは別のクーデターも計画されていたのだ。

思案していると、千秋が言った。

「ご飯、手をつけないんですか？」

直樹は我に返った。

「ああ。いや、食う」

隣りの客たちの会話が静かになっている。直樹は卓の上に上体を屈めた。ふたりに、小声で言いたいことができた。

与志と千秋が、顔を寄せてきた。

直樹は言った。

「東京には行かない。計画を変える」

与志が小声で訊いた。

「どうするんです？」

「門司港から、満州に渡る。満州事変を阻止する」

直樹は二人に、守屋先生から教えられていた陸軍の狂信的幹部たち、たとえば七課長会議のメンバーらの排除は難しいと伝えた。時代がずれてしまった以上、代案のうち実行可能な計画となると、満州事変の阻止なのだと。

与志は目を丸くした。

「それって、間に合うんですか？」

「事変は今月十八日に起こった。まだ。十三日ある」

千秋は微笑したように直樹を見つめてくる。賛同しているという表情だ。

直樹は千秋に訊いた。

「中国語はできるか？」

千秋は答えた。

「うちには、中国人の女中《アマ》がいた。北の中国語なら、少しは」

直樹は与志を見た。

与志も、同意したという顔で言った。

「外地って初めてです」

決まった。自分たちはこのあと門司港に移動して、大連行きの船に乗るのだ。

直樹はあらためてきょうの日付を意識した。昭和六年、一九三一年の九月五日。自分たちは戦後の昭和二十四年九月から、満州事変直前の昭和六年、一九三一年の九月にやってきたのだ。

4

列車は門司港駅に到着した。

路線の終点なので、線路はその駅で行き止まり、いわゆる頭端《とうたん》型の鉄道駅だった。乗客は列車からプラットホームに降りると、真正面にある改札口へ向かって歩く。駅舎を出て、左手の関門海峡に向かって百メートルもゆるい坂道を下ると、大連航路の客船の着く上屋《うわや》がある。

三人並んでプラットホームを歩いているとき、直樹は前方の改札口の左に、見るからに警察官という男が立っているのを見た。改札口を抜けていく男女ひとりひとりの顔を油断のない目であらためている。検問だ。犯罪者でも待ち構えているのか。

朝の八時十五分だ。

大連行きの船は週に二便あるが、きょうも出る日だった。十時四十五分の出港だ。二時間前までには旅具検査を受けることになる。直樹は昨日小倉で、大連行き貨客船うらる丸の一等船室の切符を買った。日本人は、租借《そしゃくち》地である遼東《りょうとう》半島や満州鉄道沿線地域に旅行する場合は、旅券は不要だった。三人の旅券は守屋教授が用意してくれた、名義も本名そのままの旅券を持っているが、旅券審査は受けずに船に乗れる。満州に着いてから、たとえば天津《てんしん》とか、あるいは北京《ペキン》にまで足を延ばしたいというとき、旅券が必要になるのだ。こんどの計画では、たぶん旅券を使う機会はないだろう。少なくとも、それの実行までは。脱出にかかるときに、必要になる。

切符を買ったあと、昨夜《ゆうべ》は直樹たちは小倉駅前の旅館に三人一緒の部屋で泊まり、今朝門司駅に向かったのだった。

目の前を、ふたりの男が並んで歩いている。右側は若い男で、シャツに肩掛け鞄《かばん》、右手に革の旅行鞄。左側は年配らしく、ソフト帽に背広服、左手にボストン型の旅行鞄を持っている。歩調は揃っているし、連れ同士なのかもしれない。

若い男が歩調も姿勢も変えることのないまま、左手で肩掛け鞄の中から革装の厚手の手帳のようなものを取り出して、左側の年配の男に渡した。年配の男も、まったく姿勢を変えることなくその手帳を受け取り、歩きながらボストン鞄の口を開けて、手帳を入れた。年配の男は、若い方を追い越して改札口に向かった。

直樹たちがちょうど列車先頭の蒸気機関車の真横を通り過ぎたとき、正面の改札口の全体が見えた。警察官らしき男は、右側にもいた。

ふたつある改札口には、五、六人ずつの列ができている。列はどんどん改札口に吸い込まれていき、ソフト帽の男も改札口を抜けて駅舎のホールへと出ていった。直樹たちも列の後ろに達した。

右手の改札口で、ふたり連れのひとりと見えたシャツ姿の男が、警察官らしき男に声をかけられた。若い男は、列から離れて立った。警察官らしき男は、若い男を睨《にら》むようにして何か訊いている。

若い男は、粗暴な犯罪者のようではないし、とくに何か不審という雰囲気でもなかった。日本人ではないのか？　警察は中国人の抗日運動家でも追っているのだろうか。

直樹は正面に顔を向けた。駅舎の出口のところで、あのソフト帽の男が振り返っている。眼鏡をかけて、口髭《くちひげ》を蓄《たくわ》えていた。どことなく守屋教授を連想させる顔だ。雰囲気が似ているし、大学教授ではないにせよ、知識人なのは確かと感じた。

彼は若い男のほうに視線を向けている。若い男は、警察官らしき男に腕を取られ、改札口を離れて駅の事務室に通じるかと見えるドアの中へと消えていった。

直樹は駅舎の正面を見た。もうソフト帽の年配男はいなかった。

直樹たちは無言のまま、順に駅員に切符を渡して改札口を抜けた。

出口へ向かって歩くと、後ろのほうで男の声がする。

「何だったんだ、あの若いの？」

答える声があった。

「アカじゃないのかい」

「そもそも日本人なのか？」

「抗日組織かもしれない」

「抗日組織が日本に来て、どうするんだ？」

「満州某重大事件に関して、恨みを持っていたっておかしくない」

直樹は少し微笑したい気分となった。

戦前、満州で軍閥の頭領・張作霖が関東軍に爆殺された件は、当時国内でも噂《うわさ》として流れた。

事件が起こったのは直樹がまだ小学生のころだが、大人たちが噂をしていたのは覚えている。

事件については、軍も政府もそれを固有名詞で語ること、細かな事情について報道することを禁じた。満州某重大事件としてのみ語られたのだ。ただし直樹は中野学校で、概要については教えられたし、先週は守屋教授からも詳しい経緯や当事者について説明を受けた。

守屋教授が教えてくれたところによれば、事件の後、張作霖の息子・張学良は、完全に国民党政府支持、つまり反大日本帝国の立場を取るようになって、満州での抗日機運はいっそう高まったのだった。そのため日本の軍部は抗日運動に対してきわめて神経質に対処していた。いまの男は、そのことを言ったのだ。

駅の正面玄関を出てから、駅前の広場で立ち止まった。与志も千秋も、いまの若い男が検束《けんそく》された様子を見ていたはずだ。ふたりとも硬い表情で無言なのは、いまの職務質問や検束が、今後は自分たちが頻繁《ひんぱん》に出くわす事態であると知っているからだ。

いま無事に門司港駅の改札を出ることができたが、今後はいっそう警察官や憲兵の目に留まりやすくなる。どう見ても自分たち三人は、物見遊山《ものみゆさん》のために満州に出かける男女とは見えないはずなのだ。戦争回避のために、特定人物の排除を目的に未来から来た者とは見えないにせよ、いったん不審者とみなされた場合、警察や憲兵隊からの追及を免れまい。

いちおう昨夜、自分たちが何の目的で満州を旅行するのか、話を合わせてある。直樹と与志は東京の王子に工場のある石鹼製造会社の社員で、社命で満州への工場進出の下調べに来ているのだと。千秋は、中国語の通訳だ。満州に少しだけ土地勘がある。会社に雇われて、社員ふたりに同行している。

完全に虚構にしてしまった場合、細かに尋問されれば互いの話に食い違いが出てくる。基本のところは、自分自身の身元に合わせておいたほうがいい。守屋教授は、直樹には工場主任の名刺や、どこのものか石鹼工場の建設計画図なども用意してくれた。与志は工場の機械技師という身分証明書も持っている。千秋の持っている名刺は、東京女子高等師範学校附属高等女学校の卒業生会のものだ。

直樹たちは駅を出ると、駅前の大阪商船《しょうせん》のビルの脇を通り、大連行きの船が着く大連航路上屋へと歩いた。門司港駅で降りた客のうち三、四十人が、旅行鞄を提げて上屋に向かっていた。

大連航路上屋は、関門海峡に面して建つ、コンクリート二階建ての長大な建物だ。

上屋の建つそのすぐ横の岸壁に、客船が接舷《せつげん》する。待合室は二階にあって、待合室のベランダ、つまり外廊下の部分に、上屋から乗降用の橋が渡される。乗降客はこの橋を渡って船から上屋に下り、あるいは船に乗り込む。

大連航路にはいま四隻の客船が就航していると、昨日確かめている。どの船も発着の時刻は同じだ。すなわち出発地の大阪、正確には神戸港を正午に出た船は、翌日七時三十分に門司港着。十時四十五分に出航する。翌日、朝鮮半島の多島海《たとうかい》の外を抜け、さらに翌日、午前九時に大連港に着く。つまり門司から大連まで、二日弱、ほぼ四十六時間の航海ということになる。

上屋に近づいていくと、接岸している船の舳先《へさき》がビルの端に見えてきた。うらる丸だ。この年の二年前に就航したばかり、六千トン級の船で、八百人の客を乗せる。ふたり用の一等船室は三十余りあって、直樹はふた部屋を取った。自分と与志でひと部屋、もうひと部屋を千秋がひとりで使う。なんとも贅沢な旅と言えたが、守屋教授はＧＨＱの力を借りて、紙屑《かみくず》となった旧紙幣をたっぷりと集め、直樹に持たせてくれたのだった。

七時四十五分に接岸した後、下船客のほとんどは、すでにこの上屋を出てしまっているようだ。

直樹は時計を見た。これからほぼ二時間後に出港となる。となると乗船まで、あと一時間ほどだろうか。

上屋の東寄りの正面玄関から、上屋の中に入った。広いロビーの奥に、旅具の検査場と旅券検査場がある。旅具検査をすませた日本人は、旅券検査場を通ることなく、二階の待合室に上がることができた。

ロビーの隅に、いくつか売店があった。満州への土産ものを買う最後の店ということになるのだろう。直樹は、満州全体の地図と、満州の旅行案内書、それに大連、旅順《りよじゅん》、奉天・瀋陽の市街図を買った。

二階に上がると、待合室のすぐ外側にベランダがある。通路とビルの端まで延びていた。その通路のすぐ目の前に、巨大な旅客船があった。煙突が一本で、三層の船楼部分は白っぽい塗装、船体は黒い塗装の貨客船だ。外通路の中ほどに、乗降用の橋がすでに架かっている。

直樹は戦争中、上海や香港《ホンコン》、それにシンガポールに向かった任務の旅のことを思い出した。諜報員だったから、そのような移動にも必ず民間の船に、私服姿で乗るのだった。

与志が直樹に言った。

「ちょっと端っこまで行ってきていいですか？」

目が輝いている。

「ああ」

与志はうれしそうに右手にうらる丸を見ながら、ベランダを船尾の方向へと歩いていった。

直樹は千秋に訊いた。

「あんたが帰ってきたときの船は？」

千秋は面白くもなさそうな顔で答えた。

「永徳丸《えいとくまる》。門司じゃなく、舞鶴《まいづる》に着いた」

「そうか。大連からか？」

「そう」千秋はうらる丸に目をやってから、直樹に訊いた。「部屋にもご不浄がついているの？」

「水で流れる。風呂もついてる」

「こういう時代に、そういう旅行をするひともいたのね」

「和久田先生も言っていたろう。それが当たり前の世の中になる」

東京大学の和久田教授が、三人にもうじき行くことになるアメリカの暮らしの話をしてくれた。大学の教授が住むような家の場合は、風呂にはお湯さえ出てくるのだという。栓《せん》をひねるだけで。

「戦争がなければ」

「そう？」

船を眺めているうちに、与志が戻ってきた。

「おれ、造船所で働いていたのに、こんな大きな船に、しかも動く船に乗るのは初めてです」

「中を見学する時間はたっぷりあるぞ」

直樹は待合室の中に入っていようと声をかけた。待合室は、等級別になっている。目立ちたくない直樹たちには、ありがたかった。

一等船客用の待合室は、ゆったりとした造りで、ベンチもクッションつきのものだった。席の向きは一定ではなく、いわばサロンふうの配置だった。待合室にいる客は、三十人ほどだろうか。一等船室の定員は七十人弱のはずだが、神戸からの客で、たぶんすでに船室の半分は埋まっているのだ。

ただし、テーブルを囲む四人用の席をひとりで占めている客が多い。自分たちは待合室に入るのが少し遅れたのだ。しかたなく直樹たちは、ふた手に分かれて席に着くことにした。六脚の椅子の置かれた席があって、そこにはあのソフト帽の男が腰掛けている。顔を正面から見て、五十歳くらいだとわかった。顔だちから、中国人かもしれないと直樹は感じた。

その対角線上の椅子には、恰幅《かっぷく》のいい和服姿の中年男が腰掛けていた。何やら本に目を落としてぶつぶつと言っている。

与志がソフト帽の男の並び、ひとつ椅子を空けて反対端に腰を下ろした。千秋は和服の中年男の椅子の並びの反対側だ。直樹は、その隣りの四人席の空いた椅子に腰を下ろした。与志たちを横から見る位置だ。

そのうち、和服の男のぶつぶつというつぶやきに、ソフト帽の男と千秋がかすかに反応しているのに気づいた。ソフト帽の男は、和服の男が本を読むように何か口にするたびに、表情を硬くしている。ときに不快そうにもなった。

千秋はもっと露骨に、和服の男に嫌悪感を示していた。ときおり中年男の横顔を睨んでいる。ソフト帽の男も、千秋の表情に気づいたように見えた。この女性も和服の男のつぶやく言葉を理解している、とわかったようだ。しかも、不愉快そうであることも。

直樹は、和服の男のつぶやきに耳を澄ました。中国語と聞こえた。

外の通路に面した大きなガラス窓の向こうに、軍人の姿が見えた。

軍人も乗船するのか。一等船客ということは、関東軍の将校なのだろう。直樹は、この航海中も、あまり船室から外に出ないほうがいいと自分に言い聞かせた。顔を軍人に覚えられたくない。

外通路を、下士官と兵士も歩いてきた。将校を先頭に、一等待合室の入り口から入ってくる。乗客ではなかった。旅具を持っていない。下士官のほかに兵士が四人いる。待合室の客たちはその憲兵隊に気づいて、みな黙り込んだ。待合室の中は静まり返った。

誰かを追っている？　門司港駅の警察官たちとは違う誰かか？

将校が部下をひとり従え、待合室の中の客の姿を見ながらゆっくり歩き出した。襟章は黒だ。憲兵だ。下士官とほかの兵は出入り口を固めて動かない。

直樹はソフト帽の男を見た。彼は入り口方向に顔を向けるかたちで椅子に腰掛けている。無表情になっていた。

和服の男は、待合室が静かになったことで驚いたようだ。椅子の上で振り返って将校たちに目をやった。

そのとき、ソフト帽の男がまた上体をほとんど動かさないまま自分のボストン鞄から、革装の手帳を取り出した。改札口で若い男から受け取ったもののようだ。

ソフト帽の男は、それを千秋とのあいだの椅子の上に置いた。口を動かしたが、言葉は聞き取れなかった。千秋が驚いた顔になって手帳に目をやった。

また男が何か言った。

千秋はうなずくこともなくその手帳を手元に引き寄せ、自分の旅行鞄の中に入れた。

将校がぐるりと待合室の中を回って、ソフト帽の男たちが腰掛ける席の真横に立った。和服の中年男が、愉快そうに言った。

「何があったんです?」

憲兵将校は、男の質問には答えずに、出入り口の前に立つ兵士たちに目で合図した。兵士がひとり、床に硬い靴音を響かせて駆けてきた。

最初から将校に従っていた兵士は将校の脇に立ち、呼ばれてきたもうひとりは将校の真向かいの位置に立った。ソフト帽の男は、将校を見ない。出入り口に目を向けたままだ。

将校がソフト帽の男に訊いた。

「日本人か？」

ソフト帽の男は将校に顔を向けてから、首を横に振った。

日本語は解しているようだ。

「旅券を見せろ」

ソフト帽の男は、上着の内側の隠しから、暗い色の表紙の小冊子のようなものを取り出して、将校に渡した。

将校は中をめくり、一カ所に目を留めてから、そのページを開いたままソフト帽の男に言った。

「立って、所持品を見せろ」

ソフト帽の男は動かない。こんどは、言葉が理解できなかったと言っているようでもある。

兵士がいきなりソフト帽の男の脇に手を入れて無理に立たせた。

周囲の席の乗船客たちもそっと椅子を立ち、ソフト帽の男と憲兵将校たちから離れた。

同じ席にいる和服の男は、そのままだ。むしろ愉快そうに成り行きを眺めている。千秋と与志は、椅子に腰掛けたままだ。固唾《かたず》を呑んで、ソフト帽の男と憲兵将校を見つめている。

将校が脇に立つ兵士に言った。

「身体検査」

指示された兵士が、ソフト帽の男の帽子を脱がせて床に放ると、乱暴に身体検査を始めた。ぱたぱたと、上着の外から手のひらで叩いていく。

兵士が取り出したのは財布だった。

将校は言った。

「鞄の中身を全部床に出せ」

兵士はソフト帽の男の脇にあるボストン鞄を取り上げると、口を開け、中身を床にぶちまけた。乗客たちのあいだから、驚きの声が上がった。徹底的な所持品検査が行われるようだ。

千秋と与志が立ち上がって、席から離れた。和服の男も立ち上がり、数歩退《しりぞ》いた。直樹も立ち上がって、その場から数歩下がった。

旅行鞄からぶちまけられたのは、布の袋がいくつか。本が数冊などだ。

兵士がその袋の中身も、床に落とした。着替えや洗面道具だった。兵士が衣類を軍靴《ぐんか》で散らすようにして広げた。将校が、本を、と兵士に言った。兵士は屈み込み、その本を手に取って将校に渡した。

将校は本を一冊ずつ表紙をあらため、中を開き、パラパラとページをめくった。顔に失望が表れた。期待していたものではなかったのだろう。本は四冊だった。将校は悔しげに本を床に放った。

ソフト帽の男は無言のままだが、本が床に放られたとき、かすかに顔をしかめた。

将校は兵士に言った。

「服を脱がせろ」

「はい」と兵士はふたつ返事で、ソフト帽の男の上着の襟《えり》に手をかけた。ソフト帽の男は、戸惑った顔となって、待合室の中を見渡した。いま遠巻きにしている客の中には、女性客も七、八人いる。

兵士が衣類に触れながら日本語で言った。

「これも、これも、全部脱げ」

ソフト帽の男は、逆らわなかった。上着を脱いで椅子の上に置き、ついでシャツのボタンをはずしてシャツを脱いだ。それから靴、ズボン、靴下、肌着と脱いでいった。身体は痩《や》せていて、しわが多かった。彼はとうとう中国式の褌《ふんどし》ひとつとなった。

「それもだ」と兵士が言った。

ソフト帽の男は瞬時ためらいを見せ、何か中国語で言った。

将校は無視した。直樹同様、意味が取れなかったのかもしれない。

ソフト帽の男は褌を手早くほどいて脱ぎ、それまでに脱いだ衣類の上に置いた。それまで将校には、最初に質問されたあとは視線を向けていなかったが、素っ裸となってから、憲兵を正面から見つめた。

直樹は意外な思いだった。ソフト帽の男は、裸にされたことを恥じてはいない。もじもじと前を隠そうとはしなかった。むしろ昂然《こうぜん》と顎を引いて将校を見据えている。わたしを裸にしたところで、それがどうかしたかとでも言っているように見えた。彼が抗日活動家なのか便衣隊《べんいたい》支援者なのかはわからないが、この憲兵将校を卑小《ひしょう》に見せる存在であることは確かだった。彼を辱《はずか》しめようとした者こそお恥ずかしい、と直樹は感じた。

憲兵将校は照れ笑いを浮かべ、視線をそらしてから、兵士に言った。

「服と荷物を全部持たせろ。奥の部屋で調べる」

「はい」

兵士は待合室の出入り口にいる下士官と兵士に顔を向けた。もうひとりの兵士が、駆け寄ってきた。

ソフト帽の男は、両手で衣類を抱え、兵士ふたりに小突かれるようにして待合室の壁側にあるドアの向こうに消えていった。最後に将校が入って、ドアが閉じられた。出入り口には、まだ下士官ともうひとりの兵士が残っている。

いったん立ち上がった客たちが、またもとの席に戻り出した。誰も戻って来ない席もあった。直樹は与志と千秋に目で合図し、空いている席に三人とも移った。

与志が小声で言った。

「抗日分子の摘発なんですね？」

直樹も言った。

「たぶんな。駅で見た青年が、何も持っていなかったので、憲兵隊が出てきたんじゃないのか」

「門司港にも、憲兵隊がいるんですね」

「満州がきな臭いからか」

直樹は千秋に顔を向けた。

「何か受け取ったな。何を言っていた？」

千秋が答えた。

「しばらく預かってください。お願いしますって」

与志が不思議そうに訊いた。

「どうして千秋さんに？」

「さあ」

直樹が自分の解釈を伝えた。

「和服の男が中国語でしゃべっていることに、千秋が不愉快そうだった。ソフト帽の男は、千秋は中国語ができて味方になってくれると、思い切って頼んだんだろう」

与志が千秋に訊いた。

「あの親爺《おやじ》は、何を言っていたんです？」

「汚い言葉」と千秋。「満州会話必携って本だった。自分はカネならある、女が欲しい、何歳だ？

新人か？　この馬は馬鹿だ」

「馬？」

「どういうときに使うのかは知らない。悪口をたくさん覚えると、満州は楽しいと思っているみたいだった」

「あの男のひと、千秋さんが中国人だと思ったのかもしれませんね」

直樹は千秋に訊いた。

「預けて、どうするつもりなんだろう？」

千秋が首を横に振った。

「何も言っていなかった」

「本？　手帳？」

「手帳だと思う。中に持ち主の名前が書いてあるかもしれない。もしこのままあのひとが奥から出てこなければ、届けてやることにしますか？」

「郵便でもいいさ」

「いま、中を調べます？」

「あとでいい。男に返すことになるかもしれない。いま取り出すことも、やめておけ」

ソフト帽の男は、乗船が始まるまでとうとう待合室に戻ってくることはなかった。まさか外国人を、逮捕状もなしに拘束して、日にちが変わるまで取り調べることはないだろうが、でもいまこの昭和六年はどうだろう。自分が十二歳の年だ。守屋教授から教えられた治安維持法が成立してからの数年間の事情もひどいと感じたものだったが、この時期、つまり支那事変が始まる前の数年間も、すでに仮想の敵性外国人に対しては、国際的な常識さえ通用させなかったのではないか。もちろんこの時期、アメリカなりヨーロッパなりの白人の外国人は、べつの扱いを受けるだろうが。

乗船が始まった。直樹たちも乗降用の橋を渡り、船内に入った。一等船室は船楼のもっとも上の階だった。ふた部屋とも左舷側にある。

最初に千秋の部屋に入った。千秋は一歩入るなり歓声を上げた。

「なんて贅沢なんだろう。二泊だけなんて、もったいない」

洋室で、寝台がふたつ並んでいる。丸い窓は外側の回廊に面していた。

直樹は言った。

「戦争に負けて、円が紙屑になったおかげだ。と、頭では思っていても、少々後ろめたいな」

「こんな贅沢にはあまり慣れたくない。あの戦後に戻ったら、貧乏がつら過ぎるものになる」

「おれたちが戻るのは、戦争がなかった歴史の昭和二十四年だ。焼け野原となって配給手帳を持つような世の中じゃない」

「それをまだ信じられない」

与志が言った。

「こっちの歴史で戦争を止めることができたのなら、こっちにそのまま居続けても、和久田先生が行くようなアメリカみたいな暮らしになっているんじゃありませんか?」

「どうかな。二十年ぐらいで、そこまで追いつけるかどうかはわからない。別の戦争を起こしているかもしれない。だけど、あの亀裂を戻れば、かなりの確率で戦争がなかった歴史の世の中になっている」

「戦争がなければ無条件降伏もないんでしょうし、そうしたら軍隊はやっぱり残ってて、憲兵は威張りくさっているんじゃないんですか」

「わからない。途中がどうなっているかは、守屋先生も予測できなかった。ただ、戦争をしなければ、軍部の力は弱いだろう」

千秋が言った。

「戦争に負けて軍がなくなったんだから、これはこれで悪くない歴史だったたんじゃないですかね」

「藤堂さんたちの部屋を見せて」

並びの直樹たちの部屋に入った。大きさは変わらぬ洋室で、やはり寝台がふたつ並んでいる。

直樹はふたりに言った。

「顔をほかの客にもあまり覚えられたくない。一等船客はレストランで食べることになっているけれども、部屋まで持ってきてもらう」

与志が訊いた。

「船内見学は？」

「ほかの客が食べているときとか、寝静まったときに。帽子をかぶって、襟巻で鼻まで隠して」

「昼間の外廊下の散歩も駄目ですか」

「五分ぐらいなら。それに見えるものはずっと同じだ。水平線があるだけだ。五分で飽きる」

千秋が何も言わないので、直樹から訊いた。

「千秋はそれでいいのか？」

「いいよ」と千秋。「狭い場所なのに、さっきの和服の助平爺《すけべいじじい》みたいな男とすれ違いたくない。昼間は閉じこもってる。二日間」

銅鑼《どら》の音が聞こえた。乗降用の橋がはずされるようだ。たぶん多くの乗客は船楼一層の外にある回廊か甲板に出て、見送りのひとに手を振るのではないか。その見送りのひとたちは上屋の外の岸壁にいて、名前を呼びながら手を振り返す。この時期は、乗客から見送りのひとに紙テープを投げる習慣はもうできていたのだったろうか。大連航路の船の出港は週二回、門司港では大騒ぎするほどのことでもなくなっているはずだが。

やがて汽笛が響いた。いよいよ船は岸壁を離れるのだ。

「わたしはいったん部屋に戻ります」と、千秋が言った。「食事は、どっちかの部屋で一緒というのはどうですか？」

「ここに来い。食べながら、上陸後のことを相談しよう」

船がかすかに揺れた。岸壁を離れたようだ。このあと関門海峡の中で向きを変えて外洋に出ると、まずは朝鮮半島の南、多島海を目指すのだ。

千秋は直樹たちの部屋を出ていった。

三十分後に、昼食となった。部屋での食事を望んだ直樹たちには、給仕が幕の内弁当を届けに来た。千秋も自室に届いた弁当を持って、直樹たちの部屋にあらためてやってきた。

千秋は、ソフト帽の男から預かった革装の手帳も、風呂敷にくるんで持ってきた。

弁当を食べ終えてから、直樹は手帳を開いてみた。西洋風の手帳だが、どこにも欧文は印刷されていない。罫線《けいせん》もなく、日付が記されていないので、日記ではない。思いつきを書き留めるための手帳のように感じた。全体の三分の二ばかりに、行書体《ぎょうしょたい》の漢字で文章が書き込まれている。文章はペンか万年筆で、丁寧に書かれていた。

裏表紙側の扉の左下に、落款《らっかん》が押してある。朱文《しゅぶん》なので、持ち主の雅号か堂号なのかもしれない。

麓径、と読めた。持ち主のものだろうか。

文字を読もうとしてみたが、行書体の漢字はほとんど読めなかった。直樹は早々に読むことを諦めた。ただ、ページをめくっているうちに、これは必ずしも覚書だけを記すための手帳ではないと感じるようになっていった。一部は、模範となる古典か何かの文章を写したものではないかという気もした。ほとんど書き直しがなかった。ページの余白には、少し小さめの文字で短文が書き込まれている。もとの文章の解釈なのか、注釈なのか、それともそうした短文に限って、覚書のようなものなのかもしれなかった。

千秋が、書かれたページの終わり近くで、日付を見つけた。

「民国《みんこく》二十年、今年です。八月三日。陰暦ですね。来週だと思います」

「何かの予定かな」直樹は日付の次の行を指で示した。漢字が五文字記されている。「二番目三番目は河口とあるのか？」

「下の二文字は、書院、じゃないですか？」

「となると学校のことだろうか」

「いちばん上は、沙悟浄《さごじょう》の、さ、かもしれません」

「沙河口《さかこう》書院。沙河口は、地名に聞こえる」

汽笛が鳴った。関門海峡はとうに出たはずだけれど、日本近海であるし、大きな船がすれ違うところなのかもしれない。

与志が、丸い窓に目をやってから、直樹に訊いた。

「次は、どういう計画になるんですか？」

小倉駅前に泊まった昨日は、詳しい話はできなかった。でも、正直なところ、きょうになっても、計画はまだできていなかった。守屋教授や和久田教授の予測とは違って、ほぼ一年遅い時間に出てきてしまったのだ。これが一年前であれば、東京へ向かって問題の七人が集まるところ、木曜日の夜の某所で一気に排除すればよかった。守屋教授がそのための情報を必要なだけ伝えてくれていた。でも、昭和六年の九月については、いまがいつかを知ったあとでも思ったが、ろくに情報は伝えられていなかったのだ。

直樹は、満州の地図をテーブルに広げた。

与志と千秋が立って地図を覗く格好となった。

直樹は地図を示しながら言った。

「ふたりは記憶もないだろうが、満州の奉天郊外、柳条湖で、関東軍が満鉄《まんてつ》の線路を爆破したのは、いま昭和六年の九月だ。満州の軍閥の頭領・張作霖が、やはり関東軍によって爆殺されてから三年後ということになる」

直樹は千秋に顔を向けた。

「千秋が哈爾浜《ハルビン》に行ったのはいつだ？　哈爾浜生まれじゃないんだろう？」

「昭和七年」と千秋は答えた。「満州国ができてから。四つだった」

「じゃあ、何も覚えていないな」

与志も言った。

「満州国建国のことは、親から聞かされた覚えがあります。小学校に入ったころ」

「満州国ができるのは、次の年だ」言い方がときどき混乱する。「いまを基準にして言えば来年だ。与志はそのとき七歳か」

「ええ。だから、小学校で満州国建国の話を教師がしたのは覚えていますよ」

直樹はもう一度地図を示した。

「柳条湖事件という謀略で、旅順と奉天に駐屯する帝国陸軍の関東軍が、満州全域に軍を展開、事実上満州を占領した。それが、満州国建国の前段だ」

「その前からお願いします」と千秋が言った。「満州に、日本の軍隊がいるのはどうしてなんです？」

直樹は苦笑した。若いひとたちには、その事情から教えねばならなかったか。とはいえ、直樹にとっても、それは古い歴史、聞いて覚えた知識に過ぎないのだが。

直樹はざっと簡単に語った。日露戦争で勝った日本は、当時ロシア帝国が期限つきで租借していた遼東《りょうとう》半島の租借権を引き継いだ。中国の行政域では、万里の長城の山海関《さんかいかん》の東側、つまり満州は関東州と呼ばれることもあった。遼東半島は、その関東州の南端にある土地だ。なので遼東半島の旅順に駐屯する帝国陸軍は、関東軍と呼ばれている。

船が向かっている大連は、遼東半島にロシア人が築いたロシア式の都市だ。全体の都市計画も、施設も、建築もだ。日露戦争敗北後、ロシアはこの町をそっくり空《から》にして日本に明け渡し、撤退した。大連に日本人が多く住んでいるのも、遼東半島が租借地となったからだった。

いっぽうロシアが建設し運営していた南満州鉄道も、日本が譲渡を受けた。長春《ちょうしゅん》から大連、旅順に至る鉄道である。この鉄道関連施設と付属地も事実上租借地の扱いであり、行政権、都市経営権は、日本の国策会社である南満州鉄道株式会社が持った。直樹たちが旅券なしで遼東半島や、南満州鉄道沿線を移動できるのはそのためだ。南満州鉄道沿線には、鉄道の警備と邦人の保護のため、帝国陸軍が進出した。

このころ、大連の日本人の数はおよそ十二、三万。ほぼ同じくらいの数の中国人も居住している。

直樹は締めくくった。

「そういうことで関東軍があって、日本人が住んでいるというわけだ。遼東半島は日本の植民地ではないが、おれは小学校では永久に日本のものだと教わった。一九九七年に期限の切れる租借の条約など意味はないと」

ふたりが黙っているので、直樹は話題を少し戻して続けた。

「そして、柳条湖事件が起き、満州事変となった。この年、今月に」

千秋が確かめた。

「満鉄の線路の爆破事件でしたよね？」

「そうだ。線路を関東軍が爆破し、中国軍の仕業だと中国軍を攻撃したんだ。不意を衝《つ》かれた中国軍は、いわば蹴散らされて、満鉄沿線はもちろん、満州の主要都市から追われた」

「満州某重大事件というのを聞いたことがあるけど、それは柳条湖事件のこと？」

「いや、柳条湖事件の三年前に起こった、当時の満州の軍閥の頭領・張作霖が、やはり関東軍によって、北京から帰ってくるとき、列車を爆破されて死んだ」

「関東軍のやったことだとわからなかったのですか？」

「関東軍は、中国人の阿片《アヘン》中毒者を数人殺して、中国人がやったことだと言い張った。だけど日本人も、それは関東軍のやったことだとわかっていた。それまで張作霖は日本の支援を受けて南京《ナンキン》の国民党政府と争っていたが、だんだん関東軍の言いなりにはならなくなっていた。それで、関東軍に排除された」

「排除ですか」

「おれたちの使ってきた言い回しでは」

「もしかしてその排除、そのままでは日本が満州から追われるからと、未来からの関東軍のスパイがやったんじゃないですか?」

直樹は千秋を見つめた。彼女が冗談を言ったのか、ほんとうにそう考えたのかわからなかった。

直樹は答えた。

「未来からの工作者たちがやったんじゃない。実行した関東軍の軍人の名前はわかっている」

声は少し確信なげに聞こえたかもしれない。直樹は説明を続けた。

「息子の張学良は、父親を爆殺された半年後には満州全域で青天白日旗《せいてんはくじつき》を掲《かか》げて、満州が国民党政府の中国の一部であることを明らかにした。満州で権益拡大に躍起となる大日本帝国に反旗を翻《ひるがえ》したんだ。張学良は、経済的にも日本を締め上げ始めた。だから満鉄も経営が悪化して、大勢の社員の首を切ってしのいでいる。それがいまの満州だ」

「日本人の暮らしも苦しくなっている?」

「いっときほど、優雅には暮らせなくなってきている。仕事が減っている。こうした日本資本の苦境と反日機運の高まりに対し、関東軍は、ならば満州全土を手に入れようと画策《かくさく》したんだ。いまが一年前なら、おれたちは東京でその首謀者たちを事前に排除することになっていた」

千秋が、うなずいて言った。

「あのときは、正直言うと、守屋先生たちに何を言われているのかわからなかった。そういうことだったんですね」

与志も微笑した。

「おれも同じです。この昭和六年に来てみて、言われたことがようやくわかった」

直樹は説明を続けた。

「柳条湖で満鉄の線路を爆破した関東軍は、中国人による破壊工作だとして即座に満州各所で軍事行動に出た。満州地方政府の首都が置かれていた奉天、いや、その頃は瀋陽《しんよう》という古い名前に戻っていたか。いずれにせよ、奉天つまり瀋陽でも戦闘となったけれど、関東軍はあっさりと撃破、というか、満州全域を一気に軍事制圧したんだ」

千秋が訊いた。

「それは、満州国を作るために、ということ？」

「いいや。領土とするためだった。だけど線路爆破が日本軍の仕業ということは明々白々だったし、国際世論もたちまち日本非難一色となった。関東軍は、満州を領土にすることは無理だとすぐに悟って、傀儡国家を建てることに方針を変えた。満州国の元首には、清朝の最後の皇帝、愛新覚羅溥儀《あいしんかくらふぎ》を立てることが決まった」

千秋が訊いた。

「そのころ、溥儀はどこにいたの？」

直樹は千秋を見た。

「天津の日本租界に避難していた」

「皇帝になることを承知したのね？」

「満州民族の国家ができるなら、皇帝になる、と」

与志が不思議そうに訊いた。

「満州国建国まで、関東軍だけで計画していたんですか？」

「いいや。陸軍中央も、当時の政府、若槻《わかつき》内閣も、満州での軍事行動計画なんて知らなかった。満州国建国の構想もない。ただ、公的ではない場所なり機関なりでは、傀儡国家建国が研究されていた。満州を領土にできない場合の、第二案として」
「例の木曜会とかがですね」
「そう。とにかく事件と満州軍事制圧は、政府が関与したことじゃなかった。関東軍の独断作戦だったが、十月には煮え切らぬ政府に対してクーデター未遂事件が起こる。最後には政府も追認、この半年後には満州国建国に至るんだ。満州国は、中国から領土を切り取った大日本帝国の傀儡国家だ」
　千秋が訊いた。
「それで、こちらの第二案。わたしたちは、いまの満州で、その事件の関係者たちを、あらかじめ排除するんですね？」
「そう」
「目標はもう決まっている？」
「予期していなかった時間に来てしまったから、限られた情報の中から決めなきゃならない」
　直樹は、守屋教授から教えられた満州事変の計画立案・推進者の名をふたりに伝えた。
「本庄 繁《ほんじょうしげる》関東軍司令官
　関東軍高級参謀板垣征四郎《いたがきせいしろう》大佐
　関東軍作戦参謀石原莞爾《いしはらかんじ》中佐
　特務機関長土肥原賢二《どひはらけんじ》大佐
　特務機関補佐官浅井恒夫《あさいつねお》少佐
　この面々は旅順の関東軍司令部にいる」
　旅順のある遼東半島（関東州）の南部にある港町で、日露戦争では激戦地となった。一個師団が駐屯している。

　直樹は、地図上の奉天を指さした。

「柳条湖事件の現場の奉天はここだ。大連の北、およそ三百五十キロにある」

　奉天は、かつての清朝の首都が置かれた古都であり、満州の内陸、遼寧《りようねい》省の大都市である。北京に通じる京奉《けいほう》鉄道と、東清《とうしん》鉄道につながる南満州鉄道が通っている。方形の城壁に囲まれた旧王城部分が町の中心で、この外側をほぼ円形の城壁が囲む。

　この年の二年前に、張学良が瀋陽と名を変えている。しかし日本人は奉天の名を使い続けてきた。新市街は満州鉄道付属地として、事実上の租借地の扱いである。関東軍は満州鉄道の警備と邦人保護の名目で独立守備隊を駐屯させている。

　直樹は、爆破工作を担当した現場の責任者たちの名を挙げた。

「奉天特務機関補佐官花谷《はなや》正《ただし》少佐
　張学良軍事顧問補佐官今田新太郎《いまだしんたろう》大尉
　虎石台《こせきだい》独立守備隊河本末守《こうもとすえもり》中尉」

　与志が訊いた。

「関東軍の将校が、張学良の軍事顧問になっているんですか？」

「監視役だ。張学良も、完全には関東軍との縁を切れていない」

「虎石台というのは？」

「奉天駐屯軍の分遣隊の兵営のある場所だ。新市街の北にある」

　千秋と与志が顔を見合わせた。また理解できないことが出てきたという顔だ。

　直樹は千秋を見て、まだ質問はあるかと問うた。

千秋が言った。

「全部で八人で、ふた手に分かれている」

「そういうことになる」

「事件は、九月十八日でしたね？」

「夜十時半」

「あと十一日しかない。昭和五年の七課長会議のように、どこかに集まったりするってことはあるんでしょうか？」

「守屋教授からは十五日に奉天に司令部と現地軍将校が集まって会議を持った。この日、司令官らは夜間演習視察。会議では結論が出ず、次の十六日にあらためて会議。深夜になって、十八日決行と決まった。調査資料の要約をざっと読んだので、記述されていることであれば、思い出せるだろう」

与志も、いくらか不安げに訊いてきた。

「こういう作戦のとき、参謀たちと現場指揮官たちが、一緒に集まるものですか？」

「この場合はあった」

「でも、ずいぶんな人数ですよね。同時に排除することは難しくありませんか？」

「重要な人物から順に、短時日《たんじじつ》にすることになるな」

「でなけりゃ」と千秋が言った。

直樹は千秋に顔を向けた。与志も千秋を見た。

千秋が続けた。

「手分けして、それぞれが同時にやる」

与志が首を傾げた。

「それぞれって、どういうふうに?」

千秋が与志に訊いた。

「ここに何人いる?」

「三人」

「じゃあ、三人がそれぞれってことでしょ」

直樹は首を振って言った。

「千秋はひとりではできない」

千秋が直樹に言った。

「王子で、わたしは黙って見ていた?」

「助けを呼びに来たぞ」

「何かしなかった?　GIがひとり、トラックから落ちたのは誰のせい?」

「だけど、千秋にできるか。王子でGIがひとり死んだのは、成り行きだ。こんどおれたちがやろうとしているのは、まるで違うことだ」

千秋は与志を顎で示して言った。

「じゃあ、与志はできるの?　排除できるの?」

与志が、ぽつりと言った。

「殺したことはある」

直樹は驚いて与志を見つめた。与志は直樹を見つめ返してくる。嘘《うそ》を言ったという目ではなかった。千秋が目を丸くしている。

そういえば、彼は二度、レンチを使ったことがあると言っていた。二度目のことは、詳しくは聞いていなかったが。

千秋が与志を見つめて言った。

「意外じゃない。やっぱり、と思った」

与志を哀れむかのような声と聞こえた。

千秋がまた直樹に顔を向けた。

「哈爾浜で、猟銃を撃ったことはある。小さな拳銃《けんじゅう》なら、使えると思う。裁縫鋏《さいほうばさみ》はもう使わない」

たしかに、千秋を半人前と見なす理由はなかった。

与志が訊いた。

「満州では、武器とか火薬とかは手に入りそうですか？」

直樹は、妙に心強く思えてきたふたりを交互に見てから、門司港で買った満州旅行案内を指さした。

「大連には、いくつか銃砲店がある。満州旅行をする日本人観光客は、護身用に拳銃を買っていって、帰国前にそういう店で引き取ってもらうのだそうだ。もちろん猟銃も買えるだろう。火薬は入手できるかどうかわからないが」直樹は思い出して微笑した。「春節《しゅんせつ》には、中国人は爆竹《ばくちく》を鳴らすな」

与志も微笑した。

千秋が言った。

「いったん休み時間にしません？」

いいだろう。自分もなお考えるための時間が必要だった。夕食のときにまた集まるのでよいかもしれない。

千秋の単独任務の志願も、検討に値するものだった。いましがたまで自分は、この隊をふたりと半分と考えてしまっていた。でも、王子で自分たちが、ふたりのGIとならず者数人を相手にしたことを考えれば、これは何の留保もなしに三人で構成される隊ではないか。任務の難度は少し下がったし、やれることはいくらか増えた。

与志は部屋を出ていく千秋の背を見つめていたが、少ししてから彼も言った。

「船の中を見学してきます」

「帽子をかぶって、目立たないようにな」

「はい」

ふたりが部屋を出ていってから、直樹は満州全体の地図を畳み、大連の地図を広げた。着いてからすべきことを、決めておく必要があった。

市街地を眺めていて、直樹は大連に沙河口という地名があることに気づいた。小崗子《しょうこうし》という中国人街の西はずれの地区だ。あの手帳に記されていた予定らしきもの。沙河口書院。この地区の中にある中国人学校なのかもしれない。

夕食前にまた集まって、直樹はふたりに言った。

「さっき伝えた八人の名前を覚えてくれ。メモは取るな。名前と所属と階級を覚えて、頭に叩き込むんだ。それから、ひと前では、覚えた固有名詞は出さない。この関東軍の面々のことを言うときは、社員と言うんだ。旅順の社員、奉天の社員というように」

与志が訊いた。

「どうしても誰かの名前を出さなければ話が通じない場合は？」

「会社の役職で呼ぶんだ。本庄司令官は、支店長。板垣高級参謀と石原作戦参謀はそれぞれ、専務と常務だ。特務機関長の土肥原大佐は部長、補佐官浅井少佐は課長」

千秋が言った。

「覚えられるかな」

「まだ大連に着くまで二晩ある。大丈夫だ。奉天のほうの、特務機関補佐官花谷少佐は、奉天出張所の所長。張学良軍事顧問補佐官今田大尉は、外商部の課長。独立守備隊の河本中尉は、奉天出張所の係長だ」

与志が訊いた。

「排除のことは？　排除、という言葉でもけっこう危なく感じてきましたが」

「面会か、面談か、お茶を出す」

千秋が言った。

「支店長と面会する」

「そう。司令官を排除する」

「武器のことは？」と与志。

「銃ならそろばん。爆弾なら、ラジオ」

千秋がまた言った。

「社員のみなさんに面会する方法は、みつかりました？」

「まだだ」

「どうなるにせよ、向こうに着いたら、わたしはこの旅行着をやめたほうがいいように思う。待合室でもずいぶん目立っていた」

たしかだった。乗客のうち女性は九割ほどが和服だった。洋装はそれだけでひと目を引いた。現地の事情次第だが、千秋には和服を着てもらうことになるかもしれない。動きにくいが。

直樹の表情を察したのか、千秋が言った。

「中国人の服を着るのはどうです？　ごくふつうの勤労婦人が着るような服を」

与志が不思議そうに千秋の横顔を見た。

直樹は訊いた。

「中国人に化けると？」

「ええ。悪くないでしょう。満州で日本人の目から隠れるなら、中国人になることだもの」

「ごまかし切れるか？」

「中国人の目はごまかせないだろうけど、日本の軍人なら、見分けはつかないと思う」

「中国人女性だと、社員に近づくのは難しいかもしれない」

「社員たちはたいてい女が好きでしょう。中国人だろうと、ロシア人との混血だろうと」

千秋は何か中国語で言った。

直樹は訊いた。

「何と言ったんだ？」

「支店長さんに、お茶を出します、って」

与志が言った。

「ちょっと思うんですけど、この支店長とほかの偉いさんたちに面会したとして、それで柳条湖事件は未然に防ぐことができますか？」

直樹は答えた。

「関東軍は、軍中央にもはからず、少数の幹部たちでこの謀略を決めた。失敗したときの被害の大きさを考えると、まともな判断力を持った軍人たちなら絶対に構想しないことをやらかしたんだ」

「それって、この社員たちは」与志は、精神異常という意味の俗語を口にした。「……ってことですか？」

「そうだ。狂気で構想した。妄想をふくらませた。とくに旅順の面々とか、奉天の出張所長などの狂気を、彼らが死んだからと言ってあっさり引き継げる社員などいない。首謀者が面会したり、お茶を飲んだりしただけで、謀略は張学良に筒抜けとなったか、もしかしたら本社中央から面会人が派遣されたのではないかと恐れる。支店長に代わってこの契約をまとめようと思ったりはしない。契約交渉には自分はいっさい関わっていなかったと保身に走る」

「ずいぶん確信持って言うんですね」

「おれは帝国陸軍の士官だった。連中がどんな男たちか、わかっている。予想していないことが起きたとき、自分ひとりで対処しなければならなくなったとき、どう振る舞うかも」

千秋が言った。

「さて、社員たちにお茶を飲ませる算段は？」

直樹は正直に言った。

「まだまとまらない。旅順と奉天をじっさいに見てから、立てることにしよう」

「お茶を出してから、わたしたちはまた九州に戻るんですよね？」

「戦争が回避された時間に戻るためには、あの亀裂にもう一度入るしかない」

「三人がばらばらで面会に出かけた場合、九州へ逃げるのも、ばらばらになる？」

「落ち合って一緒に逃げるのが一番だ。だけど、その面会の首尾次第だな。関東軍全軍に追われるかもしれないのだから」

直樹は満州全体の地図をテーブルに広げた。

「おれたちはいま大連に向かっているが、大連だけが脱出のための出口というわけでもない。鉄道で天津、北京を経由して上海《シャンハイ》に向かい、船で神戸に帰るという手もある。やはり鉄道で、奉天から朝鮮に入り、釜山《プサン》から船で博多《はかた》か下関にも渡れる」

千秋が言った。

「哈爾浜経由でロシアに逃げることもできる。ウラジオストクから敦賀《つるが》に船がある」

「哈爾浜からシベリアに入り、ヨーロッパ経由で九州に戻ることも可能だ。時間が多少かかるが」

与志が言った。

「大連か営口《えいこう》という港から、船を雇って戻るという手はどうです？」

「悪くない。ともあれ、脱出する方法はひとつじゃない。計画を煮詰めてから、絞ろう」

ドアがノックされた。

外から男の声。

「お食事をお持ちしました」

千秋が立ち上がった。

「あたしは部屋で受け取る」

千秋はドアを開けると、外に立つ給仕の横を抜けて、廊下に出ていった。

門司港を出て翌々日の朝に、うらる丸は大連の港に入った。

直樹は大連に上陸するのは初めてだ。というか満州が初めてだった。

与志はもちろん、これが初めての「外地」旅行ということになる。

哈爾浜にいた千秋は、引き揚げのときは大連では収容所に入って船を待ったのだという。だから彼女も大連は事実上初めてだった。

大連港では、船は岸壁に横付けするのではなかった。埠頭《ふとう》が岸壁から沖に延びていて、その埠頭に接岸するのだ。門司港と同じで、上屋から船に乗降用の橋が渡される。橋を渡ると埠頭二階の外廊下で、すぐに待合室に入ることができるのだった。

直樹たちは、接岸の直前からデッキに出て、大連湾の様子を眺めていた。空気は門司を出たときよりも、少し涼しい。門司は北緯でおよそ三十四度だが、大連は三十九度だった。日本で言うと岩手県一関《いちのせき》市あたりの緯度ということになる。札幌よりもずっと南で、気候は暑過ぎず寒過ぎずの都市だという。奉天になると、内陸性の気候であろうし、大連よりも冬は寒く、夏は暑いのだろう。

埠頭の背後、広い平坦地の奥に、よく目立つ欧風のビルが建っている。案内書では、それは満鉄の港湾事務所のビルらしい。

ロシアふうだという街並みは、港からだとあまりよくは見えない。また街の背後には、たとえば神戸や香港のような高い山はなかった。丘と呼ぶべき程度の標高の緑の稜線《りょうせん》が見えるぐらいだった。

船が完全に接岸し、もやいのロープで埠頭に固定されたところで、船に橋が渡された。

三階の一等船客用と、一、二階の二等三等船客用の橋は別々だった。直樹たちは上屋のベランダに降り立つと、列柱《れっちゅう》のある待合室へと入った。待合室の天井の中央部分はガラスの明かり採《と》りとなっていて、門司港の待合室よりも豪華に見えた。

列柱のあいだを出口へと歩き、無審査で待合室を出た。待合室を出ると、さらに長い通路が延びている。上屋の出入り口は、通路の先に半円形に突き出ていた。古代ギリシアふうの柱の立つ造りだった。出ると同心円状の階段がある。階段の下には、迎えのひとたちらしい男女の姿が数十人あった。先に下りた客の一部は、もう迎えと笑顔であいさつしあっている。

人力車、いわゆる洋車《ヤンチョ》は左手に並んでいて、タクシーもあった。右手には路面電車の乗り場がある。ちょうど一両、乗り場で停まっている。

迎えのひとの中に、不安そうな顔をふたつ見た。中年男と、二十代の青年だ。ふたりとも洋装だが、顔だちと髪形から、中国人のように思えた。階段を一段ずつ下ってくる男の客の、ひとりひとりの顔を見つめている。誰かを探しているようだ。若い男と直樹の目が合った。若い男は一瞬直樹から視線をそらさずに受け止め、ついで与志に目を向けた。与志は気がつかずにそのまま階段を降りた。

階段を下りきると、千秋が訊いた。

「まずホテルですね」

「ああ」直樹は言った。「まだ朝だし、部屋には入れてもらえないだろう。荷物を預けて、朝飯に出よう。それから買い物だ」

ついでに沙河口という地区まで足を延ばすべきかもしれない。

「洋車を呼びます?」

「頼む」

千秋が、洋車の車夫たちに身体を向けて、右手を上げた。三人の車夫たちがすぐに自分の人力車の梶棒《かじぼう》のあいだに入って、車を曳《ひ》いてきた。

三台の洋車が来たところで、千秋が目で訊いてくる。どこのホテルですか？

直樹は、車夫たちに顔を向けて言った。

「ヤマトホテル」

この時期、大連では一番の高級ホテルのはずだ。

車夫たちが直樹たちから旅行鞄や荷物などを受け取り、それぞれの車の蹴込《けこみ》の上に置いた。三人の旅行荷物はそこに収まるほどの量だった。

乗ってから、直樹はあらためて古代ギリシアふうの上屋の玄関口を見た。船から下りてきた客の列は、途切れていない。あのふたりはまだ客の中から誰かを探していた。

5

洋車は港を出ると、路面電車の走る街路を西に進み、大きな円形の広場に入った。

直樹は、思わず風景に見入った。上海《シャンハイ》の外灘《バンド》のあたりも中国の中のヨーロッパだし、シンガポールもいかにもイギリスの植民地らしいたたずまいだったが、この大連の風景もヨーロッパそのものだ。

円形の広場と放射状の街路という都市計画も欧州的なら、広場を囲む重厚ないくつかの建築も、欧州、それも北方的な欧州の香りがする。中国銀行や横浜正金《よこはましょうきん》銀行、大連警察署の建物だった。

およその高さを揃えている。広場は、内側の公園部分だけでも直径が二百メートルほどもあるだろうか。

洋車は広場の外周へ左折して、すぐに石造りのどっしりとした建物の前、石段の下で停まった。大連ヤマトホテルだった。五階建てで、たしか十六、七年前の竣工《しゅんこう》のはずである。

洋車を降りたところに、ベルボーイが駆け寄ってきた。十五、六歳の少年だ。

「お泊まりですか。お荷物を運びます」

訛《なま》りから、中国人だろうとわかった。

「女性のを」と直樹は言った。

ベルボーイは、千秋の荷物を手にして、三人を先導するようにホテルの玄関口へ向かった。直樹たちはあとに続いた。

玄関を入る前に振り返ると、広場をあいだにしてちょうど真正面が、中央と左右にドームのある横浜正金銀行の建物だった。

ヤマトホテルの玄関を入ると、そこは天井の高いロビーで、壁も床も白っぽい大理石だった。左手に帳場がある。痩せて眼鏡をかけた中年の男が、いらっしゃいませという顔を直樹たちに向けてくる。

帳場に近づいて、直樹は帳場板に手をつき、その帳場係に言った。

「予約をしていないんだが、部屋はふたつあるだろうか」

帳場係が訊いた。

「ご滞在はいつまでのご予定ですか?」

「とりあえず三日。用事が延びたら、もう何日かということになる」

「まず三泊ですね」帳場係は大判の宿帳に目を落として言った。「お部屋ふたつ、並びでお取りできます。ただ、午後一時からお使いいただくことになります」

「かまわない。荷物は預かってもらえるかな」

「もちろんです。三階で用意いたします」

帳場係は分厚い宿帳を出してきた。

「これに、お名前とご住所を。もしお勤めの方でしたら、連絡先として役所なり会社のお名前もご記入ください」

帳場の右側には、ペン立てとインク瓶がある。

直樹は帳場の後ろの壁を見た。日めくり式の暦が掛かっている。九月八日。あの事変の起こる十日前ということになる。

直樹は自分の名と、身分証明書にも使った東京の住所、それに石鹸工場の名前を書いてから訊いた。

「おれの名前だけで、ほか二名でいいかな」

「もうおひとつのお部屋を使うかたのお名前も」

直樹は振り返って与志に言った。

「お前もだってさ」

与志は一瞬とまどいを見せた。うらる丸のときとは違う部屋割りにすると言われたと思ったのだろう。彼は一瞬だけ、横に立つ千秋を見た。

直樹は千秋に目を向けた。千秋は直樹を見つめ返してきたが、何も言わない。直樹と同室でもかまわないという意思表示か。それとも、帳場では直樹の言うがままにするということか。でも、いまのやりとりにたいして深い意味はないのだ。ただ、同行の女性ひとりを別の部屋にすることは、日本人客を相手のホテルでは逆に目立つだろうという判断なのだ。

与志も宿帳を書き終え、宿帳を帳場係のほうへと押した。

「お荷物はお預かりいたします。外出されます？」

「ええ」

「貴重品とお手回りの品だけお持ちください」

「大連でいちばん大きな石鹼工場は、どこになります？」

「石鹼工場ですか」と、帳場係はまばたきした。「さあて。存じませんが、そもそもあるのかなあ」

直樹は質問を変えた。

「商工会議所の場所はわかりますか？」

「商工会議所なら、この近くですよ。広場の横浜正金銀行の左側の道路沿いです」

帳場係は大連の市街図を帳場の下から出して、場所を示してくれた。場所を確認して直樹は礼を言った。

三人は身の回りの品だけを入れた小さな鞄だけを持つと、旅行鞄をベルボーイに預けた。帳場係が、行ってらっしゃいませと言いながら、直樹に板の番号札をくれた。

部屋に入ることができる時刻は午後一時。すべての用事をすませてから、ホテルに戻るのでもいい。

ホテルを出たところで、与志が訊いてきた。

「大連商工会議所に、ほんとうに行くんですか？」

「行くさ」

「何をしに？」

「旅順と奉天の情報を拾いに」

与志は、そんなところにありますかという顔になった。

石段の下まで下りると、洋車の中国人の車夫がひとり、乗るかと目で訊いてくる。商工会議所までは広場の真ん中を突っ切って行けば近いらしい。直樹は首を横に振って、ホテルの前の広場外周の道路を横切った。

横浜正金銀行の左手、広場から放射状に延びる街路に入った。大山通《おおやま》りだ。日露戦争のときの将軍・大山巌《いわお》にちなんだ名だという。通りの左右は事務所街と見えた。広場からさほど遠くない場所に、小ぶりの赤煉瓦の洋館があって、大連商工会議所の看板が出ている。

直樹は首をめぐらして、会議所周辺に目を向けた。大連日日新報《にちにちしんぽう》という新聞社がある。社屋の大きさから、印刷工場も持った新聞社と見えた。

会議所の三段の石段を上がって玄関を入った。入ってすぐが事務所となっていて、右手に階段がある。目の前が、受付だ。受付係は和服の上に灰色の上っ張りを着た二十代の女性だった。

直樹は玄関の内側に与志たちを立たせたまま、受付の女性に近づいて、受付台ごしに話しかけた。

「東京から満州の調査に来ている者です」

「調査？」

「ええ。石鹼工場を出したいと思って」直樹は名刺を差し出して言った。「まだほんとうに下調べで、どうなるかは未定なんですが、地元の実業界の方にはまずご挨拶しておこうと思いまして」

「ええと、会頭はもうすぐ出てくるはずですが、お待ちになりますか？」

「あ、いいえ。突然来てしまいましたので、出直します。会頭さんのお名前は？」

笠松栄太郎《かさまつえいたろう》だと、受付係は教えてくれた。

「では笠松会頭へのご挨拶は、午後の一時くらいに。そのときまでに、こんな者が来ていたと、お伝えしていただければ。もちろんご多忙であれば、べつのときでも」

かなりへりくだり、商人らしいしゃべりかたを心がけた。相手が信じてくれたかどうかはわからないが、表情から察するに、いかがわしい客とは感じなかったようだ。

「わかりました」と、受付係の女性は微笑して言った。

直樹はふと思い出したように訊いた。

「大連日日新報の会議所担当の記者さんがいらっしゃいますよね。商工業の動向に詳しい方」

「ええ。ヤマシロさんていう方が、いつも記事を書いてくださっています」

「ありがとうございます。ではまた午後に」

直樹は受付係に礼を言って会議所の外に出た。

アカシアの歩道に立つと、千秋が訊いてきた。

「市場調査とか、何のためにやっているんです？」

直樹は答えた。

「身元情報の補強だ。名刺だけでは足りない。これからは、いったん疑われたら計画はそこで御破算《ごはさん》だから。動く前に、できるだけ多く作っておく」

大山通りを渡って、大連日日新報の社屋の中に入った。与志たちには玄関の外で待ってもらった。入ってすぐの目の前が編集部らしい。煙草の臭いに満ちた、ざわついた部屋だった。

玄関近くの席の、愛想のない中年男が面倒臭そうに直樹に顔を向けてきた。顎のしゃくれが目立つ男だ。

「何？」

直樹は言った。

「ヤマシロさんという新聞記者さんは、いまいらっしゃいます？」

男はざっと編集部の中を見渡してから言った。

「いないな。用件は？」

「東京から、工場を出すための下調べに来ているんですが、ヤマシロさんは満州の商工業の実情に詳しいと聞いて」

「誰が言ってたの？」

「商工会議所の笠松さんです」

「なるほどね。どうする？　待つかい？　いつ帰ってくるかわからないけど」

「いえ」直樹は名刺を男に渡して言った。「出直します。お忙しいでしょうけど、十五分ほど、大連の事情など聞かせていただければと思って」

「うちは、そういう情報を印刷して商売してるんだよ」

「はい、承知しています。一席設けたほうがよければ、そうするつもりでいます」

男の顔から、からかいの色が消えた。

「伝えておくよ。おれも大連のことなら、商売のことだけじゃなく諸事万端《しょじばんたん》詳しいけど」

男は自分の名刺を出してきた。

戸沼治男《とぬまはるお》、とある。

「そうでしたか。ぜひ近いうちに」

「ああ、進出してくるって言うんなら、役に立てると思うよ」

「電話をしてもかまいませんか?」

「ああ。いいよ。忙しいけど、なんとか時間は作るよ」

大連日日新報の玄関の外に出ると、与志が訊いた。

「いなかったんですか?」

「ああ。だけど、べつの情報提供者を見つけた。今夜、会うことになるな」

千秋が訊いた。

「次は?」


女店員が言った。

「お似合いですよ」

千秋はうれしそうに鏡の前で身体をひねった。

大連の繁華街、浪速町《なにわちょう》という大通りにある衣料品店の集合建物だった。一階は、フロアまるごと女性用の衣料品店で、中国服と洋服が買える。フロアを埋めているのは高級店ではないので、多少質のいい普段着、外出着などが商品の中心だ。いま千秋が決めたのは、丈《たけ》の短めの上着とシャツ、それにズボンだ。まだこの季節なので、上着は綿を入れた串縫《ぐしぬ》いのものではなかった。満州の事務職の女性が仕事のときに着る服。水商売や汚れ仕事の女性には見えない服だ。

女店員が言った。

「袖丈、少しお直ししたほうがいいですね。最初に見たスカートのほうも」

彼女はすでにひと組、日本の職業婦人が着るような通勤着の上下を選んでいた。こちらはズボンではなく、スカートだ。

女店員は言った。

「お客さまは背が高いので、膝小僧が出ていましたから」

「お願いします。さっき話した長さで」

「きょう、またいらっしゃいますか？」

「どのくらいかかります？」

「午後一時までには、できています。お届けしましょうか。ホテルはヤマトですか？」

「ええ。水村です」

「帳場に預けておきますね」

「お願いします」それから直樹に言った。「おしまいです」

「早かったな」と、直樹は千秋がさほど迷うことなく服を決めたことに驚いて言った。

「そういう場合じゃないから」

直樹は視界の隅で女店員の反応を窺ったが、何か不審を感じたようではなかった。金持ちの旅行者が、自分の女に服を買ってやったのだと思ってくれればそれでいい。

勘定をすませ、店の外に出ると、与志が直樹に目を向けてきた。

次はどこに行くんです？と訊いている。

「沙河口書院」と直樹は答えた。

そこは路面電車の走る街路から南に折れて三町ばかりという場所にあった。電車通りから赤煉瓦造りの二階建ての商店が続いていたが、少し商店の間隔がまばらになり、泥煉瓦の棟割《むねわ》り長屋が多く目につくようになった一角だ。塀をめぐらした中国式の門のある建物だった。門柱には沙河口書院と看板がかかっている。門の中に入って前庭を突っ切り、奥の建物の事務所らしきドアを開けた。中には、中年男がひとりと、二十代と見える男女がいた。みな事務員というよりは教員だなと直樹は思った。

若い女性が立って寄ってきた。

直樹は千秋に短く言った。

「通訳、頼むぞ」

陸軍中野学校では、直樹は中国語を専修とはしなかったのだ。片言しか知らない。

若い女性が中国語で言って、すぐに千秋が通訳した。

「ご用件は？」

「日本の旅行者です」直樹は言った。

千秋がこれを中国語に通訳した。

直樹たちの前に立った女性は、意外そうな顔を千秋に向けた。

直樹は続けた。

「二日前に日本の門司港を出て、今朝大連に着いたところです」

若い女性は直樹を見つめてくる。

「門司港で、中国の方から預かったものがあります」

与志が自分の鞄から、革装の手帳を取り出した。

女性は目を丸くした。見覚えがあるのだろうか。

「そのひとの名前は聞きませんでした。日本の憲兵隊に引っ張られていったのです。船には乗らなかったのでしょう。手帳の後ろのほうに、ここの名前が書いてあったので、持ってきたのです。この関係の方だったのではないかと思って」

直樹は、手帳のもっとも後ろのページを示した。若い女性は書かれている漢字を見つめ、振り返って男たちに声をかけた。男ふたりが立ち上がって近づいてきた。

若い女性は、手帳のその部分を指さしている。麓径の落款も。

三人は何か話し始めた。

千秋が小さい声で言った。

「これは、葉《イエ》先生の手帳だ。このひとたちは誰だ？　どうしてこれを？」

年配の男が千秋に言った。千秋はそれをすぐ直樹に伝えてきた。

「この手帳は、学校の支援者のもののようですが、どうしてこれを？」

千秋が最初に女性に言ったことだが、直樹はもう一度繰り返した。

千秋が通訳すると、彼は訊いた。

「先生は、ひとりでしたか？」

直樹は答えた。

「もうひとり、若い男性と一緒でした。若い男性は、警察に尋問を受けていました。やはり船には乗らなかったと思います」

「この手帳を、葉先生はなぜあなたたちに預けたのです？」

千秋がまず答えて、直樹にも日本語で伝えてきた。

「なぜかはわかりません。憲兵隊が待合室に入ってきたとき、わたしはこの手帳の持ち主のすぐ近くにいたのです。わたしが中国語を理解できるとわかったようなので、中国に縁のある者だと思ったのかもしれません」

「そのときあなたには、何も言わなかったのですか？」

「何も言っていません。ただ、渡されたのです」

「なのにどうしてここに持ってきたのです？」

「さっきも話しましたが、後ろのほうのページに、沙河口書院と書かれていましたから」

「中身を読んだのですか？」

「誰の持ち物か、知ろうとしたのです。お身内の方にお渡しするために」

「中に何が書かれていたか、知っているのですか？」

「いいえ。ほとんどが達筆の行書《ぎょうしょ》なので、読むことができませんでした」

「警察や憲兵隊は、あなたの持ち物を調べなかったのですか？」

「調べていません。渡されたところを見ていなかったのです」

「警察や憲兵隊が誰を捜していたのか、知っているのですか？」

「いいえ。まったく知りません」

「何を捜していたかも？」

「知りません。葉先生という方は、どのような人物なのです？」

「葉先生のことを、知っているのですか？」

「あなたがたがいま、葉先生と言っていたのを聞きました」

そこまで聞き取れていたのかと、男は驚いたようだ。

「あなたたちには関係のないことです」

「その手帳を受け取っていただけますか?」

「ええ。お預かりします」

中年の男は直樹と千秋を見つめてくる。敵意ではないが、深い疑念を持っているという顔だ。もっと何か質問したそうでもあったが、すでに彼はもうここまでの質問で、手帳がなにやら危ない品であったことを認めてしまったようなものだ。日本人をこれ以上追い詰めてはならないと判断したのかもしれない。

千秋が言った。

「用事はこれだけなのです。失礼します」

「ちょっと待ってください」と、中年男があわてて言った。「持ち主が、お礼をすることになるかもしれません。お名前を」

直樹は名刺を渡しながら言った。

「お礼など、気になさらないでください」

「そうはいきません」

「大連ではどちらにいらっしゃるのです?」

「ヤマトホテルです」

直樹は一礼すると、与志や千秋に出ようと促した。

事務所の若い男女は、中年男同様に怪訝《けげん》そうな、あるいは不審そうとも見える顔で直樹たちを見送ってきた。

沙河口書院を出ると、直樹は来るときに通った道路を使わず、路面電車の走る街路の二町ばかり南あたりと思える道を歩いた。

こうして中国人街の中に入ってみると、ここは上海とはやはり様子が違う。共同租界やフランス租界の中国人街の雰囲気もある。気候の違う中国北部であるし、ロシア人の当初の都市計画も生きているのだろう。中国語の看板が林立しているが、日本語はひとつも見当たらない。

歩いているひとびとの服装も、上海とは違う。満州人の風俗を守っている年寄りも少なくないようだ。さすがに弁髪《べんぱつ》は見ないが。

全体で言って、上海の猥雑《わいざつ》な熱気のようなものはあまり感じられない。混沌《こんとん》ともしていない。もし何かあった場合、と直樹は考えた。日本人居住地域よりも、こちらの中国人街である小崗子に逃げ込むのがいいかもしれない。日本人がたちまち地元の中国人から追われたり、警察に通報されたりしない空気の場所であるなら。

歩いている道路は、やがて繁華な大通りと交差した。

立ち止まったところで、直樹は言った。

「大連駅に行く」

大連駅は、大連市街地の北側にあった。三つのアーチが並ぶ跨線橋《こせんきょう》、日本橋《にほんばし》に近い場所だ。跨線橋の北側は、かつてはロシアの官庁街だった三角形の小さな半島だ。というか、ロシア人が遼東半島を租借して大連建設にかかったとき、最初にできたのがその地区のようだ。いま日本人たちは、行政上の正式の町名、乃木町《のぎちょう》とか児玉町《こだまちょう》、北大山町《きたおおやまちょう》などをひっくるめて、ロシア町と呼んでいるという。旅行案内書の記述だ。満鉄の最初の本社もその奥にあったらしい。その先の海辺は中国人が使う港だ。ジャンク港とも呼ばれているらしいが、もちろん動力船も出入りしているだろう。

大連駅はそのロシア町を背にして建っている格好だ。駅の南側が、大連の商業街であり、これを取り巻く広大な住宅街ということになる。

鉄道はダルニー川の河原《かわら》部分に軌道を通し、東西に操車場を延ばしている。駅前の商業街から見て、一段低い位置にあるように見える。

大連駅の駅舎は、三角屋根の木造平屋建ての建物だった。真壁《しんかべ》造りだ。ロシアではなく、満鉄が建てた駅のはずである。

さほど大きな駅舎ではなかった。数日前に通った小倉駅ほどだろうか。もちろん門司港駅よりはずっと大きいけれども。

駅の右手は操車場で、さらにその先で大連港の貨物積み出しヤードとつながっている。左手にも操車場が広がり、さらにその奥には機関車やそのほかの車両の整備工場があるようだった。

駅舎に入ると、待合室の右手方向に憲兵の姿が見えた。分隊が置かれているのかもしれない。列車の到着や出発の時刻には、もしかするとひとりひとり客をあらためるのか。それとも、検問は、何か事件なり手配があった場合だけだろうか。いま見えている憲兵は、さして緊張している様子ではないが。

切符売り場の脇に南満州鉄道と支線の時刻表が置いてあった。直樹はそれを三枚取って鞄に収めた。

改札口の外側から、プラットホームを眺めた。回送らしい列車が停まっていたが、その車両の高さから、ホームは地面とさほど差のない低いタイプだとわかった。アメリカやヨーロッパの一部の国にあるような鉄道駅なのだ。ロシアが駅を建てたときも、この様式だったのだろうか。

右手に、歩行者用跨線橋がある。駅舎の北側にも、ここと同じような様式の建物が見えた。ロシア町側にも改札口があるようだ。

駅舎の外に戻ってから、広場の一帯を見渡した。車寄せの向こう、河岸段丘《かがんだんきゅう》の上にあたる位置に市街地が広がっている。

駅の西側が、また操車場だ。鉄道で旅順に行くには、大連市街をいったん西に出てから南満州鉄道の本線に入って遼東半島の北側を走り、半島の西南端にある旅順に入ることになるようだ。

自動車を使う場合、旅順への陸路はふたつあるはずだ。遼東半島の北側、ほぼ鉄道に沿って通る道と、南海岸を走る道。どれだけ整備されていて、どのくらいの時間で移動できるのか、確かめなければならない。また、旅順港には民間船、漁船は入っているかどうかもだ。最悪の場合、脱出に船は使えるか、やはり見ておくべきだった。

直樹は腕時計を見てから言った。

「昼飯にして、いったんホテルに戻ろう」

駅前の繁華な商店街を少し南に進んだ。一街角《まちかど》を丸々占めるほどの大きな商業ビルは、連鎖街《れんさがい》と名付けられているらしい。この繁華街では、憲兵の姿は見当たらない。警邏《けいら》中の巡査の姿は、ひと組だけ見たが、とくべつ何かを警戒している様子でもなかった。通常の警邏勤務なのだろう。

二町南に歩くと、海鮮の料理店の並ぶ通りに入った。どの店も入り口の前に生け簀《す》や水槽をいくつも並べている。上海と同じ形式なら、客はまず材料を選び、それから給仕に調理法を伝えるのだ。つまり、蒸すのか炒めるのか、爆《パアオ》や炸《ジャー》という炒め方にするのか、煎《い》り焼きか、あんかけにするのか、といった希望を伝えると、やがてテーブルに、買った材料が希望した通りに調理されて運ばれてくる。

一軒の大きな店に入った。個室はないようなので、ほかの客から離れた奥のテーブルに案内してもらった。茶と白飯がまず出てきた。

最初の皿が来るのを待っているあいだ、直樹はこの年の満州事変直前の関東軍の動向を思い出そうと努めた。守屋先生も、遅くとも昭和五年の秋までに行けると思っていたため、張作霖爆殺事件の前後の事情については詳しく語ってくれた。

でも、満州事変の際の関東軍の具体的な動きはどうであったか。うらる丸の中で与志たちに、首謀者、現場責任者たちの名は教えたが、自分は彼らの事変直前の動きについて、どれだけ守屋先生から教えられただろう。

たしかに本題の余談として、守屋先生は語ってくれた。一切メモなど取らずに聞いていたが、守屋先生も昭和六年の陸軍中央や関東軍の具体的な動きについては、ごくあらましだけ、その後歴史はどうなったかという文脈で語ったような気がする。そのときは、直樹自身も、いくらか集中力が欠けていたかもしれない。

四角いテーブルの向かい側にいる千秋が、直樹に言った。

「さっきから何か考えごとをしていますね」

直樹は、意識をその場に戻した。

「ああ、戦後になってわかった関東軍の動きだ。守屋先生が言ったことで、きちんと覚えていないことがある。ふっと気持ちがゆるんだときだ」

「詳細に教えられたのでしょう?」

「昭和五年の秋までのことは。ただ、その後のことも少しずつ思い出してきた。本庄司令官は八月二十日に着任したばかりだった。事変直前、彼は五人の参謀たち全員や、特務機関員たちと一緒に、満州各地の駐屯部隊を視察、夜間出動演習をやらせている。現地指揮官たちとの打ち合わせで、決行すると決まったのが十六日の深夜だ。そして事変当日の朝、奉天を発《た》って、特別列車で旅順に帰った。奉天には専務が残った」

やがて若い女給仕がやってきた。海老《えび》の炒めものが出てきたのだ。これは炸という調理法のはずだ。

与志も千秋も目を輝かせた。

「まず食おう」

ふた皿めは、カレイの蒸し物だった。女給仕が取り分けてくれた。

直樹は途中で箸《はし》を止めて続けた。

「午後十時半、実行部隊が満鉄付属地の外で、満鉄の線路を爆破した。爆発音を駐屯地で聞いて、専務が支店長の名で現地の部隊に出動を命じた。張学良の軍が満鉄破壊工作に出たから、反撃せよとだ。現地軍は、奉天の内城と、奉天市街地の外にある張学良軍の駐屯地、大本営を急襲した。張学良軍はほとんど抵抗することなく、撤退した。奉天はあっさりと関東軍が占領した」

与志が訊いた。

「ほとんど抵抗しなかったのは、どうしてです?」

「まず、張学良はこのとき、というか」直樹は右手の人指し指でテーブルの表面を示した。「いまこの現在だけど、病気の治療で北平《ペイピン》、つまり北京《ペキン》にいる。また、彼の軍には、もし関東軍に攻撃されても抵抗せずに引けという命令が出ている」

「どうしてです？」

「勝ち目がないと見ていたのか、関東軍の謀略と、国際法違反の軍事行動だと世界に訴えるつもりだったのかもしれない。父親が爆殺されたときはあまり国際世論は味方にならなかったが、次に日本が軍事行動に出るときは、三国干渉とか、二十一箇条要求のときと同様のことになると期待していたのか。守屋先生は」

次に女給仕が運んできたのは、帆立《ほたて》とイカの炒めものだった。

直樹は、固有名詞を出さずに言った。

「現地支店と東京本店の経営計画を、小さく見積もっていた、という見方だった」

女給仕が離れていってから、千秋が訊いた。

「某重大事件については、守屋先生は情報を事前に先方の社長さん側に伝えるだけで防げる、と言っていましたよね。満洲事変のほうも違いましたか？」

「ああ。関係部署の面々をおれたちが退職に追い込むまでもない。社長の命がかかった謀略だからな。いまの時点の問題は、そういう情報が信じてもらえるかどうかだ。俺たちは身元不明の旅行者だ。謀略があることを信じてもらえるかどうか。信じてもらえたとして、それほど重大なことに発展するか、それをする能力が支店にあるかと、軽く扱われるかもしれない」

「じゃあ、やはり、退職してもらうしかない？」

「ああ」

「かなり荒っぽいことになりますよね」

「一年前の、七人の課長たちの同時解雇計画だって、似たようなものだったろう」

与志が訊いた。

「藤堂さんは、そっちについての計画は、出発前にもう持っているんですよね？　ぼくらには何も詳しいことを話してくれてはいないけど」

「聞くな」

直樹は帆立とイカの炒めものに箸を伸ばした。事前に計画の中身を話してしまえば、与志と千秋、どちらかが捕まって厳しい尋問を受けたとき、計画は御破算になる。ましてやその計画が不可能になったいま、ふたりが知る必要はない。

ただし、この昭和六年の満州では、直樹はほんとうに計画を持っていなかった。

とはいえ、与志と千秋は素人だけれども、一週間とにかく過去に潜入するための基礎訓練を受けた。素質と、わずかとはいえ荒っぽいことをした経験がある。計画の細部を、彼らと話すことで詰めていけば、不可能ではないはずだ。そもそも自分たちは、最初は馬鹿馬鹿しい話としか聞こえなかった過去に、あの教授たちの言っていたとおりに来ているではないか。これが実現したのだ。あとのことは、手のひらの中で粘土をこねるほどの容易さでしかない。

それに中野学校での訓練でも、数名が班を作って危難に対処する場合、より正解に近づくためには話し合うことが有用だと学んだ。文殊《もんじゅ》の知恵、というやつだ。

「どうしました？」と与志が訊いた。

「うん」直樹は意識を再びこの海鮮料理の店に戻した。ふたりとも、食べ終えている。皿は空だった。「出よう。大連の市街地をもっと頭に入れておこう」


店の外に出てから、直樹たちはまた大広場を目指した。

浪速町の、やはり賑《にぎ》やかな商店街を西へ向かったのだ。路面電車の走る通りだ。途中に銃砲店があった。案内書にも広告を載せていた坂本《さかもと》銃砲店だ。出入り口の脇に、看板が出ている。

「各国製猟銃・猟具
工業用火薬・各種拳銃
空気銃・畜犬用具」

ウィンドウには鉄格子がはまっている。直樹は窓から中を覗くことは控えた。工業用火薬が手に入る。つまり、ダイナマイトということだろう。帳場で注文して出してもらえるものではないだろうが、とにかく店では扱っている。

商店街が少し事務所街の雰囲気となって、ひと通りが少なくなった。直樹たちは広い歩道を横に並んで歩いた。

守屋の言葉を、目を通しておいてくれと言われた満州事変の経緯についての資料を必死に思い起こした。

本庄司令官らが奉天を中心に、現地駐屯軍の夜間出動演習を視察したのが九月十五日。この日深夜、関東軍司令部は、特務機関に招集した現地軍指揮官たちに謀略を説明し、決行できるかどうかを訊ねている。成功の可能性の低さや準備不足から反対意見が多く、決行は決まらなかった。

翌十六日、司令部はあらためて現地軍指揮官に意見を求めて賛否を問うた。というか、現地軍の反対を押し切って決行が決まる。十八日なら準備が整うとのことで、十八日の謀略決行、作戦発動が決まった。

十八日、本庄司令官は旅順に戻る。夜十時二十分、歩兵第二十九連隊独立守備歩兵第二大隊第三

中隊の河本末守中尉率いる部隊が、奉天駅の北東八キロの柳条湖で、満州鉄道の線路を爆破した。

これを合図に、関東軍はまず瀋陽・奉天周辺の中国軍に全面的な攻撃に出て、満州事変となったのだった。

歩きながら、直樹はひとつまた守屋の言っていた言葉を思い出した。

事変の四日前、奉天の日本総領事館は、関東軍が軍事行動に出るという情報があるが、どういうことかと外務省本省に問い合わせている。

四日前、つまり九月十四日には計画が現地部隊に伝えられていて、軍の外にも情報が漏れたのだろうか。奉天の市民には、十八日夜には満鉄付属地、つまり奉天新市街を出るなと注意があったとの証言もあったという。つまり奉天では、十四日以降関東軍の軍事行動の噂は、かなりの程度に広まっていたのか。

いずれにせよ、関係者を排除するなら、遅くとも九月十六日以前だ。それ以降では、作戦を下命された部隊がもう計画の骨子を知った上で準備にかかっている。

しかし。

自分たちの計画に悲観的に見える部分があるのはたしかだ。

自分は昭和六年に来てしまったと知ったとき、満州事変の首謀者や現地責任者たちの排除で計画はつまずき、妄想と狂気を引き受ける者もなくなって、その歴史は回避されると信じた。

守屋先生が、穴に自分たちを送る意味を、そう説明してくれたのだ。歴史の局面はその要素のほんのわずかな違いで大きく異った結果を生むと。その朝もし雨が降っていたら勝敗の違っていた合戦は少なくないし、合戦の結果が違えば当然その後の歴史も変わってくる。

いっぽう和久田先生は、力学の理論にたとえて教えてくれた。力学では、ある状態にほんの少しの変化を与えただけで、その変化がなかった場合とは、その後の状態が大きく違ってくるという。和久田先生はつけ加えて言った。つまり初期値の鋭敏性についての学説だと。

　直樹はじっさいのところ、和久田先生の説明はよく理解できなかった。

　ともあれ、ふたりの教授は言ったのだ。歴史のその局面の、ほんの数人の当事者を排除するだけで、その後の歴史は大きく変わる。初期値を少しだけ変えてやることは、絶対に有効なはずだ。それを信じるしかない。

　直樹は正面に大広場を見ながら言った。

「この計画には時限がある。様子をじっくり調べている余裕はないかもしれない。少なくとも昭和五年の計画の焼き直しではだめなようだ」

　千秋が訊いた。

「難しいってことですか？」

「生還を期すことはできないかもしれない」

　与志が言った。

「おれは、穴に入ったときから、覚悟はしていましたよ」

　千秋がうなずいた。

「あっちに、いいひとがいるわけでもない。歴史を変えるか、自分が戻るか、ふたつにひとつなら、変えるほうを取る。このいまいましい歴史にさよならしてやる。心配しないでください」

「そうはいかない」と直樹はふたりを交互に見た。「おれが引っ張り込んだ。そのどちらかしかないなら、おれは戻るほうを取る」

「先生たちとの約束は？」

「とにもかくにも穴をくぐった。死ぬことを約束したわけじゃない。失敗したことを、先生たちも責められない」

大広場に出た。ヤマトホテルは、広場の向こう側やや右寄りだ。案内書によれば、その裏手方向の坂の途中に、満鉄の持つ大病院・大連医院があり、満鉄本社も通りは違うが似たような方向。そして満鉄本社の向かい側あたりに、関東軍の大連倉庫という軍需物資の倉庫や、軍関連の施設があるはずだった。

そちらも見ておくべきだが、いったんはホテルに戻ることだ。直樹たちは広場外周の道路を渡った。

いま歩いてきた街路の風景を逆から頭に入れるため、直樹は振り返った。道路の向こう側で、ふいにこちらに背を向けた男がいた。顔は見えなかった。その男の姿はすぐに、ほかの通行人たちのあいだに紛れて見えなくなった。直樹は、注視することはしなかった。もしいまのが尾行だったとしたなら余計に、気づいたことを知らせないほうがいい。

それにしても、誰が尾行する？　いくらなんでも、昭和二十四年から密告があるはずもないのだし。

広場を突っ切ると、ホテルの前に側車つきの単車が停まっている。側車のボンネット部分に、憲兵隊、と白い文字が入っていた。

尾行の次には憲兵隊。避けるか？　いったんこの場から消えるか。

与志と千秋が、不安そうに直樹を見つめてきた。

瞬時に直樹は決めねばならなかった。

「入ろう。石鹼工場進出の用事で通すんだ」

直樹は、自分の肩掛け鞄の中から、現金の入った信玄袋を千秋に渡した。千秋が素早くそれを自分の鞄の底に押し込んだ。

石段を上がって大理石のロビーに入ると、帳場の前の椅子と卓の横に憲兵将校と兵士が立っていた。椅子には、門司港の一等待合室にいたあの中年男だ。中年男が千秋と与志を見て、憲兵将校に何かを言った。将校が顔を直樹たちに向けてきた。

直樹は帳場のほうへ、不安の片鱗《へんりん》も見せぬ演技で歩いた。将校が直樹たちに目をやってくる。あの中年男は、何を将校に伝えたのだろう。

帳場に向かいながら、直樹は帳場係に訊いた。

「もう部屋には入れるかな」

「はい」帳場係は答えた。「その前に、憲兵さんが聞きたいことがあるそうで」

直樹は将校に顔を向けた。

将校は椅子と卓の横で直樹を見つめてくる。眼光の鋭い、厳《いか》めしい顔の男だ。不機嫌そうな顔だった。こっちへ来いと目で命じている。直樹は小首をかしげて将校に近づいた。

「名前は？」

逆らわずに素直に答えた。

「藤堂直樹です」直樹は胸のポケットから名刺入れを取り出して、一枚を将校に渡した。

将校は受けとって一瞥《いちべつ》してから訊いた。

「今朝うらる丸の一等で着いたな」

「ええ。何かありましたか？」

「門司港の一等待合室で、この御仁《ごじん》と一緒だったよな？」

直樹は中年男に目をやって答えた。

「わたしたち三人は、たしかにこのひとの近くのベンチに腰掛けていましたね」

「ソフト帽の中国人がそこにいたろう？」

「中国人？　憲兵さんに裸にされたひとですか？」

「裸にしたかどうかは知らんが、小倉の憲兵隊が尋問した」

将校が千秋に顔を向けた。

「覚えているか？」

「ええ」と千秋。興味津々《きょうみしんしん》という顔だ。「あのひと、どうなったんですか？」

「知らなくていい」将校はまた直樹に顔を向けて訊いた。「何か預からなかったか？」

「預かる？　何をです？」

「預かったかどうかと訊いている」

「いいえ」直樹は中年男に目を向けた。彼もこのホテルに泊まっているのだろう。憲兵は事情聴取に来て、直樹たちがあのときそばにいたことを彼から知ったのか。直樹はその中年男を目で示して言った。「その方もご存じだと思いますが」

「鞄の中を見せろ」

「これですか？」直樹は肩掛け鞄を将校に渡した。

将校は手を突っ込んでざっとあらためながら訊いた。

「どういう旅行だ？」

「社用です。工場進出の下調べで」

石鹼工場だ、とつけ加えた。

「ぶらぶらして、下調べになるのか？」

「午後には商工会議所の笠松会頭さんと会うことになっています」

将校は脇に立つ憲兵に目で指示した。

憲兵は帳場に近づいて帳場係に訊いた。

「電話は？」

帳場係は、階段の脇の電話室を示した。憲兵は電話室に入った。

将校は鞄の中から、大連日日新報の戸沼の名刺を引っ張り出した。

「知り合いか？」

「今夜、大連の景気の話を聞かせてもらうことになっていますよ」

「いま、どこにいた？」

「町の中をぶらぶらと。駅に近い海鮮料理店で、昼飯を食べてきましたが」

将校は名刺を鞄の中に戻すと、鞄を直樹に突っ返してきた。ついで与志が、鞄を見せるように命じられた。

与志も鞄を将校に渡した。

将校が、直樹にした質問を与志にもした。

「用事は？」

与志は答えた。

「工場を出すための調査です」

「お前はあいつの部下か?」

「ええ。おれは設備の技師です」

将校は鞄を与志に返すと、千秋を顎で示しながら直樹に訊いた。

「その女は?」

「中国語が必要になったとき、通訳です」

「中国人?」

「いえ、日本人ですが、子供のころ満州にいたという女で」

雇い主として不自然には聞こえぬ呼び方を使った。

将校は言った。

「通訳ならこっちにも大勢いるだろう」

「社長の縁戚筋とかで、よくわからないんです」

千秋が将校を見て、次はわたしですねという表情になった。将校がうなずいたので、千秋は鞄の口を開けた。

「下穿きもあるから」

憲兵が電話室から出てきて将校に近寄った。憲兵は少し声を落として言った。

「たしかに、会頭と午後に会うことになっているそうです」

千秋が突き出した鞄を、将校は上から覗き込んだ。手を入れることはしなかった。

顔を上げてから、将校は面白くなさそうに憲兵に言った。

「行くぞ」

「はい」と憲兵が返事をして、玄関口へと向かった。将校は直樹たちに会釈《えしゃく》するでもなく、憲兵のあとから玄関へと大股に歩いていった。大理石の床に、彼の軍靴の音がよく響いた。

帳場係が、何ごともなかったかのように言った。

「お部屋にご案内します。お荷物はお部屋に運んであります。朝食はこのロビーの裏手のレストランで、朝七時からです」

直樹はふたつの鍵を受け取り、ひとつを与志に渡した。

あの中年男はいつの間にか消えていた。

エレベーターで三階に上がった。右手に階段があり、廊下はざっくりと言えば、廊下がその階段とエレベーター部分を囲むように延びている造りだった。廊下の外側に、客室のドアが並んでいる。廊下は薄暗かった。建物の内側を半周したところに並んでいるのが、直樹たちの部屋だった。三一二と三一三だ。最初にベルボーイは与志を部屋に案内した。次に直樹と千秋の部屋へ。預けたふたりの旅行鞄は、帳場係の言ったとおり、部屋にすでに運び込まれていた。ベルボーイは、洋式のトイレットと風呂の使い方を説明して出ていった。

千秋が見つめてくる。いたずらっぽい目をしていた。

直樹は少し事務的な口調で言った。

「与志と部屋を交換してくれ」

千秋は微笑した。

「そうだと思った」

「少し休んだら、また町に出る」

うなずいて千秋は部屋を出ていった。入れ代わりに、与志が部屋に入ってきた。事情がよく飲み込めていないという顔だった。うらる丸の中での部屋割りと変わらないのだが。

6

大連商工会議所会頭の笠松栄太郎という男は、五十がらみ、赤ら顔の愛想のいい男だった。直樹たち三人を応接室に入れて、石鹼工場進出を考えているという直樹の言葉を歓迎して聞いてくれた。

直樹がその架空の計画を簡単に話し終えるところで、笠松は言った。

「それにしても、この不景気の満州に工場を出すんですか」

「利益の薄い品なんで、少しでも安く工員を使えて、安い原料が手に入るなら、出してみてもいいかと」

「わかりますよ。生き残りがかかってますとね」

「石鹼以外でも作れるものがないか、調べてこいという命令なんです。うちの社長は、儲《もう》かる事業には首を突っ込みたがる」

「わかる、わかる。この世界恐慌の真《ま》っ只中《ただなか》です。製造業も厳しい。満鉄の三千人解雇なんて、大連は震え上がりましたからね。でも」

「でも」と、直樹は先を促した。

「関東軍の新任の本庄司令官は、中国の満鉄営業妨害や日貨排斥《にっかはいせき》運動を憂慮しているそうです」

「営業妨害とは?」

「張学良は、満鉄に代わる鉄道路線をいくつも敷いて、満鉄と競争している。建設費が安く済んでるんだし、満鉄もかないませんよ。でも本庄司令官は、中村大尉事件にも、厳しく当たる腹積もりだと聞いています」

関東軍特務機関の中村震太郎《しんたろう》大尉とその部下たちが、大興安嶺の立ち入り禁止地域でスパイ活動中、張学良の軍に捕まり、大尉が殺された一件だ。

「あんなこと、関東軍ももう黙っていないでしょう。一瞬にして、満州が変わるかもしれません」

「噂されている軍事行動のことですか？」

「噂のほうはよく知らないけど、とにかく軍は軍として、やるべきことをやって欲しいものですからね。大連の商工業者全員の願いだ。赴任祝いの席で、それを陳情するつもりでいるんです」

「赴任祝いの席というのは、歓迎会ということですね？」

「ええ。でも赴任したばかりとあれば、ご多忙だ。旅順ではあるそうなんですが、大連での歓迎会はまだ返事をいただいていないんです」

「旅順の歓迎会は、いつなんです？」

笠松は、壁のカレンダーに目をやった。

「三日後の十二日、土曜日です。旅順日本人会の主催」

「大勢集まるのでしょうね」

「いや、会場の都合もあるし、警備も難しくなる。運動会とは違いますよ」

自分たちも出席したい、と希望を口にすることは避けた。まだ進出前の企業関係者がそれを望むこと自体、不審と受け取られかねない。憲兵による身元調べも徹底されるだろう。むしろ、その歓迎会の前後に、計画を持ち込む機会がないか探るべきだ。

「歓迎会は、どちらで？」

「旅順ヤマトホテル」と笠松は答えた。「二次会は、旅順の料亭になるのでしょうな。そちらのほうは、細かなことは聞いていない」

「ともあれ、わたしたちは、旅順にも下調べに行くべきでしょうね」

「どちらかと言えば、進出するなら大連か奉天かとは思う。旅順は軍都だから、ストライキなんかは抑え込めるでしょうけどね」

「それは利点のひとつだ。行ってみるつもりですが、ごあいさつしておくべき方はどなたになりますか？」

「会議所の旅順支部の」浦谷重治《うらたにしげはる》という男がいいだろうという。「運送会社とか、倉庫業とか、いろいろやってる。浦谷興産《こうさん》って会社の社長だ」

礼を言って直樹が立ち上がろうとすると、笠松は、会議室の壁際の椅子に腰掛けていた千秋に目をやって言った。

「秘書さんは別嬪《べっぴん》ですな」

笠松には、千秋のことを通訳とは紹介していなかった。部下たち、と与志も含めて伝えてある。

直樹は否定せずに言った。

「ろくに化粧もしていないのに」

「関東軍の将校たちの前に連れていくと、涎《よだれ》を垂らしますよ。遊廓《ゆうかく》の玄人《くろうと》たちとは遊べないっていう将校さんもいるんですから」

「軍人さんっていうと、芸者遊びって言葉が思いつきますけど」

「大尉ぐらいの給料じゃ、それはままならない。もともと玄人好みじゃない男もいるし」

「素人を相手にするには、手間もかかるでしょうに」

「手間かけて口説き落とすのも、楽しみなんじゃないですかね」

笠松は千秋に目を向けたまま微笑して、直樹たちを送り出した。

商工会議所を出たところで、直樹は大連の地図を広げ、方向を確認するように地図と通りの左右を見比べた。

尾行している者があったかどうか、わからなかった。直樹は通りの反対側にも目を向けたが、わからない。勤め人ふうの洋装の男たち、買い物に行くのか和服姿の女性が多い。洋車《ヤンチョ》を曳く者、洋車に乗る者、荷を背負って前屈みに歩く者たち。目に入る者たちのうちの六割から七割は日本人だと見えた。

「どうかしました?」と与志が訊いた。

「いいや」直樹は地図を畳み、浪速町のほうを指さして言った。「銃砲店に行くぞ」

さっきその前を通った坂本銃砲店だ。

歩き出してから、千秋が気色悪いという調子で言った。

「あの男が言ったのは、わたしは自分の好みだってことだったんでしょう?」

直樹はなだめた。

「別嬪だ、ってことに、少しつけ加えただけだ。田舎者は、きれいな女性を前にすると、ああいう言い方になる」

ふんと、千秋は鼻で笑った。

店の中に入ると、奥の壁には鹿の首の剝製《はくせい》がいくつも並んでいる。角は三尖《さんせん》の短いものだ。ノロ鹿という種類だろうか。頭の大きさも、奈良公園あたりのニホンジカより小さい。

その下の壁に、ずらりと猟銃が立てて並べてあった。水平二連と上下二連の散弾銃が大半だが、自動銃もあった。ライフル銃も三、四挺《ちょう》ある。

「いらっしゃいませ」と、恰幅のいい主人が、ガラスのケースの後ろから挨拶してきた。三人を素早く見てから、主人は言った。

「ご旅行ですね。この時世、拳銃は必需品です」

直樹は主人に近づいて訊いた。

「帰るときには、引き取ってくれるとか」

「もちろんです。日本に持ち込むとなると、書類手続きがたいへんです。観光ですか?」

「いや、工場を作る場所の下見だ」

「その旅行に、拳銃が要るんですね?」

「じっさいのところ、必要なものだろうか。満州は初めてで、さんざんまわりから脅《おど》されてきたんだ。大都市だって危ないって」

「残念なことに」と主人はうなずいた。「いまはそういう空気が出てきましたね」

「どうして?」

「満州某重大事件ってのがありまして」

「馬賊《ばぞく》の頭領が死んだ件か?」

あえて日本人が張作霖を侮蔑して言うときの言葉を使った。

「あれが三年前ですが、息子の張学良は関東軍がやったことだと国民党にすり寄ってしまいまして、中国人の抗日機運が一気に高まっていましてね」

「三年前の話が、まだ尾を引いている?」

「中村大尉が満州奥地に視察に出て殺された件、内地でも新聞記事になっているでしょう?」

「六月にあったという事件か?」

「ええ。こっちの新聞でも、ついこのあいだ出たばかりなんですが」

「その事件が、どうしたって?」

「やったのは、張学良の部下の部隊なんですが、張学良は捜査を拒んで、関東軍とは険悪です。なんとなく一触即発という空気になってきています。七月には長春の万宝山《まんぽうざん》で、中国人と朝鮮人がぶつかりまして、やっぱり中国人は日本を恨んでくる。もし満州の田舎に足を延ばしたいということでしたら、お勧めしません。拳銃を二挺持っていってもですね」

「二挺でもだめか」直樹は与志たちを振り返って言った。「聞いたか? 拳銃はそれぞれが持つ必要があるらしい」

主人は控えめに笑った。

直樹は主人に言った。

「三挺いただこう。ひとりひとりの護身用に」

「そうですか。それはいいご判断です。お守りみたいなもので、いま、脅かすようなことを言ってしまいましたが、満鉄付属地だけの旅行なら使わずにすみます」

「満州の土産話に、馬賊の真似《まね》ごとをしてきた、と自慢してやりたいな」

「で、ご婦人用も、ということですね?」

「婦人用は小型の拳銃がいい。ハンドバッグに入るような大きさだな。いや、男たちも馬に乗って旅行するわけじゃない。半自動の、慎《つつ》ましいものを」

「半自動の、小型のものということですね」主人は少し考える様子を見せた。「さっきもお話ししましたように、関東軍と張学良との軍が一触即発という空気で、いま拳銃はけっこう売れているんです。さいわい、お客さまたちのご希望とは違って、小型のものは人気がないんですが」

「そんなに空気が悪いのか？」

「うちは奉天にも支店があるんですが、拳銃が足りなくなって、本店のを少し送ってやりました。大型のものばかりですが」

「奉天は、そんなに危ない？」

「張学良の軍の本拠地です」中国の東北辺防《へんぼう》軍のことだ。張学良はその司令官である。「父親の爆殺事件もあった。関東軍も一個連隊と一個大隊、周辺に駐屯しているし、近々奉天で衝突が起こるんじゃないかと、もっぱらの話題です」

「地元のひとたち、何か根拠があってそう言っているんだろうか？」

「肌で感じるものがあるんでしょうかね。関東軍の軍人さんの目つきが変わってきているとか」

「それで、民間人まで拳銃を買い始めていると」

「戦争は軍の仕事ですが、略奪にはまず自分たちで対処しなければなりませんから」

「まずいときに満州に来てしまったんだな」

「満鉄付属地を出なければ、とりあえずは安心かと思います。あ、でも大連で夜に、小崗子の悪場所に行って遊ぶおつもりでしたら」主人はちらりと千秋に目をやった。「悪所《あくしょ》がありますから。阿片窟《アヘンくつ》や、入ると身ぐるみ剝《は》がされるような淫売宿も。たとえここが大阪だったとしても、悪場所はやっぱり危ないでしょう」

「小型のものを、見せてくれ」それから確かめた。「ここには、試し撃ちできる場所はあるのかい？」

「あいにくと、町なかにはないんです。星《ほし》ガ浦《うら》っていう避暑地に、クレーの射撃場があります。そこと契約しているので、試し撃ちができます。よければ、タクシーを呼びますが」

距離は十五キロばかり。三十分以内で行けるという。

「あとで呼んでもらおう」

主人は、三種類の小型拳銃を出してきてガラスケースの上に並べた。大中小と、少しずつ大きさの異なる拳銃だった。新品ではなかった。金属の表面がくすんでいる。

もっとも大きなものは、イタリア製だった。

「九ミリの弾を使います。七発装弾できます。人気ですよ」

「こっちは？」知っていたが、あえて訊いた。

「ベルギー製です」と主人。「軽くて、突起も少なく、持ち運びにはいい。事故の心配もあまりない。口径は二種類ありますが、これは九ミリ」

主人はもっとも小さい拳銃を手にして言った。

「アメリカ製です。女性にも人気の護身用の拳銃ですね。二十五口径」

「触ってもいいか？」と、直樹はベルギー製の拳銃を示して訊いた。

「もちろんです。軍隊には行かれています？」

「東京第二連隊」

これは嘘だ。直樹は予備士官候補生として訓練を受けた後、参謀本部直属の中野学校に入った。その後も参謀本部直属の諜報員として外地を回って終戦を迎えたのだ。連隊勤務はない。しかし、この時代の男にそれを説明するのは無意味だ。銃器を扱った経験はある、と伝えられたらいい。

「どうぞ。弾は入っていません」

直樹は拳銃を手に取ると、できるだけぎこちなく弾倉《だんそう》を取り出し、もう一度もとに戻した。それから遊底を引いて、初弾を撃つために撃鉄を引き起こした状態とした。

主人が、ノロ鹿の頭の剝製をひとつ示した。直樹は安全装置をはずしてから、剝製に拳銃を向け、引き金を引いた。カチリと硬い音がした。

与志と千秋が、数歩離れたところで直樹の動作を注視している。

直樹は三種類の拳銃をすべて操作してみてから、主人に訊いた。

「ほかは?」

「あいにくと」と主人は申し訳なさそうに顔をしかめた。「ほんとうにこのところ、拳銃が売れているんです。小型の自動拳銃で、いま店にあるのはこの三種類。イタリア製のものは、この品だけで終わりです」

直樹は与志たちに言った。

「自分の護身用だ。選べ」

与志がガラス台に寄って、ベルギー製の拳銃を取り上げた。直樹は扱い方を簡単に教えて、三種類を試させた。

「なんでもそうだけど、持った感じがいちばんしっくりするのが、自分向きだ」

与志は言った。

「選ぶんならこれです」

彼が示したのは、最初に手にしたベルギー製の拳銃だ。

千秋は、いちばん小さなアメリカ製から試していって、最後がイタリア製だった。

三種の拳銃を試し終えると、千秋は言った。

「この小さいのがいい」

二十五口径か。排除計画には、非力という感じがしないでもない。しかし、千秋にとって扱いやすいことが優先だ。二弾目を急所に撃ち込めば、目的は達せられる。

「決まった」と直樹は主人に顔を向けた。「ベルギー製を二挺。アメリカ製を一挺。弾をふた箱ずつ」

「そんなに？」

「射撃場があるなら、まず遊んでみたい。車を頼んでもらえるかな」

「はい。拳銃嚢《のう》はいかがいたします？」

「要るかい？」

「旅行であれば、使わないほうが」

「そうしよう」

「いま箱に入れますね」

「どうせ返すんだ。箱は要らない。布きれみたいのにくるんでくれたらいい」

「信玄袋に入れましょう。何日ぐらいお使いになります？」

「一週間かな。長くなるかもしれない」

「お売りしたお値段の八掛けで買い取らせていただくのでかまいませんか？」

「ああ」

暴利だとは思ったが、顔には出さなかった。

奥の壁の電話が鳴った。主人はちょっと失礼とガラスケースから離れて、電話を取った。

「あ、これはソガベさま。いつも、お世話になっています」

主人は直樹たちに背を向けた。

「はい、もちろんです。きれいにしておきました。わたしがじかにです」

「松山台《まつやまだい》まで、小僧に届けさせましょうか？」

「じゃあ、そうします。六時にそちらに着くようにでかまいませんか？」

「社長なら、来年は満州大会で優勝ですよ」

「ええ、それと、そのときサコーの新しいカタログをご覧に入れようかと」

サコーという言葉に、直樹は反応した。たしかフィンランドの銃器メーカーだ。競技用の高精度ライフル銃で名高い。ライフル競技は、五十メートル先の同心円の的に、どれほど正確に撃つかを競う競技だ。逆に言えば、使用するライフルは狙撃銃としても使える性能なのだ。狙撃という手もあるか。いや、直樹自身は狙撃の専門的訓練を受けておらず、与志も千秋も短期間で狙撃術を習得するのは難しいだろう。

もう一度、壁に立てかけてある銃を見た。サコーのライフルはその中にはなかった。

主人が電話を終えるところだった。

「はい、わかりました。六時ですね」

「商売繁盛ですね」と直樹は言った。「猟銃ですか？」

「ライフルです。射撃の好きな方がいらして、スポーツとして楽しんでいらっしゃる。試合では、一回に百二十発撃ちます。ということは練習でもそうとうの弾数を撃つわけで、それで手入れを依頼されていたんです」

「そんなにライフル射撃を趣味にするひとが多いとは」

「いまの電話の方は地元のお客さんですが、外国製のライフルや散弾銃が、大連では安く買える。なんたって関税なしの自由港ですからね。わざわざ内地から、ライフルや散弾銃を買いにいらっしゃるお客さまも多いんです」

「その星ガ浦の射撃場で、競技射撃もできるんですか」

「ええ。年に一回、クレー、ピストル、ライフルの競技会が開かれるのもそこです。それに、スポーツとは別の練習場がある」

「おいくらになるんでしたっけ」

主人はガラス台の後ろから算盤《そろばん》を取り出した。


その射撃場は、大連の市街地から自動車で三十分弱の、丘陵地の中にあった。海水浴場のある海岸に近い。ただし、海岸沿いの道路から射撃場までの道路は、砂利敷きの山道だった。狭い谷間がそっくり射撃場となっていた。直樹はタクシーの運転手に三十分待ってくれと伝えて、射撃場の中に入った。クレー射撃をしている客がふたりいた。

射撃場の管理人は、中年の中国人だった。カネを払うと、彼は拳銃の練習射撃場の位置を指さして、事務所の中に戻っていった。とくに指導してくれるわけではないのだ。

拳銃の練習射撃場は、管理事務所をはさんでクレー射撃場の反対側にあった。テニスコートほどの広さの、地面がむき出しの空き地だった。奥は土盛りしてあり、その前にドラム缶が三つ並んでいる。

直樹は、机の上に拳銃を取り出し、操作方法と弾の装塡《そうてん》方法を教えた。四回繰り返させてから、射撃の実地練習とした。

直樹は両手で構えて、手本の一発を見せた。短い破裂音にドラム缶の鳴る音が重なった。

おお、という声をふたりが漏らした。

直樹は、拳銃を手に提げたふたりに言った。

「最初は発砲音に驚く。反動にもびっくりする。慣れろ。教えたとおり、初弾を薬室に送り込んでから、両手で構える。脇はしっかり締めろ」

直樹はふたりを自分の左右に、数メートルずつ離して立たせた。

与志も千秋も、ドラム缶に向かって、教えられたとおりに拳銃を構えた。

「呼吸を整えて、弾倉を空にするまで、ゆっくりでいい、ドラム缶を狙って撃て」

最初は与志が撃った。彼は兵役の経験があり、小銃を撃つ訓練も受けてきた。さほど神経質にもならずに七発を撃った。ドラム缶は二回鳴った。

ついで千秋だった。彼女は一発目を放った直後に小さく悲鳴を上げ、上体をふらつかせた。

「大丈夫」と千秋が直樹に顔を向けて言った。

「こういうとき」直樹は注意した。「おれのことは気にするな。撃つことに集中して、続けろ」

「はい」

彼女は、七発のうち当てたのは、最後の一発だけだった。

「わっ」と千秋はまた声を上げた。

「はしゃぐな」と直樹は言った。「平静でいろ」

「はい」

直樹は、自分でもう二発放った。ドラム缶が二度鳴った。

次は片手撃ちを練習させた。

「手首、肘《ひじ》をぐらつかせるな。安定するまで引き金を引くな」

与志は二発、千秋は三発、ドラム缶に当てた。

次は、至近距離での射撃とした。ドラム缶から五メートルほどの距離から撃たせたのだ。

「確実に二発、続けて撃って当てろ。一発目を躊躇するな。身体のどこかに当たれば十分だ。一発目で無力にし、二発目は急所を撃つ。その練習のつもりで」

ふたりとも、一発もはずさずに弾倉を空にした。

射撃練習は四十分ほどとなった。待ってもらっていたタクシーで、射撃場から再び大連市街へと戻った。

このとき、直樹は尾行らしき車があることに気づいた。星ガ浦の海岸沿いの道路を走り出してから、つかず離れずという距離でついてきていたようだ。運転手に不審を抱かれてはならないので、後部席で後ろを見ることはしなかった。ときおりバックミラーとサイドミラーに目をやったのだ。射撃場に向かったときは、尾行はなかった。もっとも山道であれば、尾行などすぐに気づかれる。尾行車も行く先の見当はついたろうし、山道を無理に追うことはしなかったのかもしれないが。

大連市内に戻り、ヤマトホテルの入り口で降りた。降りたときに道路に目をやったが、尾行車はもう見当たらなかった。

玄関に入る前に、与志が訊いた。

「尾行でした？」

「たぶんな」と直樹は答えた。「確認できなかった」

でも、誰が？　どこの組織なり機関が、自分たちを尾行する？　すでに憲兵隊からの嫌疑は消えたはずだが。

沙河口書院の関係者か？


戸沼という新聞記者の顔はもう真っ赤だ。

千秋がどんどんと酌《しゃく》をしていくせいだ。ときおり戸沼は、千秋を下心も隠さぬ目で凝視《ぎょうし》する。なんとかものにできないかと、欲情し始めている。

直樹も千秋に、お客さんに失礼なことなどないようにと、二度言い含めた。戸沼はもう完全に勘違いしているかもしれない。

浪速町から一本はずれた繁華街の中の日本料理店だった。戸沼に頼んで、直樹は部屋を予約してもらったのだった。

戸沼の千秋に目を向けている時間が長くなった。直樹は話の先を促した。

「それで、大連や奉天の親分衆のところに？」

戸沼は直樹に顔を向け直した。

「命知らずを出せるだけ出せ、って話があったんだ。さっき言ったように、張学良の軍隊となんとか戦争をおっ始めるためにだ」

「極道を使わなくたって、自分たちでやったほうが簡単でしょうに」

「やっぱり陛下の軍を、勝手に動かすことはできない。厳罰だ。だから極道に軍服を着せてまず戦闘開始。張学良の軍が奉天の満鉄付属地まで攻撃してきたら、現地の部隊が反撃する理由になる。それで一気に満州の要所を押さえてしまうということだ」

その構想があったことは、守屋先生からも教えられた。関東軍も、最初は独断で軍を動かすことには慎重だったようだ。失敗した場合の処罰が恐ろしかったのだろう。三月の宇垣陸軍大臣を担ぎ出すクーデターも失敗しているのだ。

しかし本庄司令官の着任以降、関東軍は独自に事変を起こす計画に踏み出す。大陸浪人や満州の極道を使っての謀略は中止とするのだ。当初の計画では、その謀略は九月末決行の予定だったらしい。

戸沼がまた千秋を見た。

直樹は訊いた。

「そんな計画までご存じだなんて、さすがに新聞記者さんですね。たいしたものだ」

戸沼はにやけて言った。

「これが商売だからよ。だから、あんたたちが工場進出を考えるのは、時機としては悪くないんだ。ひと月後には、満州一帯が関東軍の占領下だ。景気は上向く。日本人が中国人の顔色なんか窺わずに暮らせるようになるんだ」

「拳銃を買い集めてる日本人が増えているって耳にしましたけど、そういうことだったんですね」

「そういうことさ」

千秋が戸沼にとっくりを差し出しながら言った。

「ほんとうにお強いんですね。どうぞ」

戸沼はにやけて盃《さかずき》を千秋に差し出した。

直樹は訊いた。

「そういえば、本庄司令官歓迎の宴会が旅順であるそうですね」

「ああ」戸沼は千秋から目を離さない。「今週だ」

「戸沼さんは出席しないんですか？」

「大連であるなら、取材はしたいな。来週は、司令官は参謀たちと満州各地の駐屯部隊を視察する。奉天の日本人会は、司令官が奉天に来たところで、歓迎会をやるつもりのようだ」

「軍事行動に出るつもりなら、歓迎会なんて出ている余裕もないでしょうに」

「だろうけど、日本人会はなんとか満州を完全に占領地にしてくれと陳情したがっている。治安悪化を司令官に訴えるかもしれない。軍が何か始めるには、日本人の保護って名目は必要だしな。陳情があれば、緊急出動の名目にもなる」

直樹は背を起こし、両手を膝の上に置いて、大げさに言った。

「いいことを聞かせていただきました。こういう時機だとは知らなかった。わたしたちは明日、旅順を調べに行くつもりですが、関東軍の将校さんたち、気が立っているでしょうね」

「ピリピリしてきてるんじゃないか。それとも、やたらに盛り上がっているか」

「将校さんたちと出くわさない、いい飲み屋とかレストランって、ご存じですか？」

「料亭は避けたほうがいい。高級なところほどだな」

「たとえば？」

「旅順春水楼《しゅんすいろう》。旅順ヤマトホテルの北隣りだ。洋式のレストランだと、旅順潮見《しおみ》ホテルの潮見クラブだろうな」

「潮見クラブ？」

「外国駐在経験のある将校なんかのクラブみたいになっているらしい。将校集会所がいやな将校は、そっちに行くとか。一般客も飲める」

「そこも避けたほうがいいんですね」

「そこには、白系《はっけい》ロシア人との混血の女なんかも顔を出すらしい」

直樹は与志に目で合図した。与志が、トイレにでも行くようなふりをして部屋を出ていった。

千秋がまたとっくりを戸沼に差し出した。

戸沼は盃を差し出さずに、千秋の手に触れた。

「よしてくださいな」千秋が手を引っ込め、笑って言った。「少しお酒が過ぎました?」

そこに襖《ふすま》が開いて、仲居が直樹に紙片を差し出してきた。

「お電話がありました」

直樹は紙片を受け取って開き、目を落としてから戸沼に言った。

「申し訳ありません。きょう会えなかったひとと、急遽《きゅうきょ》会えることになったと。行かなきゃなりません」

戸沼は驚いた顔をした。

「ここは、どうなる?」

「ご心配なく。勘定はすませていきます。どうぞごゆっくりしていってください」

まばたきしている戸沼を置いて、直樹と千秋はその部屋を出た。

店の外に出てから、与志が訊いてきた。

「大事なことは、聞けたんですか?」

「ああ」直樹は答えた。「奉天での歓迎会は、未定だけど、旅順は決定。支店の関係者はそこに集まるだろう。そこでやれるかどうか、明日、旅順に下見に行く」

そこで、支店長たちの一斉排除。しかしあの坂本銃砲店の主人の話では、満州では衝突は不可避という「空気」がある。いや、関東軍の軍事行動への期待がある。それに続く混乱を見越してか、邦人の一部は拳銃を買い漁《あさ》っている。

ここでは、関東軍の謀略は妄想にも狂気にも見えぬのかもしれない。つまり、すでに流れはできている。首謀者たちとわかっている者たちを排除したところで、流れは止まらないかもしれない。歴史の大きな流れは、不動かもしれないのだ。

7

旅順駅は、大連駅とよく似た造りだった。木造平屋建ての建物で、真壁造りだ。プラットホームも高さも大連駅のように、内地よりもずっと低い。降車客の改札口は、駅舎の外にあった。

直樹たちが改札口を出ると、すぐに旅館の客引きが何人も声をかけてきた。中に旅順ヤマトホテルの旗を持った客引きがいたので、直樹はその男に近づいて訊いた。

「ふた部屋取れるかな?」

もちろんですと客引きは請け合い、駐車しているタクシーを呼んだ。

タクシーに乗ってから、直樹は運転手に言った。

「ヤマトホテルに行く前に、市内をざっと案内してくれないかな。旅順は初めてなんだ」

若い運転手が訊いた。

「どういうところに行きます?」

「水師営《すいしえい》の跡とか、関東軍の司令部、旅順潮見ホテル、博物館とか、春水楼」

「博物館なんて、中に入ります?」

「いや、建物の外を見るだけでいいんだ。かなり遠回りなのかい」
「いいえ、水師営跡以外は、新市街に固まっていますよ」

旅順の新市街も、ロシアが租借していた時代にロシアふうに都市建設が行われたところだ。随所にロシアの名残を見ることができた。

関東軍司令部ほか、憲兵隊本部など軍の主要施設は新市街にある。博物館や旅順ヤマトホテルもだ。

城壁に囲まれた旧市街は、旅順港の東側だ。海軍関係の施設は、この旧市街にあるらしい。市庁舎や地政署つまり警察署や衛戍《えいじゅ》病院なども旧市街だ。鉄道はふたつの地区のちょうど境界とも言える浅い谷間に敷設されている。旅順駅は旅順港のすぐ近くである。

関東軍司令部は、三階建てのコンクリートの無骨な建物で、門の脇に銃を担った門衛が立っている。正面でタクシーを停めると門衛がとがめてきそうだった。直樹は、前を通り過ぎるだけでいいと運転手に頼んだ。

旅順潮見ホテルは、司令部の西、二百メートルほどの距離、憲兵隊本部のすぐ北にあった。赤煉瓦の二階建てで、塔のある建物だ。大連でいくつか見たドイツ様式の建物に似ていた。ホテルの前の道路をさらに西に三百メートルほど進むと、旅順ヤマトホテルがあるという位置だ。

旅順ヤマトホテルは、大連のヤマトホテルよりもずっと小ぶりの建物だった。石造りのようだ。もともとは中国人富豪の私邸であったとか。二階建てで、集合煙突が目立つ建物だった。小屋組の屋根に破風《はふ》が並んでいる。その屋根裏部分も、客室となっているのかもしれない。

直樹たちは旅順ヤマトホテルでも、ふた部屋取った。一泊だけの予定だ。

大連ヤマトホテルは、レストランは二階部分まで吹き抜けだった。二階の回廊から、レストランを見下ろす造りだ。もし大連ヤマトホテルで新司令官歓迎の集まりが開かれるとしたら、直樹たちの歓迎の爆竹も鳴らしやすいと見えた。

しかし旅順ヤマトホテルのレストランは、吹き抜けではなかった。広さも、大連ヤマトホテルの半分ほどか。大人数での宴会をするには、少々狭い。歓迎会の出席者も厳選されるだろう。自分たちの歓迎は、旅順ヤマトホテルでは難しい。歓迎は、ホテルの中ではなく、玄関前ですることになるか。

レストランを見たあと、直樹たちは市街地中心部の散策を装って、関東軍司令部、将校集会所、憲兵隊本部、春水楼などの建物と場所を確認した。さすがに軍都だ。至るところに軍服が目についた。

もし自分たちが旅順ヤマトホテル以外で決行したとしても、この軍都では逃げることが難しそうだ。しばらく潜んでいることもだ。

その歓迎会のほかに、司令官や五人の参謀たち、特務機関の将校らが一堂に会する機会はないか？　あるとしたら、それはいつ、どこということになる？　春水楼か？　司令部や駐屯地の中は問題外だが。

潮見クラブという酒場は、上海の外灘《バンド》あたりのホテルにあるイギリスふうの酒場に似た雰囲気だった。バーカウンターと、テーブル席、隅にアップライト・ピアノ、奥には投げ矢の遊び場。

もともと潮見ホテルは、ロシア人が経営した高級船員向けのホテルだったとのことだ。いまは経営は日本人だけれども、その当時の雰囲気はよく残っているのだろう。

カウンターの中には、蝶《ちょう》ネクタイをつけた初老の男。中国人らしき女給仕が白いエプロンをつけて働いている。食事は軽いものしかできないとのことだ。白身の魚のフライと揚げ芋、それにロシアふうの蒸し餃子《ギョーザ》ペリメニだ。

入ったとき、店の中には十数人の客がいた。いくつかのテーブルに陣取り、陽気にしゃべっている。女性連れの客もいた。男は顔だちから南アジア人だろう。女は日本人か中国人か、判断がつかなかった。身なりは悪くないけれども、娼婦かもしれない。

軍服姿は見当たらない。

直樹は少し失望しつつ、ピアノに近いテーブルへと向かった。客たちの声が静まった。ほとんどの客が直樹たちに視線を向けてくる。入る前にホテルの帳場で確かめたけれど、将校用と指定されており、堅気《かたぎ》の女を連れていけないほど柄の悪い酒場でもないようだった。しかし、やはり女性客は珍しいのだろう。千秋はいま、大連で新調した日本の女性事務員が通勤に着るときのような、共布の上着とスカート姿だ。

丸テーブルを囲んで腰掛けると、女給仕が注文を取りに来た。青島《チンタオ》のビールがあるようだ。直樹はビールをふたつ頼んだ。

「わたしも」と千秋が言いかけた。

「よせ」と直樹は小声で制した。「酒は駄目だ。かしこまっていろ」

千秋は少し苦笑を見せて、女給仕に言った。

「ラムネをください」

女給仕がテーブルを離れてから、千秋が小声で言った。

「こんなに素敵な酒場って、初めて入りました」

直樹も店内を見ながら言った。

「外国の港町には、こういう酒場が多いな」

頼んだ飲み物が出て、揚げ物をつまみながら、店の様子を観察した。ビールを飲み終えなくても、十五分待って将校が来ないようであれば、この店での情報収集は諦めよう。司令官たちの警護の様子を、多少なりとも知りたかったのだが。

そう決めたところで、店のドアが開いた。横目で見ると、入ってきたのは将校たちだ。三人、笑い声を上げて店の中に入ってくる。常連という様子だった。

三人はピアノのすぐ後ろの丸テーブルに着いて、それぞれ軍帽を脱いだ。ひとりが千秋に気がついて、おやという表情になった。見知らぬ女性客だからか。三人の中でもっとも年かさと見える男だ。と言っても、三十代半ばという年齢か。髪は丸刈りではなく、いくらか長めだ。細面で、目も鼻梁も細い。襟章《えりしょう》の星はひとつか。少佐だ。

ほかのふたりの襟章を見ると、彼らは大尉だった。ただし三人は、上官と部下という関係ではないように見える。大尉たちも、別の店でくつろいで飲んできたようだ。

将校たちのテーブルに、女給仕がグラスを運んできた。三つ、同じサイズ、同じ色の液体が入っている。将校たちはグラスを手に取って縁を軽く合わせた。少佐の襟章の男が、グラスを口に運びながら、また千秋に目を向けた。千秋はその視線に気づいたと見えたが、すぐにそらした。与志が黙ったままで、千秋と将校たちを交互に見た。

店にまたひとり、将校が入ってきた。

その将校はまっすぐに将校たちの陣取るテーブルにやってきた。この男も少佐だった。彼は、テーブルの少佐に声をかけた。

「浅井、つくづくお前は、集会所が嫌いなんだな」

浅井。少佐。

もしかしてこの男は、自分たちの目標のひとり、浅井恒夫少佐なのか？　特務機関補佐官で、参謀たちの手足となって謀略を成功に導いた男。

浅井と呼ばれた男は言った。

「一日中軍服に囲まれているんだから、夜ぐらいは息抜きしたい」

士官学校同期生同士のような口の利き方だ。

入ってきた少佐は、椅子に腰を下ろして足を組みながら言った。

「だったらここじゃない。料亭はいくらでもある」それから彼はピアノのほうに顔を向けて言った。

「今夜はもうおしまいか？」

「仕事しているわけじゃないぞ」

「頼む、聴かせてくれ。一曲でいい」

浅井という少佐は、グラスを置くと立ち上がり、アップライト・ピアノの前の椅子に腰をかけて、蓋《ふた》を開けた。将校たちは、うれしそうにその背に目を向けた。

直樹は千秋を見た。千秋も浅井少佐を見つめている。

浅井少佐は、楽譜をどこかから持ち出すわけでもなく、しばらく考える様子を見せていたが、やがて両手を鍵盤の上に置いた。

ひそやかなため息のようにも聞こえる音が聞こえ始めた。店の中の客たちは、とくに会話をやめるでもない。ピアノに関心を向けているのは、客のほんの一部だけのようだ。

それから続く旋律と和音に、なんとなく田舎の小川の脇を歩いているときのような情景を思い起こした。ヨーロッパの歌曲なのではないだろうか。もっとも、直樹は音楽には詳しくはない。自分のその感じ方が当を得ているのかどうかさえわからない。

一分ほども弾《ひ》いてから、浅井少佐はふいに弾く手を止めた。

こんどは店の中が静まった。将校たちも、どうしたという顔で浅井を見ている。

浅井が身体をひねり、千秋に目を向けて言った。

「ご婦人は、歌います?」

千秋は驚いた様子で首を振った。

「いえ、全然」

浅井がもう一度ピアノに向き直って、弾き出した。直樹も知っていた。

「月」あるいは「秋の月」と呼ばれる歌ではなかったか。滝廉太郎《たきれんたろう》という作曲者名も知っている。

千秋は浅井の演奏を見つめているが、声は出さない。この歌を知らないのかもしれない。

曲の途中で、浅井はぴたりと指を止め、首を振ってから、ピアノの蓋を閉じた。

彼はほかの将校たちを振り返って言った。

「飲ませてくれ」

浅井はグラスを持って、直樹たちのテーブルの脇までやってきた。

直樹は浅井に言った。

「ぜひおしまいまで聴かせていただきたかった」

浅井は言った。

「聴かせられるような腕じゃありません。酒が入っていると、余興にでも弾くかという気になる」

「軍人さんには珍しい特技ですよね」

「軟弱な趣味でしょう。ただ、子供の時分に覚えてしまったから」

「いつもこちらで？」

「旅順ではね。赴任先にピアノを持って行けるでもないし、こういう店があってくれるとほんとうにありがたい」

「きょうは、弾く気分ではないんですね」

「意外にまだ、ささくれだったたままだった」

千秋が浅井に言った。

「素敵でした。わたしも、歌えるとよかった」

浅井は千秋に会釈してから直樹に訊いた。

「お仕事ですか？」

「ええ」直樹は、これまでどおりの答を繰り返した。「工場進出のための下調べで」

「旅順に？」

「候補地のひとつです。奉天にも行ってみようと思っているんですが」

「こちらのご婦人は、会社の方ですか？」

「案内係として来てもらいました。哈爾浜《ハルビン》にいたことがあるひとなので」

「哈爾浜に？」

千秋が微笑してうなずいた。

与志がどことなく居心地が悪そうに、ビールのジョッキに手を触れた。

浅井は言った。

「いつかまたお目にかかれるといいですね」

千秋が言った。

「ピアノがあるところだと、ゆっくり聴かせていただけるんでしょうね」

「そうですね。少し任務が落ち着いたら」

「大連のヤマトホテルには、宴会場に小型のピアノがありました」

「そうですか？　でも、素人の手慰《てなぐさ》みです。宴会場で弾ける腕じゃない」浅井は口調を変えた。

「哈爾浜には、こういうお店はありました？」

「よく知らないのです。いたのは子供のころなので。奉天はどうなんでしょう？」

「行ったとしても、ピアノを弾くのは無理でしょうね」

「ご予定でも？」

浅井の答は一瞬だけ遅れた。

「たぶん近々」

浅井と一緒に来ていた将校のひとりが、にやついて言った。

「月曜だよ、特別列車だ」

浅井はほんの一瞬だけ困惑をみせた。しかし否定はしなかった。

浅井は、小さく目礼して自分たちのテーブルに戻っていった。

直樹はそばを通った女給仕に勘定を頼んだ。

将校たちが去っていって、店の中は少し騒がしくなった。

日本陸軍の軍人がいるところで、やはりあまりくつろぐ酒席にはならないのだろう。

直樹はきょうの旅順下調べで得た事実、情報を整理した。

ここは帝国陸軍の関東軍司令部が置かれた軍都であり、満州に派遣されている一個師団のうち、奉天方面に駐屯の部隊を除いた残り二個連隊ほどが駐屯しているはずだ。だから軍人に対する襲撃があった場合も、軍の施設に対する攻撃や破壊工作があった場合も、それがほんの数人の兵士が対象であろうと、厩舎《きゅうしゃ》に対する攻撃であろうと、関東軍は即座に中国軍による軍事行動と判断する。現場は即刻反撃するだろう。旅順では事実上の戒厳令を敷くかもしれない。

しかし、軍の首脳部は同時に、疑念にも囚《とら》われるはずだ。事変の謀略が筒抜けなのではないかと。その襲撃なり攻撃は、張学良の軍からの、事変の謀略はすっかり把握しているという通告と受け取れる。つまり、満鉄鉄路爆破を合図にした軍事作戦に対して、張学良の軍はすでに反撃の準備を整えている、謀略は失敗すると。

本庄司令官は、奉天駐屯軍の演習の視察を中止するかもしれない。自分が動けば、襲撃の次の目標は自分かもしれず、攻撃の対象は張作霖爆殺事件と同様に、自分たちが乗る特別列車かもしれないのだ。そして、司令官と高級参謀たちじきじきの作戦発動の指令と督励《とくれい》がなければ、現地軍は奉天で張学良軍に対する攻撃には動かない。事変は起こらない。

だからこう言える。この関東軍の本拠地・旅順で、謀略首謀者たちの排除を行うことは、大連や奉天で実施することよりも効果は高く、意義は大きいのだ。

ただ、逆に旅順の場合は、首尾よく実行できたとしてもその場で反撃されることは確実であるし、逃げたり隠れたりするにも、旅順には隙間がない。確実に自分たちの命と引き換えの作戦となる。危険度はもっとも高いのではないか。

脱出と逃亡に、中国人の犯罪組織の力を借りるという手はあるか。カネを出せば、動いてくれる集団があるかもしれない。

いや、駄目だと、直樹はその案を即座に捨てた。カネで引き受ける連中なら、カネを受け取った上で自分たちを関東軍に売る。絶対に使ってはならないのはこの手だ。

犯罪組織ではなく、抗日組織ならばどうだ。なんとか接触して、脱出と逃亡に協力を依頼する？

いや、これも不可能だ。自分たちは未来からやってきて戦争を回避しようとしているのだと、どうやって信じてもらったらいい。まともに相手をしてもらえるわけがない。

生命を捨てることを前提に、旅順で決行するか。戦争を回避できるもっとも可能性のあるここで。

いや、と直樹は自分が思いついた最後の手を拒んだ。やれない。

自分は守屋先生にも和久田先生にも、特攻隊になるなどと約束していない。命と引き換えに歴史を修正してくるとは誓っていない。先生たちの言う歴史の修正の意義は十分に認めつつ、そのために命を差し出すのは自分だなどとは言ってこなかった。自分がこの計画に参加するのは、自分たちが米兵殺人犯として追われる羽目になったからであり、つまりは生き延びるための実際的な道のひとつとして、穴に飛び込んだのだ。あのとき収監と、ひょっとしたらの死刑を免れる唯一の道は、この作戦を引き受けることだった。

ましてや、と直樹は目の前のグラスをいったん口に運んでから自分に言い聞かせた。千秋も与志も、歴史を変えることになどほとんど何の意味も見出《みいだ》していない。ふたりは自分の誘いに、さほど葛藤もなく、吟味《ぎんみ》もせずに乗ってきた。あのとき彼らには、ほんの少しも、歴史を修正することに命を差し出すつもりなどなかった。彼らは、あの進駐軍兵士との深刻な衝突事件の場から逃れるため、直樹の示した手に乗ったというだけだ。直樹を、信頼したからだ。

いま自分たちは満州にいて、これから起こる戦争の災禍《さいか》をあらためて思い出しているから、多少は作戦に意義を見出しているかもしれない。しかし昨日も自分は約束した。絶対に一緒に、歴史が修正されたあとの時代に帰るぞと。その根本の原則を、覆《くつがえ》してはならない。自分は作戦を終えたあと、ふたりを修正されたあとの歴史に帰す責務があるのだ。

そうして、と直樹はあらためて言い聞かせた。作戦か生還か、ふたつにひとつの選択となった場合は、採る道ははっきりしている。生還だ。

直樹は決めた。

旅順では、排除作戦は実行しない。この軍都では、自分たちの生還は不可能だ。

与志と目が合った。いま直樹が考えているあいだ、ずっと注視していたのかもしれない。

与志が小声で言った。

「おれは、発破《はっぱ》やれますよ。工兵隊でしたから」

直樹は驚いた。与志は直樹の顔を観察して、実行手段で悩んでいると想像したのだろうか。直樹も声を低めて訊いた。

「何か案でも？」

「いま将校たち、特別列車と言っていた。満州某重大事件のように、やれるんじゃないですか？」

まだ声が大きい。直樹は自分の口に人指し指を当ててから訊いた。

「ひとりで？」

「手伝ってもらえるでしょう？　必要な資材は、あの店から拝借できる」

「それほど簡単じゃない」

それに問題は実行のあとのことだ。

千秋が言った。

「奉天に行くんでしょう?」

直樹は千秋に顔を向けた。

「そうする。大連も旅順も、難しいとわかった。明日、大連に戻り、明後日、奉天に向かう。時間もない。奉天がもし旅順より条件が悪くても、奉天でやる」

「小さな宴会場で、爆竹を破裂させるのが確実って感じがする」

「その宴会場に入るのも、簡単じゃない」

千秋は笑った。

「難しいことばかりなのね。そこをなんとかするのが、藤堂さんじゃないの?」

「まだ作戦を立てられる状態じゃない」

奥の席の男三人組の客のひとりが、ちらりとこちらを見てきた。言葉がわかっているようだから、日本人なのだろう。

聞かれたか。語られていることが何か知られたか。

直樹は千秋と与志に顔を向けて言った。

「細かいことはともかくだ」少し酔ったふうを装った。「工場進出がまとまれば、東京に戻って派手に遊ぶぞ。きれいどころをたくさん集めてな」

千秋が笑った。

「きれいどころ?」

「祝いごとには、そういうものだろ」直樹は椅子から立ち上がった。「さ、早寝しよう」

もう一度、奥の席の三人組を見た。さっき直樹たちに目を向けた男も、いまは何も関心を示していない。

勘定をすませて店の外の道を歩き出してから、与志が謝ってきた。

「すいません。でかい声出してしまいました」

「気をつけろ。そのままの言葉は、ひとがいる場所では御法度《ごはっと》だ」

「はい」

千秋が訊いた。

「東京に帰るというのは、本気ですか？」

「当たり前だ。帰ったら、どれだけ大きな声で冒険話をしたっていい」

旅順ヤマトホテルに着いて鍵を受け取ると、二階に上がってから、千秋に一本を渡し、ふた手に分かれて部屋に入った。

部屋に入って、シャワーを浴びたあと、直樹は与志に言った。

「おれは少し考えごとをする。テーブルの灯《あかり》をつけるが、しばらく我慢してくれるか？」

「いいですよ」と与志は言って、自分もバスルームに入っていった。

直樹は、窓のそばのテーブルの上に、満州南部の小縮尺の地図と、旅順、大連、奉天の市街図を重ねた。与志がタオルで身体を拭きながら出てきて、おやすみなさいと短く言ってベッドのトップシーツの下に身体を入れた。すぐに彼の軽い寝息が聞こえてきた。

8

翌朝、直樹が一階レストランに行くと、もう千秋と与志がテーブルで向かい合って朝食をとっているところだった。与志は直樹が起きる前に部屋を出ていたのだ。レストランは半分ほどのテーブルが埋まっていた。すぐ隣りにも、日本人らしき男がふたりいる。

テーブルに着くと、千秋が言った。

「悩みは消えていないみたいですね」

直樹は苦笑した。

「責めるな。だけど、心配もするな」

「していない」

直樹は与志に言った。

「すまなかったな。眠りにくかったろう」

「いえ。ぼくが力になれたらと思いましたが」

「なってもらうさ」直樹はふたりに言った。「飯を食べたら、朝の最初の列車で大連に戻る。支度を急いでくれ」

旅順駅で切符を買ってから改札を入った。大連止まりの近距離列車はもうホームに入っていた。駅舎の北側にある操車場に、客車が三両だけつながれた列車があった。

直樹は駅員に訊いた。

「あれが、司令官の乗る特別列車ですか？」

年配の駅員は、奇妙なことを訊かれたという顔になった。

「いや、軍の特別列車は、まだ入ってきていない。特別列車のことなんて、どうして知っているの？」

「奉天で、新任の司令官の歓迎会をするって話になってますから。特別の列車を仕立てて来るとか」

「ああ。通常の軍の輸送列車とは別に、編成するそうだ」

「出発はいつです？」

「月曜日の朝。正確な出発時刻はまだ伝わっていない。何か気になることでも？」

「列車を待っていて、駅で日の丸を振るべきだろうかと。前日くらいには、運行予定は発表になるんでしょうね？」

「別に公にはならないだろう。軍の列車だし。うちの運行部署に伝わるだけだ」

「そんなものですか」

「宮様が乗るわけじゃないし、凱旋《がいせん》列車でもないんだ。そういうことは要らないんじゃないか」

「軍には直訴したいって日本人が大勢いましてね」

「奉天に？」

「ええ」

「おれも来月で満鉄を首になるんだ。気持ちはわからないでもないが」

満鉄はこの時代、張学良が敷設した鉄道路線に貨物輸送が流れたため、苦境だったはず。都合三千人の社員を解雇したのではなかったか。

直樹は駅員に頭を下げてから、与志たちをうながし、客車に乗り込んだ。

直樹たちが大連駅に着いたのは、午前八時二十分だった。軍都の旅順から大連に戻ったことで、直樹は少しだけ自分の気持ちが弛緩《しかん》したのを感じた。

十五分後、大連ヤマトホテルの石段下で洋車《ヤンチョ》を降りたとき、玄関口から出てきた若い中国人ベルボーイが、直樹たちの顔を見て一瞬意外そうな表情となった。滞在中のホテルにこの時刻に戻ってくる客は、少々珍しかったのかもしれない。

十一時になって、直樹たちは再び坂本銃砲店に向かった。

主人は当然、直樹たちの顔を覚えていてくれた。

「もう一挺ですかな？」

直樹はカウンターに両手を置いて言った。

「射撃がすっかりやみつきになってしまった。面白いものだな」

「射撃場で楽しまれたんですね。内地からのお客さまで、ときたま入り浸りになる方もいらっしゃいますよ」

「おれたちも、なりかけてるかな。弾をそれぞれふた箱ずつもらいたい」

「百発ずつですね。少々お待ちを」

主人が弾を用意して、まとめて紙袋に入れてくれた。

直樹は支払いながら訊ねた。

「ほかには、こっちならではの楽しみってのはどんなものがあるんだろう？」

「と言いますと？」

「ほんとうの狩猟なんか、近所でできるものなんだろうか」

「鳥はともかく」主人は背後のノロ鹿の剝製に目をやってから言った。「獣は、ほんとに田舎に行かないと無理ですね」

「短期間には行けないか」

「先日もお話ししましたが、満鉄の付属地を離れることは、いまはお勧めできません」

「海には、アザラシなんかはいないのかな?」

「あまり聞きませんね。海獣は、獲物としてもあまり人気じゃあない」

「鮫《さめ》なんかはどうなんだろう?」

「狩猟というよりは、釣りになりますね」

「ダイナマイトなんかをあの口の中に放り込んでやれば、面白いだろうがなあ。ここのお客さんで、そういうひとはいないのかな」

主人は笑った。

「聞いたことはないですね」

「発破材料をここで買ってる会社なんかには、ダイナマイトで魚獲《と》ってるひともいるんじゃないの?」

「魚なら、大連では市場で買ったほうがずっと安くていいものが手に入ります」

「それもそうだ。魚や貝がうまいね」

「ピストルではなく、散弾銃でクレー射撃はいかがです。鳥を撃つのと同じ楽しみになります」

「それがあった」いいことを提案されたという表情を作った。「ブローニングのオートファイブはあるかい」

五連発の散弾銃だ。内地では勤め人の年収分の値段と言われていた。もっとも、イギリス製のホーランド&ホーランド二連銃よりは安いのだが。

「あいにくと」と主人は首を振った。「ブローニングの五連銃は置いていないんです。でもクレー射撃なら、むしろ二連銃です。ブローニングの上下二連がございます」

「ちなみに値段は?」

「百円」

いい額だが、出せないわけではない。しかし直樹は、銃器にはカネに糸目をつけない客がいると評判になることを心配した。自分たちは、婦人用の拳銃まで買ってしまっているのだ。二連銃にそのカネを支払うことはやめておこう。

よしておく、と言いかけたとき、与志が言った。

「クレー射撃、やってみたいな。その散弾銃、駄目ですか？」

直樹は与志を見た。何をする気だ？　彼は趣味でやりたいと言い出したのではないはずだ。直樹の一瞬の逡巡に、何か助けを出してくれたのだろう。

主人が言った。

「ピストルと同じく、お帰りの際には引き取らせていただきますよ。内地ではできない楽しみをぜひ」

直樹は主人に向き直って言った。

「見せてくれ」

出された銃は、まったくの新品というわけではなかったが、よく手入れされていた。アメリカ製の上下二連銃。あの国では、兵士となった男はよく、支給された軍用銃ではなく、手になじんだ自分の散弾銃を持って戦地に赴くのだとか。この上下二連銃がもっとも当たり前だとも聞いた。二連発でも、機構の簡単な散弾銃であれば、慣れてくれれば装弾はかなり速くなる。その点は不利とはならないのだろう。むしろ近接戦闘では、威力の大きい散弾銃のほうが使えるということのようだ。

ただ、構えてノロ鹿の剝製を順繰りに照星《しょうせい》にとらえてみてわかったが、やはり大きい。自分たちの計画では、あまり使い勝手はよくないだろう。

与志もその銃を手にして、折ったり、戻したり、引き金を引いたりと試した。大き過ぎる、と感想を言うかと予想したが、彼は微笑して言った。

「クレー射撃、楽しみですよ」

「こいつをくれ」と直樹は主人に言った。「弾も楽しめるだけつけてくれ」

「十二番を百、いや二百発では?」

「いいな」

「革の入れ物をおつけします。手提げ鞄に入るものでもないので」

主人が、散弾銃を革の拳銃嚢に収め、実包《じっぽう》の箱を四箱、帆布の袋に入れて渡してくれた。

直樹は主人に言った。

「車も呼んでもらえるかな。また射撃場に行きたい。商談があるんで、午後四時には大連に戻ってきたいが」

「五時間ばかりの貸し切りということで、よろしゅうございますか?」

「ああ」

主人はカウンターの奥で電話をかけたが、すぐに直樹の前に戻ってきた。

「先日の車は出ていて、三十分は戻ってこないそうです。この通りを南方向に少し歩くと、ハイヤー会社があります。そこになら、待機している車があるかもしれません」

直接行ってみることにした。

店の外に出ると、洋車の車夫が近づいてきて言った。三十代の、がっちりとした体格の男だ。

「どこまで?」

言葉は中国人のようだ。

直樹は手を振って言った。

「いいんだ。三人だし、山道を行く」

車夫は与志と千秋にも目をやってから言った。

「馬車、ある。呼ぶか?」

「いや、いい」

直樹たちは銃砲店の主人に教えられたハイヤー会社に向かって歩きだした。

途中、ふいに与志がひとつの商店の前で足を止めた。直樹も立ち止まり、その店の看板を見た。「カネ藤《ふじ》工具店」と大きく店の名が記されていて、横に一行、「本店横浜」とある。

金物店のようだが、主に専門職人などを相手にしているのかもしれない。

与志は拳銃嚢と布袋を直樹に渡して言った。

「ひとりで買い物してきます」

店の中に与志が消えたところで、千秋が苦笑するように言った。

「何か買い物をするにも、あの若いのはこういう店に入るのね」

直樹は、与志が何を買おうとしているか、おおよその見当がついた。たしかに彼に似つかわしいものを買いに入ったわけだが。

店を出てきた与志に、千秋が訊いた。

「何を買ったのか、教えて」

与志は歩道を歩き出してから、その工具店の帆布の袋の口を開けて、中を千秋に覗かせた。

「金鋸《かなのこ》二本、木工用の鋸《のこぎり》と、鉄ヤスリが三種類」

「何をするの?」

こだろう。

「あとで見せます」

歩道の先に「田中《たなか》ハイヤー」と書かれた看板が見えてきた。銃砲店の主人が言っていたのは、こ

直樹は、ガレージのあるそのタクシー会社の事務所に入って、五時間借りたいと言った。行く先は星ガ浦の射撃場。運転手には向こうで待っていてもらって、午後四時までには大連に戻る。

日本人の社長は田中という名だった。歳は四十前後という男だ。

「ずっと射撃場に居っぱなしかい?」

「貸し切りをお願いしたい」

「午後の一時に一本予約が入っているんだ。たぶん一時間以内で終わる。三時に射撃場に着くようにするから、いったん街まで戻ってきてもいいかな。つまり貸し切りじゃなく、射撃場往復の料金で」

いいだろう。銃砲店で言った商談というのも嘘なのだ。それに、きょうはクレー射撃ばかりやるわけでもない。運転手の目には不審に見えることもしなければならない。先日の拳銃の練習は、強盗に遭ったときのための訓練という理由はつけられたが。

田中は、ガレージの前の歩道で中国将棋を指している男のひとりに声をかけた。

「マーさん、仕事だ」

将棋を指していたうちのひとりが立ち上がった。運転手のようだ。三十歳ほどの男だ。

田中が言った。

「星ガ浦、こちらのお客さんを送って戻ってきてくれ。三時にまた迎えに行く」

運転手はうなずいた。

マーがトランクルームのハッチを開けた。田中が直樹たちの出発を見守っている。拳銃を収めた荷物はトランクルームに入れたほうがいいだろう。先日、ヤマトホテルで憲兵隊が鞄をあらためてきたことも思い出した。千秋は、小さな肩掛け鞄をそのまま自動車の中に持ち込んだ。助手席に直樹が乗り、与志と千秋は後部席だ。

車に乗ってガレージを出るとき、歩道にさっき話しかけてきた車夫がいた。馬車もあると言っていた男だ。車はすぐに大通りに走り出し、車夫の姿は見えなくなった。

直樹は、ふたりに言った。

「せっかく大連にいるんだし、仕事の話はしたくないな。お前たちが採用になる前の話も聞きたくない。うまいものを食ったという話だけでいい」

運転手の耳に注意しろと伝えたのだ。ふたりはすぐに理解した。

大連の市街地を出る前に、直樹は饅頭《まんじゅう》屋の前で車を停め、昼食代わりとなる三人分の饅頭を買った。

射撃場に着くまでの三十分弱、直樹たちは、先日の海鮮料理と、道沿いの風景のこと以外は話題にしなかった。運転手も、通過する場所の地名や大きな公共施設などを教えてくれる以外、ほとんど何も話さなかった。直樹たちが何者なのか、どんな旅行なのかを訊いてくることもない。日本語がほとんどできないのかもしれないが、日本人経営のハイヤー会社で運転手をしているのだ。ろくに聞き取れないわけもなかった。

神経質になり過ぎているだろうか、と直樹は思った。いまの自分たちは、嗅覚《きゅうかく》の鋭い警察官や防諜《ぼうちょう》の訓練を受けた軍人の目には、十分に不審者として映るはずなのだが。

射撃場に着いて直樹たちが降りると、ハイヤーはすぐに駐車場で切り返し、いま来た道を戻っていった。直樹たちは管理事務所に入って、また拳銃の試射場を使うこと、少しクレー射撃をすると伝えた。

中国人の管理人が訊いた。

「経験は?」

「競技の経験はなしだ」

「教えることはできない」

「男は兵隊だった。銃は扱える。散弾銃は持ってきた」

「どっちをやる?」

「トラップを」

横に並んだ射台を五カ所、平行に移動しながら、鳩《はと》の動きを模した皿を撃つ競技だ。

「ふたり、客がいる。先に、練習場で多少慣れたほうがいい。競技をする男は、不慣れな客をあまり好かない」

「そうだな」

管理人のほかに、射撃場には雇い人が少なくともふたりはいるのだろう。銃声が聞こえた。続いてもう一発。

「銃声が聞こえなくなったら、トラップ射撃場へ。左手の道を行って、手前側だ」

直樹たちは管理人の言葉に従って、先日は拳銃の射撃練習をした射撃場に入った。ほかに誰もいない。

あずまやの中に入り、直樹はテーブルの上に散弾銃と実包を置き、さらに満州南部の地図と奉天市街図を広げた。

直樹は散弾銃を手に取って、銃身《じゅうしん》を折るところから装弾射撃までの一連の動作を繰り返しながら言った。

「本店の幹部たちを歓迎する計画は、奉天にする。大連でも旅順でも、実行自体はともかく、逃げて生還することが難しい」

千秋が訊いた。

「藤堂さんは、奉天を知っているの？」

「いいや。明日が初めてだ」

「知らないのに、奉天ならできると考える理由は？」

直樹は散弾銃をテーブルの上に置くと、奉天の地図を手で示した。

「奉天は、いまこの二年前に、中国名が変わった。中国人にとっては、瀋陽だ。奉天駅周辺の満鉄付属地は日本人の街だけど、古都の瀋陽は二重の城壁に囲まれた中国人の街だ。旅順も大連も、租借地である遼東半島の街だから、歓迎会のあと街を脱出しても、その外もまだまだ日本の警察権が及ぶし、憲兵隊も追いかけてくる。だけど奉天では、日本人街の外は中国なんだ」

直樹はふたりの顔を見た。この事情を、若い与志や千秋はどの程度知っているだろう。ふたりとも、おそらく物心ついたときには、満州国ができていた。それ以前のことは、よく知らないのではないか。

ふたりが理解できていないようではなかったので、直樹は続けた。

「瀋陽は張学良の本拠地で、中国の南京政府の満州地方軍の司令部がある。近くに軍が駐屯している。つまり、奉天の日本人街で歓迎会を実行したあと、隣りの瀋陽に逃げ込めば、身を隠せる。そこから逃げる手もある」

千秋は黙って与志の顔を見た。

与志が訊いた。

「関東軍は、奉天郊外で満鉄の線路を爆破して、それをきっかけに中国軍に攻撃をかける計画なんでしょう？　奉天での歓迎会は、むしろ奉天の関東軍に、作戦開始の理由をくれてやるものじゃないですかね？」

直樹は与志に答えた。昨日、旅順のホテルの部屋で熟考したこと。

「本社で、やる気満々で責任を引き受ける覚悟の者は、あの幹部連中だけだ。あとの者は、いつかやることになると想像はしていても、具体的な計画は知らない。ましてほかの部隊とどう連携して動くか、考えられる頭はない。軍事的であったり、政治的な突発事件が起こったとき、誰からの命令もないのに部隊を動かすほどの度胸なんてない」

「それは、藤堂さんの読みですね？」

「守屋先生たちが、排除名簿を作ったときの読みでもある」

完全に納得したようではなかったが、与志はさらに訊いてきた。

「その歓迎会は、おれたちが日本人だとわかっても、たぶん中国の抗日工作だと思われますよね。現地の部隊も、すぐに中国軍に報復の攻撃をするんじゃありませんか？」

「そうだ。未来から来た日本人がやったなどとは夢にも考えない。だからこの時期に奉天で本社幹部が大歓迎を受けたとなれば、計画を薄々耳にしていた中堅幹部たちは、謀略が筒抜けだったと判断する。現地部隊の指揮官たちなら、軍を動かせば猛反撃を受けると読む。張学良の軍は、てぐすね引いて待っているのだと、出動をためらう。現地部隊が味方や旅順の司令部の様子を窺っているうちに、謀略の実施は不可能となる。出端《でばな》をくじかれたら、次に動くためには、また十分な溜《た》めが必要になる。溜めができたころには、中国軍が、戦闘の準備を終えている」

直樹は散弾銃を取り上げて与志に渡した。

「自分で装弾して、撃て」

与志は散弾銃を受け取ると、ためらいのない正確な動作で装弾し、前方の土嚢《どのう》に向けて放った。拳銃の破裂音とは違う発砲音があった。続いて二発目。与志は撃ち終えると紙の薬莢《やっきょう》を取り出し、新しく実包を装塡して、また撃った。

二度目の銃の操作は最初よりもずっと滑らかになっていた。

「千秋もやってみてくれ」と直樹は千秋に促した。

千秋は与志から散弾銃を受け取り、ぎこちなく実包をこめてから構え、二発を立て続けに撃った。反動に驚くかと思ったが、千秋は何の声も出さなかった。

千秋は銃声の余韻《よいん》がすっかり消えてから、散弾銃を直樹に渡してきた。

「思っていたよりも重い。反動も強かった」

与志が直樹に訊いた。

「銃は、あの店に返しませんよね?」

直樹は答えた。

「買ったものだ。切ろうがつぶそうが、勝手だ」

「奉天では、使い道はありますか?」

「まだわからない。だけど手は多いほうがいい」

与志に散弾銃を渡すと、彼は銃身と銃尾《じゅうび》を軽く叩いて言った。

「軽くする。扱いやすく改造する」

「それで工具店に行ったの？」

「銃身と銃床を切って、手提げ鞄の中に入れられる大きさにする。反動までは小さくできないけども」

「いまは最初だから、大きさに驚いた。あと少し撃っているうちに、ピストルと同じで慣れると思う」千秋は直樹に顔を向けた。「手はほかにも?」

直樹は答えた。

「与志が言っていた発破という手も、使えるかもしれない」

「本社の幹部の乗っている列車を、爆破するんですか?」

「張作霖が関東軍に殺されたときのようには、派手にはやれない。あれは軍がやったことだ。おれたちは何の後ろ楯《だて》もないこの三人だけだ。だけど、特別列車の運行計画が詳しくわかれば、なんとか隙を見つけられるかもしれない」

「爆薬はどこで手に入れます?」

「町なかの銃砲店が看板に出して売っているような街だ。奉天でも、東京よりは簡単に手に入るだろう」

「発破を使わないとしたら」

「やはり幹部たちが揃っている瞬間を狙って爆竹という手だろう。歓迎会に入るのは難しいとしても、その前後に機会はあるはずだ。奉天に行って、歓迎会場を下見する」

「歓迎会のような場だと、会場の外までだとしても、近づくのはかなり難しくないですか?」

「奉天は日本人街だ。軍が警戒するのは、抗日組織だ。日本人であれば、多少はゆるいだろう。持ち物検査はあるにしても」

「歓迎会場の中まで入れたらいいですが」

「入れてもらえるのは、日本人街の名士たちだけだろうが、三人全部が入れなくても、分担してやれないことはない」直樹は口調を変えた。「奉天の様子を見てから、作戦を決める。いまは、練習できることはやっておいて、現地で柔軟に対応する」

ふたりがうなずいた。

直樹は散弾銃を手にして実包をこめると、土嚢に向けて腰だめで二発、間髪を容《い》れずに放った。昼食をはさんでからは、トラップ射撃場でひとり二十発ずつを撃った。与志は最後にはクレーの標的三枚に当てていた。千秋は一枚も当てることができなかった。だからといって、この作戦から降りてもらう理由にはならない。引き金を引くことに躊躇がなくなれば、きょうの練習の成果としては十分だった。

トラップ射撃場での練習のあと、また射撃練習場に戻って、拳銃の射撃を練習した。直樹と千秋が、交互にじっくりと練習しているあいだに、与志は散弾銃の銃身と銃床を短く切った。銃は、昔のヨーロッパで使われた火縄式の短銃のようなかたちと大きさになった。

午後の三時前に、事務所で料金を支払った。駐車場に、フォードが停まっているのが見えた。自分たちのハイヤーなのだろうか。エンジンはかかったままだ。

直樹たちが近づいていくと、若い運転手が降りてきた。マーという男ではなかった。

「田中ハイヤーです。マーが戻らないので、代わりに来ました」

運転手がトランクルームを開けた。荷物を入れろということだ。来たときと同様に、与志が自分の肩掛け鞄を入れた。直樹も自分の鞄と散弾銃の革嚢《かくのう》を入れた。千秋はこんども、小さな鞄を肩にかけたままだった。

来たときと同様、助手席に直樹が、与志と千秋は後部席に乗った。

ドアを閉じると、フォードはすぐに射撃場の駐車場を発進した。

疎林《そりん》のあいだの道を進み、海岸沿いの道路に出るという曲がり角のところまで来た。前方にひと影が見えた。三人いる。三人の後ろには、太い薪《まき》が数本転がっていた。自動車は、通れない。

直樹は、前方に目をやったまま、後部席に左手を伸ばして言った。

「爆竹を」

千秋が察した。鞄に触れる音がして、拳銃が渡されてきた。直樹は拳銃を右手に持ち替えると、運転手の首に突きつけて言った。

「シンチィー（停まれ）」

運転手はさほど驚いている様子も見せずに減速し、道をふさいでいる男たちの十メートルほど手前で車を停めた。

前方の男たち三人がゆっくり近づいてくる。近づきながら、両側の男ふたりは拳銃を構えた。

運転手が、横目で直樹を見て言った。

「おとなしくしたほうがいい」

後部席で与志が言った。

「後ろにもふたりいる」

相手は五人、いや、運転手を入れて六人か。

運転手を放り出し、自分で運転して前方の三人をはね飛ばすか。いや、あの薪が邪魔だ。逃げるのは無理だ。

三人の男はもう車に達しようとしている。直樹たちとここで撃ち合うことすら恐れていないように見えた。

それにしても、どういう連中だ。関東軍の憲兵隊か特務機関が使っている親日派の中国人か？　いいや、関東軍の関係だとしたら、憲兵隊がやってきて直樹たちの身柄を拘束すればいい。中国人にこんなことをさせる必要はない。それとも、まだ情報は彼らから上に伝わっておらず、現場がまず独自判断で動いたということだろうか。ということは、自分たちは抗日派の中国人組織の一部と誤解されていることになるが。

それとも逆か？　自分たちが、中国人たちに関東軍と同様の中国の敵と見なされたのか？　だとしたら、なぜ？　自分たちの行動のどの部分が？

直樹は運転手に訊いた。

「誰なんだ？」

運転手は言った。

「あとでわかる。拳銃を置いて、ゆっくり降りろ。後ろのふたりも」

ここで逃げたり反撃したりしても勝ち目はない。何か誤解されているなら、それを解《と》くしかない。しかし、自分たちの身元や、自分たちが満州にいる理由を、理解してもらえるか？　どんなに正直に、洗いざらい話したとしてもだ。

直樹は、助手席で腰をずらして拳銃を座席の上に置き、振り返らずに後ろのふたりに言った。

「言われたとおりにする。質問には嘘を答えるな。三人の言葉は照らし合わされる。違いがあれば、そこを徹底的に質問してくる」

「はい」と千秋が答えた。

与志も言った。

「わかりました」

「話すのは、帝大の研究室の時点からでいい。どうしても向こうが質問してきたら、まずは差し障りない答え方をしろ」

「はい」とふたり。

自動車の助手席側のドアが開けられた。

「降りろ」と、直樹の頬に拳銃が突きつけられた。ドイツ製の大型の軍用拳銃のようだ。その拳銃ひとつだけでは、この男たちの正体は判断しようがなかった。


車が停まった。エンジン音も消えた。

あの星ガ浦の海岸に近い場所からここまで、一時間弱かかったろうか。物音や車の振動から、大連の市街地ではないだろうとは想像がつく。郊外だ。

直樹は背中が痛んだ。ずっと自動車の後部席の床で、膝を抱え、身を縮めていたのだ。目隠しされ、両手を前で縛られていた。どこへ連れて来られたのか、見当もつかない。走っているあいだ、男がひとり、ずっと直樹の手を縛った縄の端を引っ張って、直樹が身動きをできないようにしていた。

腕時計は奪われなかった。たぶんそれは、自分たちは強盗ではないと伝えてきたということだ。つまり、彼らは政治的な結社であり、この拉致《らち》が政治的な意味を持っているということになる。こと身の安全を考えるなら、どちらが危険なのかは即断しかねた。政治的な拉致の場合のほうが、被害者が非情に扱われてもおかしくはないのだ。

与志と千秋は、星ガ浦の海岸で荷馬車に乗せられたようだ。千秋が、車から降ろされるときに言っていた。荷馬車に移れと言われた、と。

ふたりは自分とは別の場所に運ばれたのだろうか。それとも遅くなって、ここに着くのか？　あとで確かめねばならない。

「降りろ」と男の声がする。

運転手のようだ。自動車から引きずり下ろされたが、身体の節々が痛んで、立つことができなかった。直樹は地面に転がった。

馬糞《ばふん》の臭いと、何か肥料のような匂いを感じた。農家の庭なのだろうか。街のざわめきのようなものは聞こえない。

ふたりの男が直樹の両脇に手をかけて立たせた。なんとか立つことができた。ふたりに小突かれたが、直樹は言った。

「小便《スィ》」

ひとりが直樹のズボンを腰の下まで引き下げた。両手を縛られたままだが、なんとか排尿することができた。

またふたりに小突かれるままに歩くと、建物の中に入った感覚があった。足音が何かに反響している。耳が鋭敏になっていた。

通路を二十歩ほど歩き、仕切り壁のある空間に入った。ひとりが直樹の目隠しをはずし、手の縄を解いた。もうひとりの男は、ドイツの軍用銃を直樹に向けている。首をめぐらすと、そこは農家の納屋《なや》の物置きのような狭い部屋だった。窓もなく、暗い。壁は後ろ側が泥煉瓦で、出入り口のある側は板だった。

ふたりは部屋を出ていった。出入り口の板の扉は、外から閂《かんぬき》でもかかるようだ。ドアを押してみたが、開かなかった。

部屋にはかすかな明かりがある。板の隙間から外の光が漏れてきているのだ。まだ夜ではない。干し草が床に広がっている。直樹は干し草をまとめて、その上に腰を下ろした。

ほどなく尋問が始まるだろう。それはこの部屋で行われるのだろうか。それともまた別の場所に連れて行かれるのか？

もっとも気になるのは、千秋と与志のことだ。ふたりは無事だろうか。ここで一緒になれるのだろうか。

三時間ばかり経ったころ、もう日没も過ぎただろうかという時刻になってから、部屋に三人の男がやってきた。ひとりは、拉致の現場からいた軍用拳銃を持った男だ。もうひとりは短髪の中年男で、腕っぷしが強そうだった。もうひとりは、白髪《しらが》の中年男で、どことなく教師とか公務員のような印象があった。彼らはベンチと小さな机、それにランプを部屋に運び入れた。

部屋の中央に机が置かれ、白髪の男がその机の入り口側の椅子に腰掛けた。もうひとつの椅子は、白髪の男の真正面の壁際だ。ランプは梁《はり》から下がった針金に引っ掛けられた。

軍用拳銃の男が、直樹にその壁際の椅子に腰掛けるよう、顎で示した。直樹は素直に椅子に腰掛け、両手を腿に置いた。

白髪の男が、日本語で言った。

「中国語はできるか」

直樹は首を横に振った。

「できない」それから訊いた。「どうしてわたしたちをさらったんだ？」

「わたしたちの安全のためだ。あんたは何者だ？」

「あんたたちが何者なのか、先に教えてくれ」

「必要ならあとで。わたしの質問に答えてくれ」

「名前を訊いたのか？」

「名前。仕事。ここにいる理由。あとのふたりについても」

「藤堂直樹。石鹸工場で働いている。工場進出の下調べに来ている」

「あとのふたりは？」

「永原与志。同じ工場の同僚だ。女は水村千秋。中国語の通訳として同行してきた」

「どこから？」

「東京から」

「沙河口書院に行ったそうだな。葉《イエ》先生の手帳を預かったと言って」

「門司の桟橋《さんばし》で預かった」

「葉先生は、予定の船に乗らなかった」

「憲兵隊に引っ張られていった。手帳を預かった事情は、書院のひとたちにも伝えた」

「拳銃を買って、射撃場に行ったな？　きょうは散弾銃も買ってまた射撃場だ」

「満州は物騒だと聞いたからだ」

「昨日は旅順に行った。間違いないか？」

「ああ」

「関東軍に用事か？」

「いいや。ただ旅順に工場進出ができそうか調べに行ったんだ」

白髪の男は不快そうだ。直樹の言葉をまるで信じていないようだ。男は怒りをこらえているような声音で言った。

「あんたはどこから、何のために中国に来た？　正直に答えてくれ。ほかのふたりにも同じ質問をしている」

「どう答えている？」

「あなたに質問している」

「さっき言ったとおりだ。石鹼工場の社員だ。工場進出の下調べに来ている」

「どこから来た？」

「東京、日本」

「いつの東京から来た？」

答えられなかった。これはカマをかけられたのか？　それともあのふたりのうちのどちらかが、その事実を明かしたのか？

「どういう意味だ？」と、直樹は訊き返した。

白髪の男は、皮肉っぽい調子で言った。

「ひとりは、西暦一九四九年の東京から来たと言っている。昭和二十四年だそうだ。今年は中国の暦では民国二十年だが、西暦一九四九年というのは、民国三十八年という未来になる」

黙っていると、白髪の男は言った。

「あなたも同じ未来から来たのか？」

尋問はそこまで進んでいるのか。表層の下の事実を供述させるまでに。話したのはどちらだろう。荒っぽい手が使われたのだろうか。

またこの男は、「ひとりは」と限定的にも言った。与志と千秋のうちのどちらかがそこまで答え、どちらかはまだ答えていないのだろうか。

直樹は少し言葉を探してから答えた。

「どう解釈されてもかまわないが、わたしたちが出発したとき、東京は西暦一九四九年だった」

「その未来の東京から来た理由は？　石鹸工場の話はもういいから」

直樹はうつむき、白髪の男の視線から逃れて自分の腿を見つめて考えをまとめた。この危機から逃れるには、どう答えるのが最善なのか。

白髪の男は答を急《せ》かさなかった。直樹の言葉を待っている。

顔を上げると、白髪の男は首を傾けた。事実を話せ、と言っている目だ。

「葉先生の手帳も届けた。わたしたちが、あんたたちの敵だと思うか？」

「答えてくれ」

「わたしたちがあんたたちの敵だと思うなら拷問《ごうもん》にかけて、望む答を引き出せばいい」

「事実を答えて欲しいだけだ。正直に答えてくれるなら、拷問なんて考えない」

「拉致された」

「こういう質問の場を作るためだ。しかし、不誠実な答を続けていると、乱暴な手も使うことになる。あなたたちは、何者だ？」

「身元については話した通りだ」

「あなたたちがここに来た理由は？」

「戦争を止めるためだ」

「戦争が起こるのか？」

「起こる。長い戦争になる。日本軍は近々、奉天で中国の東北辺防軍を攻撃し、東北地方全域を占領する」

「日本政府と陸軍の一部に、それを狙う勢力があるのは知っている。そういう確実な予測があるというのか？」

「そう予測する学者たちがいる。わたしたちは、その戦争を体験した。関東軍の中国東北部占領はやがて中国との全面戦争に発展し、ヨーロッパの戦争と結びついて、先の大戦よりもはるかに規模の大きな戦争となった。中国だけでも、何百万人もの民衆が犠牲となった。そうして長い戦争の果てに日本は中国や欧米の国々に敗れ、国は焼け野原となった。わたしたちは、そんな未来から来たんだ」

「何のために？」

「戦争を未然に止めるために」

「あんたの言う未来というのは、あんたたちが体験したというその敗戦の歴史ということか？」

「そのとおりだ。わたしたちにとっては、それは未来ではなく、経験した歴史だ。それをわかってもらえたら、話は早い」

白髪の男は、額に手を当てた。苦しげな表情と見える。直樹の言葉が理解できなかったのだろうか。

彼は顔を上げた。

「わたしは日本の大学で四年、中国の古典を教えてきた。日本語もかなり理解できているつもりだ。

しかし、あなたの言う歴史とか未来という言葉がよくわからない。あなたはそうした言葉を、どのぐらいの深さで使っているのだろう。それは哲学的な意味なのか？　それとも文学か？　日常の用法ではないように聞こえるが」

直樹は、無理に答えた。

「わたしには、あなたにどう聞こえているのかわからない」

「あなたが戦争を経験したというのは、現代のふつうの日本人の使う意味での経験か？　つまり外的な事実との直接的な接触のことを言っているのか？」

「正直言えば、いまここにいて、あの未来や歴史は一種の夢とも思えている。わたしがそれを経験したことを、あなたには証明できない」

「その戦争が起こったという夢は、どの程度に生々しく、いまのあなたを形成してきたのだ？」

「答えられない。わからない。少なくともその歴史から逃れるためなら身を投じてもいいというぐらいの自分を作った」

「あなたは、阿片《アヘン》を吸うのか？」

思いがけない質問だった。この白髪の男には、自分は阿片患者とも見えているのか。つまり直樹は、まったくの妄想を話していると。

「吸わない」

「敗戦の歴史を変えようと東京から来たとして、大連にいる理由は何だ？」

「戦争のきっかけは、この中国東北部で始まる。奉天で」

「瀋陽《シェンヤン》で、ということだな？」

「日本人街の外で」

「どうやってその歴史を変えるつもりなのだ？」

「戦争のきっかけを作る当事者たちを排除する」

「排除？」

遠回しには答えないほうがいいかもしれない。

「事前に、殺害するつもりだ」

白髪の男は、少しのあいだ直樹を凝視してきた。さすがに殺害という言葉には驚いたろう。また、その言葉を含めていましがたのやりとりを反芻し、なんとか直樹の供述を論理だったものとして理解しようとしているかのようだ。

やがて白髪の男は訊いた。

「あなたは、軍人なのか？」

「いまは違う。でも、軍隊にいた経験はある」

「殺害を、容易なことのように話した」

「軍の経験があるからだ」

「日本軍の特務機関のことか？」

「諜報組織だ」

「殺害の対象は、具体的には誰なんだ？」

「どうしても言わねばならないか？」

「そこだけ隠してどうする？　計画はすべて知りたい」

「話したら、解放してくれるんだな？」

「中身次第だ。中国にとってあなたたちが危険だとわかれば、解放はできないかもしれない」

「危険というのは？」

「関東軍の暴走は、わたしたちも心配している。多くの民衆が死ぬ。悲惨が広がる。暴走を引き出すようなことは、させない」

「わたしたちの排除の目標は、関東軍の最高幹部たちだ。新任の本庄司令官以下、三、四人の参謀、特務機関員たち」

白髪の男の目がみひらかれた。

「その面々を、一気に殺害すると？」

「排除する」

「三人で？」

「ああ」

「関東軍の最高幹部たちの周りには、大勢の兵士や将校がいる」

「奉天の日本人街では、警戒もゆるんでいるだろう」

「そうは思わない。あなたたちも死ぬ」

「まだ細かな計画は立てていない。自殺するような排除行動はしない」

「その排除行動で、戦争は回避できるのか？」

「たぶんとしか言えない。でも、放っておけば、確実に大戦争に発展する」

「無謀な計画だが、あなたたちにそれを命じたのは誰なんだ？　どこなんだ？」

「誰にも命じられていない。東京のふたりの学者が、やらないかと打診してきた。わたしたちは引き受けた。どこの誰も、どこの政府も、どこの軍も命じたわけじゃない」

「強制ではないと？」

「違う」

「どうしてそんな危険なことをする？」

「自分でもわからない。ただ、さっき話したような戦争と敗戦の体験は、避けられるものなら避けたい」

「もう体験してしまったのだろう？」

「同じ時代を、平和に生き直すことができるならそうしたいんだ。わたしたちが生きた時代は、それほどに悲惨な歴史だった」

自分の声が少し湿ったような気がした。白髪の男が、一瞬だけ戸惑いを見せたように感じた。

直樹は続けた。

「たまたまわたしたちには、手立てと情報をくれるひとたちがそばにいた。時間も、選択の余地もなかった。引き受けるのがよかった」

「中国人の協力者は誰だ？」

「いない」

「全然？」

「誰もいない」

「中国人の協力があれば、その計画は成功するかもしれないとは思わなかったのか」

「何の伝《つて》もない。東京で打診してきたひとたちも、そのことは思いつかなかった。というか、わたしたちはこの年にやってくる予定ではなかった。一年ずれた。手さぐりで、計画を練っている最中なんだ」

「ここに来たのは偶然だと？」

「この民国二十年に来たのは、偶然というか、誤りというか、予定していなかった。学者たちの計画とも違っている」

「いつに行く予定だったんだ？」

「一九二九年か三〇年」

「どうしてその時代に行かなかったんだ？」

「機械を使ってきたわけじゃない。過去に通じる洞穴を通ってきた」

「洞穴？」

「ああ。過去に通じているという伝承のある穴だ。穴は縮んでいるようで、穴の先が正確に何年になるのか、はっきりしなかった。物理学者も計算違いをした」

白髪の男はふいに立ち上がった。この会話に自分の理性が耐え切れないとでも言っているような顔だった。

護衛の男ふたりが心配そうに白髪の男を見た。護衛のふたりは、やりとりをたぶん理解できていない。どんな中身なのかも、気になっているところだろう。

白髪の男はふたりに何か言って、ドアへと向かった。尋問はいったん終わるようだ。白髪の男が出ていくと、護衛のふたりは机と椅子のひとつを部屋の外に運び出した。直樹が腰掛けている椅子はそのままだ。

ランプの灯が消され、ドアがまた閉じられた。

直樹は椅子から立ち上がり、強張《こわば》った筋肉をほぐしながら、いまのやりとりを反芻した。

ここには、というか、拉致したグループの中にはいま、日本人を尋問できるだけの日本語を話せる者は、あの白髪の男しかいないのだろう。彼が、三人の尋問をすべて担当している。

彼は、たぶん直樹の前に、与志か千秋のどちらかを尋問したのだ。彼らのほうが、直樹を尋問するよりもおそらく容易だと思えたのだ。戦後四年経っているとはいえ、そして諜報員だったとはいえ、直樹にはどこかにまだ軍人の匂いがあるはずだ。簡単には口を割らない、正直に答えない、尋問者を欺《あざむ》くだろうと見なされるだけの。

だから、一般の市民と見える与志か千秋のどちらかに先に尋問し、その答を持ったうえで直樹に尋問しようとした。複数の敵対する関係者から正確な情報を得たい場合、それぞれに尋問したうえで答の食い違っている部分から追い詰めるのが常道なのだ。

しかし、最初に尋問した相手の答も、彼には理解しがたいものだった。だったら次に一般市民らしいもうひとりへ尋問するよりも、直樹に直接尋問すべきと判断し、白髪の男はこの部屋に現れた。

直樹は部屋の中を歩きながら考えた。

彼は憲兵がスパイに接するようには、直樹に尋問してこなかった。軍人ではないし、スパイ摘発の得意な秘密結社の検事役でもないようだ。いまはまだ彼にとっては、不審で危険な行動をとっている日本人グループの正体を知る、というだけの尋問のはずだが、いずれは直樹たちを特務機関と判断することになるかもしれない。本社の幹部たちの排除、という目標が、それこそ満州事変を起こすための謀略と見なされてもおかしくはないのだ。

もしその疑いをかけられた場合、自分にそれを晴らすための手はあるだろうか。何を語れば、供述が真実だと理解してもらえるだろう。物理学者を呼んでもらうか？　抗日組織がもし日本の特務機関にスパイを送り込んでいるのであれば、そのスパイに、関東軍の特務機関にはこんな連中はいない、と証言してもらうか。

ここに着いてから、たぶん五時間以上が経った。また尿意を催したので、直樹はドアを叩いた。

「何だ？」と中国語が返った。

「小便」と直樹は言った。

ほどなくして、ドアが開いた。三人の男が立っている。ひとりはドイツの軍用拳銃を手にした男だ。あとのふたりのうちひとりは、大型のナイフを手にしている。

縛《いまし》めははずされているが、ここで逃げたりはしない。この見張りたちがよっぽどの無能でないかぎり。

完全に深夜だ。曇り空のようで、空に明かりはない。建物の外に連れてゆかれた。納屋の裏手のようだ。羊の啼《な》く声が聞こえた。

周囲がまったくわからない。この農家らしき家の規模も、その外がどうなっているかもだ。ここは集落の中なのか。それとも孤立しているのか？

耳を澄ましたが、周囲の音は聞こえてこない。孤立した農家なのだ。

排尿が終わったときには少し目が暗さに慣れた。しかしそれでも、自分がどんな場所にいるのか、新しいことを知ることはできなかった。

たぶん与志も、千秋も、この農家もしくはごくごく近所の農家の納屋などに監禁されているはずだ。白髪の男が来たときも出ていったときも、自動車の音は聞こえなかった。ふたりは、自分のいる納屋から歩いていける範囲のどこかにいる。そこでいま、どちらかがあの白髪の男から尋問を受けている。

見張りに促されて、また納屋の中の部屋に戻った。

空腹を感じたので、軍用拳銃を持った男に言った。

「食べ物を」

十分後に、見張りのひとりが土瓶に入った水と、饅頭を持ってきてくれた。直樹はゆっくりと時間をかけて饅頭を食べた。

それからまた三十分ほど経ったときだ。白髪の男がまたやってきた。机と椅子も運び込まれた。

ランプの灯の下で、男が訊いた。

「ほかのふたりも、一九四九年の東京から来たと言っている。日本では昭和二十四年で間違いないんだな？」

「そうだ」

「敗戦しても、元号は変わらなかったのか？」

「そのままだった。天皇も健在だ」

「日本を統治しているのは、なお朝廷なのか？」

「占領軍だ。連合軍。ヨーロッパでもドイツに勝った。アメリカやイギリスの軍隊が日本を統治していた」

「その年、中国はどうなっている？」

どうだったろう。直樹は少し記憶を探りながら答えた。

「内戦が続いている。北京《ペキン》を含めて、北部、東北部の大都市は、共産党が統治していたと思う」

「国民党は？」

「中国の南部は、国民党が統治している」

「南部？」

「南半分と言ったらいいのか？」

「中華民国《ちゅうかみんこく》の首都は南京《ナンキン》のままか？」

「南京だ。戦争中、一時漢口《かんこう》とか重慶《じゅうけい》となったことはあったが」

「どうしてだ？」

「日本軍が南京を占領したんだ」

白髪の男はまばたきした。初めて聞いた？

その件は、与志からも千秋からも聞いていないのか。それともそこまでの質問はしていなかったのか。

白髪の男は続けた。

「国民党の指導者は？」

「蔣介石《しょうかいせき》総統」敬称で少し迷った。「蔣介石総統は名目上は引退したかもしれない」

「共産党の指導者は？」

その人物は何と呼ばれていたろう。

「毛沢東《もうたくとう》氏だろうと思う」白髪の男の目がわずかにみひらかれた。「違うかもしれない。東京には、あまり中国の情報は伝わっていないんだ」

白髪の男は、直樹を見つめたまま、鼻から荒く息を吐いた。

白髪の男がいらだつのも理解できた。

いま尋問されて直樹が正直に答えたことは、たしかに阿片患者の妄想のように聞こえても不思議はないのだ。

自分たちは未来から、戦争を止めるためにやってきた。自分たちは戦争が起こるという未来を知っている。その責任者たちが誰かも。だから、自分たちは戦争を回避するため、三人でその責任者たちを排除する……

逆の立場で、たとえば自分が昭和十五年に、参謀本部直属の課報員として、似たようなことをいう不審者を発見したとしたらどうだろう。

その不審者が、自分は東京大空襲や沖縄陥落や広島・長崎の惨禍《さんか》を知っている。自分はそれを止めるために未来から来たのだと言ったとしても、まず狂人のたわごとと思う。狂人と決めつけることができなかった場合は、敵国の諜報員が何か別の謀略を隠すために供述した荒唐無稽な駄法螺《だぼら》と考えるのではないか。何か科学的根拠のあることだとは絶対に考えない。正直なところを供述させるために、あまり時間をかけずに荒っぽい尋問方法に移ることだろう。

身元を正直に話せ。何をやろうとしているのか、事実を答えろと。

でも、そうしたところで、その不審者が答えられるのは、直樹が想像でき、かつ納得できる範囲の理由なり目的以外のものにはならない。それ以外の答は、直樹も受け入れようがないのだから。

つまり、荒っぽい尋問は無駄なのだが、この連中はそれが理解できるだろうか。

部屋の板戸が外から叩かれ、若い男がひとり首を出した。

白髪の男が、若い男を見て立ち上がり、軍用拳銃を持った男に何か指示して部屋を出ていった。

ナイフを持っていた男が、直樹に短く何か言った。

その手ぶりで意味はわかった。

直樹は立ち上がって上着とシャツを脱ぎ、テーブルの上に置いた。

ナイフの男は、こんどは手をぐるぐると回した。

直樹は肌着を脱ぎ、ベルトをゆるめてズボンを脱いだ。さらに靴を脱ぎ、靴下を脱いでから、ズボン下も脱いで完全に裸となった。

男たちに向き合ってから、腕時計をしたままであることに気づいた。直樹は腕時計もはずした。

ナイフの男が、いったん部屋の外に出てから、籠を持って戻ってきた。ぼろ布が畳んで籠の中にある。ナイフの男が、ぼろ布を取って、脱いだ衣類をその籠に入れろと指示した。

直樹はそのボロ布を手に取った。継《つ》ぎ接《は》ぎだらけの厚手の布だ。その大きさから、子供用の掛け布団か、あるいは子馬が生まれたときにでも使う布かもしれないと思えた。直樹は裸の肩にその布をひっかけた。かろうじて局所を覆うことができた。

これは尋問の技術のひとつだ。相手の自尊心を壊し、完全に服従させるために、裸にする。そういうことか？

直樹は衣類を籠の中に入れた。

ナイフを持った男は籠とランプを持つと、テーブルと椅子を片づけ、軍用拳銃の男と一緒に部屋を出ていった。直樹は真っ暗な中でさっきまで腰を下ろしていた位置へと歩き、座り込んだ。

あの白髪の男は、どういう理由で呼ばれていったのだろう。与志か千秋の尋問に手こずっているということだろうか。だから一段階、尋問の厳しさのレベルを上げることにする、という報告でもきたのか。日本語ができるのは、この一味の中ではあの白髪の男だけのようだ。でも、千秋が中国語ができると知られれば、ほかの男でもかなりの程度の尋問が可能なのだ。

脱出はできないだろうか、と直樹は思案した。ナイフの男と軍用拳銃を持った男は、白髪の男が尋問しているあいだは、緊張をゆるめない。何かあったら白髪の男を守り、ついで直樹を無力にする。そのことに躊躇はしないはず。彼らと正面から戦うのは無理だろう。尋問が止まっているあいだに逃げるしかない。

かといって、ざっと見たところ、部屋に傷んだ部分とか隙間はなかった。

あるいは小便に出たときに、見張りの隙を衝《つ》くか。連中も用心しているだろうが、いちばん現実的なのは、その手かもしれない。

疲れている。直樹はふとうとうとした。

どのくらい経ったか、またあの白髪の男がやってきた。軍用拳銃の男とナイフの男を従えている。再び椅子とテーブルが用意された。

白髪の男が椅子を示したので、ぼろ布を肩にかけたまま、直樹は白髪の男に向かい合った。

「もう一度訊きます」と、白髪の男は言った。

「その前に」と直樹は遮《さえぎ》った。「ほかのふたりは、どうしている？　無事か？」

「無事ですが、あなた次第だ」

「どうしてだ？」

「あちらのふたりの答が、だんだん支離滅裂になってきている。意味がわからない」

「わたしの答なら、わかるのか？」

「理解はできないが、言葉が通じていることはわかる」

「もしふたりが錯乱しているとしたら、尋問が厳し過ぎるせいだ」

「あなたに質問しているのと同じようにしている」

「ふたりは尋問されることに慣れていない。恐ろしくて、神経が参ってしまっているんだ」

「あなたは慣れているのか？」

「年の功だ。警察に捕まって、取調べを受けたこともある」

「ただ正直に答えるなら、恐れることなど何もない」

「ふたりも裸にされたのか？」

「衣類から、あんたたちが何者なのか、その手がかりが見つかるかもしれないからだ」

「裸にされて、恐れるなと言うほうが無理だ」

直樹の言葉は無視された。

「質問だ。あなたが正直に答えてくれれば、あのふたりも正直になってくれるかもしれない」

「ここまで嘘はついていない」

「西暦一九四九年の東京から来た、と答えた」

「どっちかひとりが、信じてもらえそうもないそのことを答えてしまった、と聞いたからだ」

「その嘘に合わせたと言っているのか？」

「答え方には慎重になるべきだった」

「どう答えるとよかったのだ？」

「あなたは、どこから来たのかと訊いた。東京を、十日前に発ってやってきた、という答なら、信じてもらえただろう」

「ひとりはたしかに、最初はそのように答えた」

「事実なんだ。もうひとりも、そう答えたのではないか？」

「十日前とはいつだ、と訊いたら、ひとりの答があやふやになり、一九四九年から来たと言い出したのだ」

「十日前の東京から来た、ということだけ信じるなら、あとのことはわかってもらえるんじゃないのか？」

「戦争を止めるためにやってきたということもか？　関東軍の謀略で大戦争になる、ということまで信じるわけにはいかない。その戦争はいつまで続くのだった？」

「日本が負けて降伏するのは、一九四五年の八月だ。でもさっきも言ったように、中国では内戦が続いていた」

「近々関東軍が、中国東北辺防軍に攻撃をしかけても、御国《おくに》にはそんな長期間戦争を続ける力はないだろう」

「だから戦争する。占領地を広げる。関東軍というか、日本の軍部の野心を馬鹿にすべきじゃあない」

「それほど巨大な相手に、三人で立ち向かおうとしている、とあなたは答えた。当事者を殺害して、逃亡しようとしている。まるで現実的ではない。その計画まで信じるのは無理だ」

「三人しかいないし、中国には味方もいない」

「そのことを、誰に命じられたわけでもないと、あなたは答えた」

「そのとおりだ。示唆《しさ》されて、支援を受けたが」

「女性は、日本円で大金を持っている。やらなくたって、そのカネを持ってどこか平和な土地に逃げてもいいのではないか」

「アジアじゅうが、戦場になるんだ。ならない土地でも、飢える。あの程度のカネでは、その時代を生きる助けにはならない」直樹は、逆に訊いた。「わたしと議論をするためにここに来ているのか？　時間の無駄だ。わたしたちを解放したほうが、あなたたちの利益になる」

「信じるのは無理だ。あんたたちの身元についても」白髪の男は口調を変えた。「あんたたちは、むしろ戦禍をもたらすために来たんだ」

「三人を痛めつければ、あんたの期待する答を口にするかもしれない。しかし、痛めつけて出てきた言葉を信じて、戦争が始まったらどうする？　いったん始まったら、止めるのは容易じゃないぞ」

「わたしたちがどんな答を期待していると考えているんだ?」

「日本軍部の別の組織からの派遣とか」

「何のために?」

「わたしたちは戦争のきっかけを作るために送られた、と疑っているのではないのか?」

「そうは考えてはいない。あんたはともかく、あとのふたりは拳銃の扱いさえ素人並みだった」

そのとき、外でひとの声がした。誰かが誰何《すいか》して、これに応える声があったようだ。軍用拳銃の男とナイフの男が、緊張を見せた。

白髪の男も、立ち上がって板戸のそばに立った。

ひとの声はしばらく続いたが、やがて靴音がこの建物の中に入ってきたとわかった。

軍用拳銃を持った男が両手でその拳銃を構え直した。

靴音は板戸の前で止まった。その靴音の男なのか、声が聞こえた。

直樹には聞き取れなかった。

部屋の三人が少し緊張を解いた。白髪の男は板戸を開けて外に出ていった。

どこかから指示とか報告があったのだろうか。車の音は聞こえなかったから、もしかすると誰何を受けた誰かは、歩いてきたのかもしれない。やはりこの農家の近く、少なくとも歩いて行き来できる距離のところに、この一味のもうひとつのアジトがあるようだ。与志と千秋が拘束されているのも、そちらなのかもしれないが。

外からの声は、白髪の男に何を伝えたのだろう。手荒な尋問がすでに始まっていて、不測の事態でも起こっていなければいいが。

ふたりの見張りはそのまま残っている。すぐにまた尋問が再開されるということだろうか。

十分ほど経ったところで、白髪の男が戻ってきた。

「あなたへの質問は、明日朝に再開する。もう少しましな答えかたを考えておいてくれ。わたしたちは、みな気が立っている。この件に長い時間かけるわけにもいかない」

「あなたが信じて解放してくれれば、三日のうちに解決することだ」

「とにかく、眠っていてくれ」

「服を返してもらえないか」

「ここは監獄とは違う。逃げて欲しくないんだ。我慢してくれ」

白髪の男は部屋を出てゆき、見張りのふたりの男たちも外へ出た。板戸が外から閉じられた。

相手の望む答をなんとか見つけて解放してもらうか、それともぼろ布一枚をまとっただけで逃げるか。

どちらにせよ、冷静な頭と、体力が必要だった。直樹は眠ることにした。大謀略が始まろうというときだ。守屋先生が教えてくれた以上の動きが、中国側にもあるかもしれない。その中には、使えるものがゼロではないだろう。眠ろう。熟睡できるとも思えないが。

直樹はあらためて藁を床に敷き直し、身体を横たえてからぼろ布を胸に広げてかけた。

9

外が明るくなったようだ。

板壁と屋根の隙間から、明かりが漏れてきている。

午前六時とか、あるいはそれよりも少し前の時刻か。少し寒かった。

目を覚ましてから一時間ほど経ったときだろう。若い男が板戸を開けて入ってきた。昨日までの見張りとは違う男だ。饅頭と水を持って来ている。

部屋にひとりになってから、たぶん朝食のその饅頭を食べた。

それから板戸をノックした。表から声がする。なんだ？　と訊かれたようだ。

「小便《スィ》」と直樹は答えた。

外にはふたりの男がいた。交代で眠っていたのだろうか。ふたりとも、昨日は見ていない顔だ。拉致のときにはいたのかもしれないが、はっきりとはわからない。

その納屋らしき建物の、昨日とは反対側の庭に連れてゆかれた。泥煉瓦と木の小屋がいくつか並んでいて、見通しの悪い場所だった。小屋の隙間から乾いた農地が少し見えた。

そこに、と指示された場所で小便をしながら、耳を澄ました。怒鳴り声とか、悲鳴、泣き声などがないかを確かめたのだ。何もない。与志と千秋はこの農家とは別の場所か？

尋問の効率を考えれば、ごく近くに置いたほうがよいのだ。周囲を見渡すことができないけれども、この農家のごく近くに、まだアジトとして使える民家があるのだろう。

また部屋に戻されて、忘れられたかと思えるほどに長い時間が過ぎた。

外に靴音が聞こえ、何人かの話し声が聞こえてきた。この納屋の中に入ってきたようだ。

直樹は干し草の上で身体を起こし、ぼろ布をまとい直した。

板戸が開いた。最初に入ってきたのは、昨晩のあの見張りふたりだった。続いて、白髪の男。白髪の男の後ろには、ソフト帽をかぶり、眼鏡をかけた初老の男だ。洋風の旅行着だった。

見覚えがある。門司港の桟橋で、憲兵隊に引っ張られていった中国人だった。千秋に手帳を託した男。葉《イエ》先生、と呼ばれていた男だ。

葉はソフト帽子を脱いだ。顔が腫《は》れている。内出血が少し引いたかのような、青い痣《あざ》ができていた。

その葉と呼ばれていた男は、直樹を見たときもさほど意外そうな顔をしなかった。沙河口書院のあの面々と、すでに話をしてきたのだろうか。

白髪の男が直樹に訊いた。

「このひとを知っているか？」

直樹はふたりを交互に見て答えた。

「門司港の桟橋で見た。憲兵隊に連行されていった。わたしたちが手帳を預かった」

眼鏡の男が直樹たちにあらためて姓だけを名乗った。

葉、だという。中日両国の平和のための仕事をしている、と、葉はいささか抽象的な日本語で自己紹介した。

「手帳を沙河口書院に届けてくれたと聞きました。お礼を申し上げます」

「釈放されたのですね？」

「わたしがスパイ行為を働いたという証拠が出なかったので。ひと便遅い船で大連に着きました。今朝です。一緒に行った青年は、解放されていないのですが」

「わたしたちは拉致されてここにいます。解放してもらえますか」

「こちらの友人が、あなたたちの大連での行動に不審を抱いています。あなたたちの答を聞かせてもらったが、たしかに理解不能です。わたしの質問にも、答えてもらえますか。同じことを訊くことになるだろうが」

「あなたたちに、それをするどんな権利があるのです？」

「中日のあいだには、緊張と対立があり、関東軍は無法を働いている。ここは中国なのに、わたしたちが、この権利の根拠を問われなければなりませんか?」

杓子定規《しやくしじようぎ》に来た。直樹は言った。

「わたしたちは民間人だ。質問にも答えています。わたしに服を返してください。ふたりも解放して、ここに連れてきてもらえませんか。もしふたりが無事ならば」

「何も乱暴なことはしていません。解放できるかどうかはともかく、ここに来てもらいましょう」

「解放してもらえないのはどうしてです?」

「あなたたちは、大連で武器を買い、射撃の練習をしている。旅順にも行った。大連に来たのは石鹼工場を立てる下準備だと最初は話したそうですが、少し問い詰めると、戦争を止めるためだと答を変えた。こんなことを、民間人がする理由はなんです?」

「正直に答えた。石鹼工場の件は、日本の軍部や警察をごまかすための答です」

「またあなたは、西暦一九四九年の東京から来たと答えたという。どういう意味なのです?」

「十日前に東京から来た。わたしたちにとって、十日前というのは、一九四九年だったのです。敗戦から四年後です。日本軍部が中国を侵略し、大戦争に発展して負けた。その戦争を、開戦前の大連に来れば止められるかもしれないと考えた」

葉は、ため息をついて首を振った。

「そんな馬鹿げた話を信じろと言うのですか?」

「信じてくれなくてもいいのですが、解放してくれれば、わたしたちは戦争を止めるためにできることをする」

「関東軍首脳部の暗殺のことですか?」

「いま考えていることは」

「それをやられたら、関東軍はじっさいに中国の東北辺防軍に対して攻撃する。その理由を与えることになる」

「放っておいても、関東軍はそれをします」

「予測できる？」

一瞬答に詰まった。予測ではない。歴史的事実として、自分は知っている。細かなところは守屋先生から教えられたのだが、その事件とそれ以降の歴史について、体験として知っている。

直樹は答えた。

「予測できます」

「そのようには聞こえない顔だったが」

「葉先生は、予測できませんか？」直樹は葉の答を待たずに、思いついたことを訊いた。「先生は、それに近いことを予測できたから、日本に旅行したのではありませんか？　日本政府に近い有力者から、中国東北地方の情勢をめぐって軍部や政府の中にどんな構想があるかを知るために」

葉は目を大きく見開き、直樹を見つめてきた。ずばり言い当てていたようだ。ということは、憲兵隊は東京で反陸軍的な政治家なり知識人を監視下に置いていて、そこに接触してきた葉を中国のスパイと判断、門司港で所持品検査となったということか。

葉が言った。

「いまの言葉、まるでわたしが尾行されていたように聞こえる。手帳を預けた相手を間違えたのか？」

「先生には、わたしたちから近づいたのではありません。わたしたちは、軍とも日本政府とも無縁です」

葉は少しのあいだ直樹を見つめたままでいたが、白髪の男に何かふたこと三言言った。

白髪の男がうなずいて、見張りたちに目で合図してから直樹に言った。

「服を返す。質問する場所を移します」

「仲間ふたりは？」

「同じようにする」

「解放してくれるのか？」

「違う。あなたたちがここから逃げようとしたら、わたしたちは躊躇なくあなたたちを撃つ」

白髪の男と葉が出ていったあと、ほどなくして男が服を入れた籠を持って部屋にやってきた。直樹は服を着て靴を履き、立ち上がった。やっと人間に戻った気分だった。

籠の底には、腕時計があった。動いている。針は午前十一時二十分を指していた。ゼンマイはちょうど半日分ほどゆるんでいるだけだ。この時刻は、あの見張りたちが小細工していなければ、おおよそ正確な時刻なのだろう。


移されたのは、同じ納屋の別の部屋だった。一応窓があって、床が張ってある。中央に小さなテーブルと椅子が五脚。隅に二段の寝台があった。使用人のための部屋なのかもしれない。

そこの椅子に腰掛けて待っていると、やがてあの見張りふたりが入ってきた。

続いて、与志、それから千秋だ。ふたりとも、怪我をしたり、手荒に扱われた様子はなかった。

「藤堂さん」と与志が安堵の表情を見せた。

「藤堂さん」と千秋もうれしそうな声を上げた。

部屋の中央まで進んでから、与志が言った。

「すみません。おれ、昭和二十四年から来たと言ってしまいました。もうそこから先は、何を言っても信じてもらえません。おれもしどろもどろになって」

千秋は言った。

「素っ裸にされて、毛布にくるまっていた。わたしの言うことも信じてもらえない。昭和二十四年から来たというのはほんとうかと質問されたので、わたしも、そうだと言ってしまった」

直樹はふたりに言った。

「おれもそう答えた。信じてもらえないのはしかたがないな」

部屋に水と薄く焼いたパンのようなものが運ばれてきた。それに野菜の漬け物のようなもの。昼食なのだろう。

食べ終えたところに、葉と白髪の男が現れた。見張りふたりも一緒だ。見張りたちは入り口側の壁を背にして立った。

葉と白髪の男のふたりが、テーブルの向かい側の椅子に腰掛けた。

白髪の男が言った。

「あなたたちの衣服や持ち物などを調べさせてもらった。西暦一九四九年から来たことを証明するようなものは、何も見つからなかった」

「当たり前だ」と直樹は言った。「先日の新聞でも持ってくればよかったというのか。そんなものを持っていれば逆に不審者となる。何を言っても信用されないだろう」

「だから、わたしたちはあなたたちの身元について、言われたことを信じるわけにはいかない」

「わたしたちが軍部や政府から派遣された工作員だという証拠はあったか」

「ない」

「わたしたちの身元について、あなたたちがどう判断しようとかまわない。あんたたちに拉致された以上、信じてもらいたいのはそこじゃない。関東軍が謀略で中国東北部の一挙占領を計画しているという部分だ。それも信じられないのか？」

白髪の男は答えなかった。

直樹は葉に顔を向けた。

葉が言った。

「あなたが言ったように、わたしは日本で日本軍部や政府の中にある中国政策について、かなり危険な情報を聞いてきた。あなたが言っていたとおりのことを予想する人物もいた。逆に言えば、その程度の予想は、あなたたちが特別に未来を見通す力を持っていることを示すものでもないんだ。そういう風潮を、あなたたちは何かに利用しようとしているのではないか」

「わたしたちが？」

「あなたたちの背後の誰かが」

「そちらのひとには、わたしたちに大きな背後があるのだとしたら、素人っぽ過ぎると言われたが」

葉が黙ったままでいると、ふいに千秋が葉に顔を向けて中国語で話し始めた。白髪の男は驚いている。千秋は中国語を話せることを言っていなかったのだろう。最初から訊かれなかったのか。

葉が驚きを見せたのは一瞬だけだ。そこで千秋が口を開いたことが意外だったというだけのようだ。

千秋が話し続けた。

葉も白髪の男も真剣な顔だ。

三十秒ほど話して、千秋は口を閉じた。

葉が白髪の男に顔を向けて、何か言い始めた。

直樹は千秋に小声で訊いた。

「何を言ったんだ？」

千秋がやはり小声で答えた。

「こう言ったんです。門司港の桟橋でわたしに手帳を渡したとき、あなたはわたしたちが日本の軍部や政府の関係者だと思ったのか？　絶対にそうではないと確信があったから、手帳をわたしに預けたのではないのか？　わたしは手帳をあの憲兵に渡したりしなかった。それどころか、手帳に書かれていた大連の学校にまで届けたんだ。わたしたちの何を疑うのだって？」

葉がまた直樹たちに顔を向けてきた。

「こちらの女性の言うとおりだ。わたしは憲兵の取調べを逃れるために、あの手帳を捨てたつもりでいた。それが届くことまで期待していなかった。あなたにさっと隠してもらえれば安全だと、なぜか突然思いついたのだ」

あのとき、千秋のすぐ横では、いかにも下司《げす》な実業家風情の男が、中国語を覚えようとしていた。千秋は、彼が口にしている言葉がひとつひとつ不愉快そうだった。あの実業家は、中国人を侮蔑したり、怒鳴ったりするための言葉を覚えようとしていた、と千秋は言っていた。葉はおそらく、実業家が口にした言葉を耳に入れたたし、千秋の反応も見ていたのだ。

葉は白髪の男に顔を向けた。千秋をちらちらと見ながら話している。千秋に手帳を渡したときの事情を話しているのだろうか。

葉はまた直樹たちに顔を向けてきた。

「ひとはときたま、一瞬でそのひとが信用できるかどうかを判断しなければならないことがある。あのときわたしは、あなたたちを信用できるひとだと感じた。あの判断に誤りがなかったことは、すでに証明されているんだ。たしかに」

実業家が口にしていた中国語のことは、出てこない。葉は、白髪の男にも、自分の判断の根拠は語っていないのか？　それが根拠だと白髪の男に言えば、逆に白髪の男は葉の判断を笑うかもしれないが。

葉がそのあとにどんな言葉を続けるのか、直樹は待った。葉は、直樹たち三人の顔をひとりひとり見つめていってから、白髪の男に顔を向けた。

穏やかな声で話している。千秋は黙って聞いていた。

やがて葉はまた直樹たちを見た。

「わたしが」と葉は言った。「信じられるのは、あなたたちは中国人の敵ではないということだけだ。身元も、どこから来たのかということも、信じるわけにはいかないが、謀略の実行が差し迫っているに違いないいま、信じるべきことには優先度がある。関東軍の首脳を暗殺して戦争を止めようとしているという藤堂さんの言葉を、信じよう」

直樹はふうっと息を吐いた。ではこれで解放されるのだな？　与志も、千秋も。

それを確認しようとすると、白髪の男が言った。

「わたしは、あんたたちのやることが関東軍の暴挙の根拠になるという判断を捨ててはいない。たとえ善意は信じたとしても、それをさせるわけにはいかない」

直樹は反論した。

「日本人がやったことなら、関東軍の軍事行動の根拠にはならない。わたしたちは、中国人を装ってそれをしようとは思っていない」

「関東軍は、中国が日本人にやらせたと考えるのではないか？」

「関東軍は、軍部の別の組織とか、主流の派閥が妨害したと考えるだろう。あるいは、政府の課報部が裏にいると」

「軍部の別の組織とは、何のことだ？」

「たとえば参謀本部直属の諜報部だ。あると噂されているけど、わたしはじっさいは知らない」

この年、直樹が訓練を受けた中野学校はまだできていない。存在を知る者など、当然だがいないのだ。だけど、あると匂わせるぐらいのことは、しておいてもいいだろう。

白髪の男はさらに訊いた。

「政府の諜報部とは？」

「そういう部署が必要な省庁はいくつもある」

「海軍の部局とかを言っているのか？」

「それだけじゃなく、総理大臣直属かもしれないし、外務省が持っているかもしれない。やっぱりわたしは、噂以上のことを知らない」

「では、関東軍や陸軍中央がそう分析するというのは、あなたの期待に過ぎない」

「暗殺計画があったとして、背後が日本の何かの機関の可能性はいくつもあるということだ」

「どうであれ、暗殺計画は諦めてくれ」

「わたしたちを信じてくれたのではないのか？」

直樹は葉を見た。あんたも同じ考えか。わたしたちは解放されるが、作戦は実行できないのか？

葉が直樹に訊いた。

「無謀過ぎる企てだと思わないのか？　関東軍首脳を何人も同時暗殺など、素人が三人で」

「わたしは軍人だった。素人ではない」

「その力を持っているのは、あなたひとりだ」

「手を貸してくれる、と提案されたのだろうか？」

「いいや、その考えはない」

「わたしたちを止めるなら、ひとつだけあんたたちにやって欲しいことがある」

「手は貸せないと言ったろう」

「張学良将軍かその参謀たちに、関東軍の謀略のことを伝えてくれ。戦闘準備にかかるんだ。とくに奉天、いや瀋陽の駐屯部隊には、一刻も早く戦闘準備にかかってもらったほうがいい」

「張将軍は、北京《ペキン》で病気療養中だ」

「瀋陽から情報を伝えて、命令を出してもらえないのか？」

葉はテーブルの上に目を落とした。直樹の提案は、それほどに難しいことなのか？

白髪の男が言った。

「わたしたちは、張将軍とは人脈を持っていない。わたしたちが情報を伝えても、それこそ謀略だと思われる」

抗日組織ではあるが、国民党とは対立しているということか？

「あらゆる伝《つて》を使って伝えるべきだ」

葉と白髪の男が小声で話し始めた。

検討するということだろうか。あまり時間はない。張学良が北京にいるというなら、余計にだ。いまこの瞬間にでも、謀略の存在を伝えるために動き出さなければならない。

白髪の男が言った。

「努力はしてみよう。張将軍の命令までは無理かもしれないが、瀋陽の軍に警戒に入ってもらうことはできるかもしれない」

葉が白髪の男に短く何か言って、ふたりで部屋を出ていった。見張りふたりは残ったので、すぐにまた戻ってくるのだろう。中国語のわかる千秋の前ではできない話題になるということかもしれない。

直樹は、千秋に訊いた。

「おれたちがどうなるのか、何か言っていたか？」

千秋は首を横に振った。

「ううん。だけど、殺される心配はなくなったような気がする。どうですか？」

「おれたちの言うとおりのことが起きるか、それを確認してから処分を決めるのかな」

与志が言った。

「ほんとうにすみません。ペロッてしゃべっちまって」

「警察の不審尋問とは違う。拉致した以上、なんとしてでもそこまでは言わせたさ。遅かれ早かれ、誰かが言うことになった」

十分ほどで、葉と白髪の男が部屋に戻ってきた。

葉が言った。

「あなたたちを解放する。奉天には明日行くのか？」

「ほんとうは、きょう行くつもりだった。関東軍の特別列車も出るらしい」

「現地視察の列車のことか？」

「そうだ。新司令官らが、現地軍を視察するという名目で、部隊指揮官に作戦を伝えるんだ。司令部がそっくり移動するような列車になるんじゃないのか？」

「旅順の部隊も？」

「旅順の部隊は、事件の直後に大連に移るはずだ」

「きみたちの計画では、その暗殺計画の実行はいつだ？」

「もう一日つぶしたんだ。奉天の日本人の歓迎会は、あるとすれば明日だろう。明日、奉天に着いて数時間後ということになってしまうが」

準備不足で失敗したらあんたたちのせいだ、と厭味《いやみ》を言ったつもりだった。

葉が言った。

「特別列車の件、歓迎会の件、わたしたちも探ってみよう。あなたたちが奉天に行くなら、列車は朝九時の大連駅発の急行『はと』だ。七時間かかる。わたしたちの仲間が、あなたたちと同じ列車で瀋陽に向かう。わたしも行く」

「わたしたちを監視するのだな？」

「見守る。瀋陽の同志たちとも、話す必要がある」

「わたしたちは、自由にやらせてもらえるのか？」

「計画を詳しく話してもらえるなら、助言はする。非現実的なことなら、止める」

「力を使って？」

「たぶん。もしあなたたちが憲兵隊に拘束されたなら、手荒な尋問でわたしたちのことをしゃべってしまうだろうから」

白髪の男が言った。

「あなたたちの作戦はまだあらまししか聞いていないが、そちらの女性は、爆竹で排除する、という言い方をしていた。歓迎の式か宴会のときに、関東軍司令官や参謀たちを撃つということか？」

「そのとおりだ。拳銃や散弾銃はそのために買い込んだ」

「相手は関東軍だ。たとえ歓迎会の場でも、護衛は多いだろう。あんたたちもたちまち撃たれるのは確実だ」

「歓迎会には、一般の日本人も大勢来る。護衛たちは、撃ちまくったりはできない」

「どうかな。日本軍は、一般市民の生命をそれほど尊重するか？」

「そこに賭ける。遠くからの狙撃は、わたしたちにはできないし。軍の施設の中で実行することも不可能だ」

葉が直樹に顔を向けてきたので、直樹は続けた。

「特別列車が奉天駅に着いた直後ということも想定した。やはりその場には兵隊があふれているはずだ」

「哈爾浜《ハルビン》の例もある。当然だな」

初代の韓国統監・伊藤博文《いとうひろぶみ》が安重根《あんじゅうこん》によって暗殺された事件のことを言っているのだろう。

白髪の男が言った。

「司令官たちの乗る特別列車、旅順出発の日が確認できた。明日だ。十四日だ。夕方に奉天に着く」

旅順で聞いた情報どおりだった。

白髪の男は続けた。

「満鉄で働く中国人からの情報だ。きょう関東軍司令部から連絡があったらしい。間違いないはずだ」

もっとも、拉致されたために一日つぶした。準備にろくに時間をかけられない。

葉が言った。

「歓迎会が一番の機会だろうというあなたたちの判断はわかった。そして首尾よく関東軍首脳たちを撃った後は？」

「日本人街を出て、瀋陽の城壁の内側に逃げ込むつもりだ」

「さらにそのあとは？」

「北京か哈爾浜を経由して、中国を出る。さほど難しくはないだろう？」

「手引きがあったほうがいいだろうが。そうして、出発点の日本に戻るのだな？」

「そのつもりだ」

「あなたが来た時代の日本にか、という意味だが」

「そのつもりだが、じっさいのところ、来た時点に戻れるかどうかはわからないんだ」

「なぜ？」

「洞穴が縮んでいる。行き来が難しくなっている」

白髪の男が、苦笑して葉を見た。葉も、困惑していた。彼らが理解できないのは当然だ。自分たちでさえ、その洞穴の性格についてひとにわかってもらえるように話すことはできない。

白髪の男がまた言った。

「せっかく戦争の歴史を変えられても、もとには戻れないのか？」

「戦争が起こらないのなら、この時代もさほど生きにくくはないかもしれない」

「ヨーロッパでも戦争が起こるのではなかったか？　どっちみち波及するのでは？」

「大戦争になるきっかけがひとつなくなれば、その後は確実にわたしの知らない歴史になるはずだ」白髪の男が首を傾げたので、直樹はつけ加えた。「鉄砲を撃つとき、ほんのわずかに狙いが狂っただけで、着弾点はとんでもない場所になる。いま謀略を阻止しようとする意味もそれだ」

葉が言った。

「わたしたちが移動したあと、あなたたちを電車の停留所まで送る。自動車が戻ってくるまで、一時間ばかりここで待っていてもらう」

「ここがどこか教えてくれれば、自分たちで帰る」

「簡単には帰れない場所だ。送っていく。そこまでは目隠しをしてもらうが」

白髪の男が言った。

「このあとも、監視は続く。あなたたちが話したことが嘘だとわかったら、わたしたちは自分たちの安全のために、必要なことをする」

殺すと脅されているわけだ。

葉が言った。

「必要となれば、あなたたちに接触する。ホテルを訪ねるかもしれない。列車の中で、声をかけることもあるだろう。その心づもりでいて欲しい」

「わかった。解放されるのは一時間後だな」

られたのだろう。

「そうだ」

葉と白髪の男が部屋を出ていった。見張りも外に出た。部屋には三人だけとなった。

直樹たちはあらためて互いの顔を見つめ合い、うなずき合った。この危機は、どうにか切り抜けられたのだろう。

その農家を出発したのは、一時間二十分後だった。葉と白髪の男が去ったあと、自動車の戻ってくるのが遅れたのだ。拉致したときに車を運転していた青年が、また運転手だった。三人とも、目深に帽子をかぶせられた。帽子の目の部分には、布が垂れている。一見、目隠しには見えないが、本人たちは外の様子を見ることはできなかった。もっとも、手を縛られたわけではなかったので、帽子を取ることもできたし、目隠しをずり上げることもやろうと思えばできた。

運転手の青年が言った。

「見ないと約束してくれ。街に入ったら、帽子は脱いでいいから」

直樹は千秋の通訳で訊いた。

「なんという停留所に降ろしてくれるんだ?」

「ヤマトホテルまで送ることになった。拳銃やら散弾銃をたくさん持って、電車で移動したくないだろう」

どうやら直樹たちの計画を妨害しようという気持ちではないようだ。

直樹たちは、いわば自主的に目を覆い、彼らのアジトの位置を知らないままにホテルへ送ってもらうことにした。

道路上のざわめきから、大連の市街地に入ったと思えるころに、運転の青年が言った。

「目隠しははずしていい」

直樹たちは帽子を取った。路面電車の軌道が通る大通りだ。看板には中国語が多かった。

大連の市街地の西側、中国人の多い地区に入っているようだ。

やがて自動車は大広場に入り、南側にあるヤマトホテルの玄関前の石段の下で停まった。

玄関からベルボーイが駆け下りてきたが、車から降りたのが直樹たちだとわかって、一瞬驚いた顔を見せた。視線がすっと運転の青年のほうに走った。

このベルボーイも抗日運動の協力者だとわかった。昨日、旅順から戻ってきたときに、あの白髪の男の一味に伝えられたのだろう。そのあと銃砲店に行ったときには、拉致の準備が整えられていたのだ。

ベルボーイは、直樹たちの前で戸惑っている。抗日運動の協力者であることが直樹たちに露顕《ろけん》してはいないかどうか、それでも平然とベルボーイの仕事をしていいものかどうか、ホテルの日本人幹部に抗日運動とのつながりが知らされやしないか、それを心配しているのだろう。

直樹は自動車のトランクの蓋を開けて、青年に日本語で言った。

「部屋まで運んでくれ」

「はい」と青年は妙に甲高い声で応えた。

帳場でキーを受け取るとき、帳場の日本人が封筒を渡してきた。

「これが先程届きました。藤堂さまに」

封筒を手に取った。表には、藤堂様、と宛名が。裏には、差出人の名が記されていた。

葉山

日本の苗字のように見えるが、あの葉先生からの伝言なのだろう。直樹はその封筒を上着の内のポケットに入れた。

エレベーターで三階へ上がった。部屋割は、投宿したときと同じように見せた。直樹と千秋が一緒の部屋、与志はひとりで使う。ベルボーイが去ったところで、与志が自分の荷物を持って、直樹の部屋に移ってきた。

直樹は与志と千秋のいるところで、葉からの封筒を開いた。

日本語で短く書かれている。

「門司港でのお礼の席を設けたい。午後五時三十分に自動車がお迎えに上がります。葉山」

時計を見た。午後三時二十分だった。ご招待を受けるため、シャワーを浴びて、もうひとつ準備にかける時間はある。

与志がその文面を読んでから、心配そうに言った。

「こんどこそ、本格的な拉致ってことじゃないですかね」

千秋が笑った。

「そんなに手間隙《てまひま》かける必要はないじゃない。送ってくれたんだから」

直樹は自分の解釈を口にした。

「おれたちの計画のもっと細部を知りたいということだろう。助言をくれるとも言っていた」

千秋が訊いた。

「さっき話したこと以上に、詳しい計画はあるんですか？」

直樹は首を振った。

「奉天を見てから決めるつもりだ。補足できることなど何もないが、助言がもらえるなら助かる」

「五時半からのお礼の席って、たぶん食事が出るんですよね」

「たぶんな。饅頭と餅よりは、うまいものを出してくれるんじゃないか」

「楽しみ」と、千秋は自分の荷物を持って部屋を出ていった。


大連商工会議所の会頭室で、笠松栄太郎が自分の名刺をテーブルの上に滑らせてきた。

直樹が頼んで、奉天商工会議所の会頭、住谷《すみたに》という人物に、直樹を紹介するひとことを書き込んでもらったのだ。正式の様式の紹介状ではないにしても、笠松本人の名刺が使われていれば、それなりに相手には信用してもらえる。

直樹は、両手でていねいにその名刺を受け取った。

「住谷さま。藤堂直樹さまをご紹介します。奉天への工場進出を準備中です」

と記されている。

「お忙しいところ」直樹は頭を下げた。「ほんとうにお手数かけました」

「それで、奉天にはいつ?」

笠松が訊いた。

「明日の汽車で」

「進出は歓迎されるだろうな。競争相手がいない」

「競争相手がいれば、いさぎよく諦めるつもりでしたから」

「ま、日本人同士、助け合えるところは助け合ってやっていきましょう」

直樹は椅子から立ち、深々とお辞儀した。

そこは、中国人街の中の中華料理店だった四階建てのビルで、遼東飯店という看板が出ていたし、中国人客がよく泊まるホテルの付属の店のようだ。店はビルの一階にあったが、個室もいくつかあるようで、直樹たちが招じ入れられたのは、もっとも奥の個室だ。

葉先生とあの白髪の男、それに沙河口書院にいた中年男だ。葉が、白髪の男は李《リー》、沙河口書院にいた男は曲《チュイ》という姓だと教えてくれた。

出てきた料理は、特別豪華なものではなかった。皿の数も少ない。しかし十分だった。

給仕が顔を出さなくなってから、葉が言った。

「あなたたちの計画を検討させてもらった。張学良将軍のもとに謀略が伝わるよう、手配している。確実に伝わるかどうかはわからないが」

直樹は言った。

「歓迎会はどこか、情報は入っていますか？　そもそも開催されるのかも」

「日本人会は、陳情を強く希望している。関東軍司令部も、歓迎会のような、まるで平時のような催しに出ることを利用できる。短時間でも、日本人会の名士に会って、陳情を聞く機会を作るでしょう」

「つまり、明日ですか？」

「司令官の一行は、短時間、日本人会の名士たちの歓迎会に出る。翌日に、奉天周辺の部隊の演習視察」

「歓迎会の会場は、見当がつきますか？」

「開催されるとすれば、奉天ヤマトホテル以外にはありません。二年前に竣工したばかりの、豪華な建物です。でも、あなたたちは、歓迎会に出席できるかどうかは、わからないのですね？」

「地元の日本人名士だけの招待なら無理でしょう。伝もない。ただ、歓迎会場に入れなくても、宿泊客としてホテルの中にいることができれば、決行は可能だ。ただ、泊まり客でも、銃器を持ち込むのは難しいかもしれない。たぶん軍によって、荷物をあらためられる」

「一般の市民のいない場所での決行は、考えには入れていないのですね」

直樹は、解放されてからこの時刻までのあいだに、守屋が言っていた満州事変前夜の事情を、また少し思い出していた。

「演習視察のあと、奉天の特務機関の建物で、謀略実行かどうかの最終検討が行われます。十五日の深夜です。関東軍首脳部が集まっているが、そこでの実行は無理でしょう」

「特務機関は、第二十九連隊駐屯地の向かい側です。近づくのは危険過ぎる」

「司令官以下の幹部が奉天で泊まったのは、瀋陽倶楽部《シエンヤンくらぶ》というホテルらしい。そこの警備はどうでしょう？」

「やはり軍の駐屯地に近い。ロシア式の、小ぶりのホテルです。護衛の兵が大勢配備されるでしょうね」

千秋が訊いた。

「そこには洋式の酒場はありますか？」

葉が驚いた顔で千秋を見つめた。直樹も驚いた。彼女は何を気にしたのだ？

葉が答えた。

「入ったことはないが、ロシア式なのだ。あるだろう」

「ピアノはあります?」

「ピアノ?」と葉は面食らった顔だ。「わからない」

直樹は話題を戻した。

「わたしたちには、どんな助言があるのだろう?」

李が言った。

「歓迎の爆竹を鳴らしやすいように、関東軍の注意をよそに向けてやろうと思う」

「何かを爆破したり、満鉄の施設を破壊することなら、やらないほうがいい。それこそ作戦の理由になる」

「火事を起こすということを考えている。軍事的な意味はないが、軍が出動しなければならないような場所でだ」

「何を焼くんです?」

「線路をはさんで奉天市街地の反対側、火葬場や窯業《ようぎょう》会社がある。貯炭場《ちょたんじょう》には石炭が山となっている。関東軍の駐屯地にも近く、現地部隊は火事が起これば、満鉄施設や市街地への延焼を防ごうと、まずそちらに駆けつけるはずです。歓迎会の警備は手薄になる」

直樹は言った。

「ホテルに、わたしたちは拳銃や散弾銃を持ち込めそうですか?」

「チェックイン時に預かりとなるか、拘束となるか、とくに歓迎会を控えていては。でも、持ち込む手配は可能です」

「できます?」

「奉天ヤマトホテルには、中国人従業員も何人も働いているし、納入業者の数も多いんです」

「もうひとつ、まだ逃走経路を確認していない。助言をいただければ」

「ヤマトホテルのある広場から、瀋陽の外城壁までおよそ二キロメートル。逃走用の自動車を用意します」

「それはありがたい」

「運転はあなたたちがして欲しい。中国人がそこで捕まるわけにはいきませんから」

与志が直樹を見てうなずいた。

葉は続けた。

「あなたがたが、日本政府か軍の別の機関の者だと匂わせる工作をします。関東軍を混乱させるために」

「どんな?」

「あなたたちの身分を推測させる情報を、あらかじめ流します。外務省か、参謀本部か、それらしい機関の。身分証明書までは作れないが。あなたには、どこがよいのか思いつくところはありますか?」

この年では、陸軍旧木曜会の連中と長州閥の対立関係は薄らいでいる。外務省は馬鹿にされている。いちばんよいのは。

直樹は言った。

「軍令部の特務機関」

「海軍の、ということですか?」

「ええ。海軍と陸軍は犬猿の仲です。海軍の工作のようだと思った瞬間に、陸軍は頭に血が上る」

「そういうものは、じっさいにあるのですか?」

「たぶん、ないでしょう。でも、特務機関なら秘密にされていてもおかしくはない。誰も、それが存在しないとは言い切れない」

「やはり、少し難しそうだ」

それは本当なら東京を出発するときに用意しておくべきことだったのかもしれない。でも、あのときは直樹たちがいつの時点に戻れるのか、正確に計算することもできなかったのだ。守屋先生たちの計画の欠陥ということでもない。

直樹は提案した。

「日本の活字で、名刺を作ることはできますか?」

「明日の朝までに、ということだね?」

「ええ。奉天に着くまでに」

「できる。大連を発つまでに作れる。どんな名刺です?」

直樹は手帳を借りて、素早く書いた。

「水交社《すいこうしや》
特別調査室　主任
藤堂直樹」

それに水交社の所在地と、でたらめの電話番号。

水交社とは、海軍の外郭団体であり、海軍士官の社交と親睦のための組織だ。

しかし、海軍の特務機関をもぐり込ませるには、都合よく使える団体と言える。

もちろん石鹸工場の従業員の名刺も表向き使うが。

李が言った。

「食べてください。あそこでは、あまりいいものを差し上げることができなかった」

直樹は与志と千秋を見て、目で言った。

いただこう。


ヤマトホテルの部屋で、シャワーを浴びたところで、直樹は帳場に洋酒とつまみになるものを注文した。大連は自由港だから、洋酒も外国煙草も、日本とは比べ物にならないくらいに安く手に入る。ホテルのルームサービスで頼んでも同じだった。

ウエイターが運んできたのは、スコッチ・ウィスキーの瓶と、氷、炭酸水、腸詰め、それにオリーブの缶詰だった。

直樹は軽く酒盛りすることにしたのだ。ひと晩拉致されて、いっときは殺されるのではないかと恐怖に耐えた。そのあとは、葉たちと計画の細部について詰めた。かなり疲れていたし、いったん頭を弛緩させたかった。

明日奉天に向かうところから、もう作戦は始まっている。一瞬も気が抜けなくなるのだ。きょう、決行前の、いわば作戦成功祈念の時間が必要だった。

ドアがノックされて、千秋がやってきた。ホテルの浴衣《ゆかた》を着ていた。直樹たちもすでに浴衣に着替えていたから、ちょうどいい。気持ちの張りを完全にゆるめることができる。

与志が三人のグラスにスコッチを注ぎ、炭酸水を足して氷を入れた。

三人がグラスを手にしたところで、直樹は言った。

「いよいよだ。明日からは、気を抜かずにやろう」

グラスを触れ合わせて乾杯し、三人は少しずつスコッチを飲んだ。

与志が言った。

「きょうは、初めてやれそうだという気持ちになっています」

直樹は同意した。

「おれもだ。昨日までは、まだ確信は持てなかった。奉天に行けば、何か手が見つかるだろうとは期待したけれども」

千秋が言った。

「あの葉さんたちにさらわれたのが、けっきょくよかったんだよね」

与志が千秋に訊いた。

「千秋さんは、やれると思っていました？」

千秋は首を振った。

「そこはどうでもよかった。藤堂さんやあんたと一緒にここまで来たんだし、派手に軍人連中に鉄砲弾を撃ち込めるんなら、それで満足できた」

千秋は直樹に顔を向けて、弁解するように言った。

「藤堂さんの作戦を信じていなかったわけじゃない。でも、あの十日前に戻れるかどうかは、どうでもよくなっていた」

直樹は訊いた。

「いままで話してもらえなかったけど、千秋のその軍人嫌いのわけは、どういうことだったんだ？」

千秋は微笑した。

「わたしは哈爾浜で育った。正確には、郊外の村で。ソ連軍が国境を越えてやってきたとき、関東軍はさっさと逃げて、わたしたちは取り残された。わたしは村のひとたちから、ソ連軍将校の女として差し出された。十七で、おぼこだったのに」

与志が目を丸くした。

直樹は千秋がそれをずいぶん軽く言ったことに驚いた。王子で、彼女があの少女を救うためにあれほど必死だった理由はそこか？　アメリカ兵たちに輪姦《りんかん》されようとしているあの少女に、自分を見たせいか？　もうひとつ思い出した。千秋はあのとき、あの少女について、死ななくてすんだと言っていたのだ。

その思いが見透《みす》かされたように、千秋が言った。

「あのとき、わたしは一回死んだの。違う千秋になって生き返るまでに、ずいぶん時間がかかった。生き返った千秋は、軍人と、あの村にいたような連中が大嫌いなの」

直樹は、衝撃をこらえつつ言った。

「おれも、軍人だった」

「外地のどこかで、軍刀カチャカチャ言わせて少女に覆いかぶさった？」

「いや」

千秋はグラスのスコッチを少し飲んでから言った。

「藤堂さんは、わたしの言う軍人とは違う。ほんとうなら、藤堂さんみたいなひととか」千秋は与志に顔を向けた。「与志みたいな若いひととか、そういうひとと床を一緒にしたい。でもできない。そういうことができる千秋は、死んでしまったんだと思う」

与志が言った。

「千秋さんは、ぼくにキスしてくれました」

「ああ、あのときはとっさに。いい感じだったって、言ったでしょ」

千秋は身体を与志に寄せて、唇に唇をつけた。与志は固まったように動かなくなった。

千秋は与志から唇を離すと、直樹に言った。

「藤堂さんにもキスしていい？」

「おれにはどうして訊くんだ？」

「こういうことを、嫌がるひとかもしれないから」

「こういうこと？」

「どの男にも平気でキスをするような女と、キスをすること」

「千秋がするなら、いやじゃない」

千秋はまたグラスからスコッチを飲んでから、直樹に顔を近づけてきた。唇が触れて、千秋の舌が直樹の唇を割ってきた。千秋の舌が、直樹の舌にからんだ。少しだけスコッチの味がした。直樹はそのキスを受け入れた。

長いキスのあとに、千秋は身体を離して与志に訊いた。

「あんたは、こういうの、嫌じゃない？」

与志が動揺と困惑を見せて訊いた。

「ぼく、あっちの部屋に行ったほうがいいんですか？」

「いて。わたしとのキスが嫌じゃないなら」

「はい」と与志が素直に言った。

千秋はグラスをテーブルの上に置くと、帯を解いて、浴衣を肩から落とした。白い胸が露《あらわ》になった。右の乳房の下、手のひらふたつ分ほどの広さの肌に、紫色の細かな痣が散っている。繰り返し打撲を受けて、内出血が慢性化していた肌のようだった。

「藤堂さん」と千秋は直樹をまっすぐに見つめて言った。「抱いてくれる?」

直樹は与志を見た。彼をどうする?

与志は驚いたままの顔だ。何が始まったのか、理解できていないという表情だった。

千秋が言った。

「順に抱いてもらいたい。与志にも」

直樹は、椅子から立ち上がって、寝台の端に腰掛け、与志に言った。

「千秋にまかせよう。いいか」

与志は千秋を見て、こくりと大きくうなずいた。

千秋は微笑した。これまで見せたことのない、屈託のない、無邪気にも見える微笑だった。千秋はその微笑のまま直樹に近づいてきて、裸の上体を直樹に押しつけてきた。直樹は千秋の背に手をまわし、寝台の上に仰向《あおむ》けになった。

直樹は、千秋の背中にも、乾いて、滑らかではない部分があることに気づいた。ここにも傷か?

直樹は指で確かめることをせずに、右手を下へずらした。

千秋の手が、直樹の浴衣の下に入ってきた。

10

奉天駅に着いたのは、午後の四時十分過ぎだった。

ガタリと音を立てて蒸気機関車と先頭の客車が停まり、ついで慣性のついた後続の車両の連結機がぶつかる音が後部へと連続していった。最初、連結器がぶつかるたびに直樹たちの乗った一等車も小さく揺れたが、やがて全車両が完全に停止した。

直樹は隣りの席の千秋に目で合図して立ち上がった。前の席の窓側にいた与志も立ち上がって、網棚の荷物に手を伸ばした。

到着予定よりも少し遅れているが、計画を練り直さねばならぬほどの遅れでもないはずだ。特別列車が直樹たちの列車を途中で追い抜いたのでもなければ。

大連駅では、憲兵隊がプラットホームを警戒していた。同じ列車に乗る乗客が話していたが、滅多にないことだという。

たぶんそれは、関東軍司令部の特別列車の運行と関係がある。関東軍はきょう、張作霖爆殺のような謀略が、こんどは逆に日本軍に対して仕掛けられないかを心配しているのだ。

乗って席に着いたところで憲兵隊が乗り込んできて、各車両の乗客の顔をひとりひとり見ていった。中国人の抗日分子と疑えるような者は、有無を言わさずに引きずり下ろしてしまうつもりなのだろう。

直樹の見ていた範囲では、憲兵隊が身分証明書や荷物を点検した客はないようだった。もしかすると、三等の待合室のほうですでに行われていたのかもしれないが。

二等車は、わりあい空いていた。席は大連を出たとき、三分の一程度が埋まっていただけだ。途中の駅で多少乗客が降りたり、新たに乗ったりしてきたが、客の総数は出発時からさほど変わらなかった。

同じ列車には、葉《イエ》先生と李《リー》が乗っていた。彼らは三等車だ。途中、一度もそのふたりとは口をきいていない。

プラットホームに降りて、寄ってきた中国人の赤帽を断り、改札を出た。

奉天駅は、赤煉瓦造りの二階建てだった。東京駅を連想させる外観の建築だ。二年前までは、この駅舎の中に奉天ヤマトホテルがあったという。自分たちが行くのは、別の場所に新築されたほうだ。

駅前には広場があって、洋車《ヤンチョ》や一頭立ての小型の馬車が並んでいた。路面電車も動いている。乗用車の数は少なかった。

兵士の姿もあった。駅舎に入ろうとしている客たちに目を向けている。特別列車を迎えるための警備が始まっているのだろう。

大連によく似た印象の街並みだったが、大連の駅前は浅い谷間にあった。市街地が広がっているのは、河岸段丘の上だ。平坦な街ではない。しかし奉天は、完全に平坦な大地に開かれた、新しい都市と見える。

地図を思い起こしても、このロシア人が築いた奉天市街地は、格子状の道路と、駅を起点にした放射状の斜めの道路を組み合わせた都市計画となっていた。放射状の道路の途中には、大連同様に円形の広場がある。道路の両側に建つのは、赤煉瓦の洋館ばかりだ。

このころ、人口は二万二千ほどのはずだ。狭い土地だから、かなりの高密度の都市ということになる。これに対して、瀋陽の人口は約四十万。大都会と言っていい。

奉天ヤマトホテルまで、どのように行くか、少し考えた。距離はちょうど一キロメートルほどのはず。斜め道路の先の円形広場に面しているはずである。洋車を使うか。路面電車は、ホテルのそばを通っていない。

すっと横に男が立った。李だった。

李は、目の前の広場に向いたままで言った。

「右の馬車。黒っぽいシャツの男の。あれでホテルへ」

駅者《ぎょしゃ》は同じ組織の同志なのだろうか。

その馬車がこちらへ動き出した。李が合図したのだろう。

馬車が直樹たちの前まで来て停まった。李が駅者に近づき、何か話しかけている。髪の短い若い駅者は、李の言葉を聞きながら直樹を見つめてくる。

馬車は蒲鉾《かまぼこ》形の屋根のついた、小屋のようなかたちだ。左右に窓がある。前後は、幌を垂らして、日差しやひと目を避けられるようになっていた。四人乗れるようだ。

李が言った。

「後ろから乗ってください。また連絡します」

李は葉先生と一緒に、広場を駅舎に沿って歩いていった。

直樹たちは、その馬車の後ろから荷物をまず載せた。それから自分たちが乗った。少し窮屈だ。

駅者が振り返って、声をかけてきた。

「ヤマトホテルに行きます」日本語だ。次に中国語が続いた。

千秋が言った。

「我《ウォ》」

駆者は千秋に何か早口で言った。

千秋はうなずいてから、与志に言った。

「後ろの幌を下ろして」

与志が言われたとおり幌を下ろした。馬車は外から目隠しされた。

千秋は前方の幌も下ろした。馬車は動き出した。

窓からの明かりで、馬車の中は暗くはない。

千秋が言った。

「ピストルと散弾銃と弾を、何かひとつの袋にまとめて入れろと。降りるとき、ここにそのまま置いていけって」

千秋は自分の旅行鞄から、大きめの布袋を取り出した。中身は彼女の旅行着だ。千秋は鞄のほうに旅行着を移すと、直樹に袋を渡してきた。

「これに」

直樹たちは、ここまで携行してきた銃器類をすべてその袋に入れて、板の座席の下に押し込んだ。

馬車はひとの歩みよりは多少速いという程度の速度で進み、十分少々で円形広場に出た。

奉天ヤマトホテルは、大連のヤマトホテルよりも豪勢な造りだった。正面にはギリシアふうの列柱とアーチ、建物の左右に多角形の外壁の塔が立つ。四階建てだという。なんという様式なのか直樹は見当もつかなかったが、こけ威《おど》しの折衷《せっちゅう》様式と呼ぶのがよいのかもしれない。豪勢な造りとは言えるが、美しいとは感じなかった。

そう思ってから直樹は苦笑した。そんなふうに皮肉に感じられる建物のほうが、自分たちの爆竹騒ぎを起こすには都合がいい。美しいものを破壊してはいけないという、心理的な歯止めがない。

正面の石段の下で馬車が停まった。直樹たちは自分たちの荷物を手に取って、馬車から降りた。すでにベルボーイが待っていた。ベルボーイが日本人なのか中国人なのか、見ただけではわからなかった。

ベルボーイが直樹の旅行鞄を持とうとするので、直樹は日本語で言った。

「予約はしていない。泊まれるかな」

ベルボーイは、少し訛りのある日本語で答えた。

「お部屋はあると思います。フロントまでご案内します。馬車は待たせておきますか?」

中国人のようだ。

「いや、その必要はない」

石段を上ろうとするとき、石段の上から兵士がふたり下りてきた。襟章の黒い憲兵たちだ。つまり、ホテルの警備は厳しい。

「泊まるのか?」と上等兵の階級章の憲兵が直樹に訊いてきた。

「部屋があれば」

「身分証明書を」

「旅券でいいですかね」

満州内陸でも、満鉄付属地から出ない限りは旅券の携帯や提示は必要がない。しかし、ここで憲兵に少しでも逆らうような言動は慎《つつし》むべきだった。

上等兵は三人の旅券を確かめると、荷物を見せろという。直樹たちは石段の上に旅行鞄などを置いて、開けた。

もうひとりの憲兵が、乱暴な手つきで鞄の中身をかき回した。

荷物をあらため終えると、上等兵は顎で、石段を上っていいと許可した。

ホテルのロビーは天井が高く、やはり豪華な造りだった。帳場の横にも、憲兵がひとりいた。直樹はフロントまで歩いて、帳場の中にいる年配の男性に訊いた。

「部屋はふたつあるかな。続きの部屋がいい」

「ございます。いつご出発ですか?」

「五泊したい」

「十九日のご出発ですね」帳場係は開いた宿帳を直樹の前に置いた。「おひとりさまの名前だけでけっこうです」

直樹は本名と、旅券に書かれている住所を記して、帳場係に戻した。

帳場係は、直樹の名を読んでから顔を上げて訊いた。

「水交会の?」

帳場のそばにいた憲兵将校が、ちらりと直樹を見たのがわかった。

「そうだ」

自分はそのような名刺も作った。今朝、大連ヤマトホテルを出るときに、すでにあちらの帳場に届いていた。

「伝言が届いています」と帳場係。「お客さまがお着きになったら渡して欲しいと」

帳場係は封筒を滑らせてきた。

「水交会」と書かれ、その下に直樹の苗字。

裏を見た。

葉山、と書かれている。葉先生は、一緒の列車で来た。葉先生の指示で、瀋陽の同志が置いていったものだろうか。封がしてある。直樹はその封筒を上着の隠しに入れた。

帳場係は、真鍮《しんちゅう》の鍵を二本、ベルボーイに渡した。

「お部屋は三〇五と三〇六号室です」

「続きなんだね？」

「はい。中のドアでつながっています。それぞれの側から施錠《せじょう》もできます。朝食は食堂で六時三十分から十時までです。あいにくと今夜は、食堂が使えないのですが」

「外で食べるのかい？」

「申し訳ございません。きょうは食堂が貸し切りなものですから」

「あとで、いい料亭かレストランを教えてもらおう」

「近くに何軒もございます」

ベルボーイが荷物を持って、エレベーターホールに歩き出した。直樹たちも続いた。部屋に通されるまで、三人とも無言だった。

三〇五号室で、直樹たちは丸テーブルを囲んだ。

直樹は帳場で渡された封筒を開いた。

便箋に短く書かれている。

「午後七時会食
午後八時支店長着」

奉天の日本人会による歓迎会は、葉の読みどおりこの奉天ヤマトホテルで開催されるのだ。本庄関東軍司令官が会場に入るのは午後八時。奉天の葉の組織の同志が確認した情報なのだろう。

特別列車の到着が正確には何時なのかはわからないが、午後八時着というのはいくらか余裕を見ての時刻だろう。いずれにせよ、今夜は演習の視察は無理だ。支店長は、日本人会でお義理の歓迎会に顔を出したあと、高級軍人の定宿となっているという瀋陽《シエンヤン》倶楽部に泊まる。明日が各地に駐屯する部隊の出動演習の視察。夜が関係者を呼んでの最終の情勢判断と打ち合わせだ。関係者の賛否を問うことになるはずである。

与志が訊いた。

「さっき預けた花火とか道具とか、どうなるんでしょう?」

直樹は答えた。

「葉先生の話では、このホテルでは大勢の中国人が働いている。うまいこと返してくれるんだろう」

千秋が言った。

「歓迎会があるのはわかったけれど、爆竹はそこでしか鳴らさないというわけじゃないですね。参加できない場合は、会場に入ってくるところでもいいんでしたよね」

直樹は千秋に顔を向けた。

「入り口もロビーも、憲兵隊が警備している。葉先生たちも、もっとも適切な場所を探していることだろう。いずれにせよ、ホテルの周辺かホテルの中だ」

直樹は腕時計を見た。四時三十分。

「ふたりで、内地からの新婚さんみたいにして、ホテルの中を見てきてくれ。実行と逃走のとき、中でまごついたりしないように」

「藤堂さんは?」と千秋。

「こちらの商工会議所の会頭に会う。歓迎会に参加できそうかどうか、探ってみる」

直樹は封筒を持って立ち上がった。

「一時間後を目処《めど》に、この部屋にもう一度集合」

与志と千秋も椅子から立った。


ロビーに下りると、帳場の横に立っていた憲兵と目が合った。直樹は目礼してから、さっきの帳場係に訊いた。

「ひとつ教えてください。イギリス領事館はどう行ったらいいですか？」

憲兵が直樹を見たのがわかった。

帳場係は、横手の壁の時計を見てから答えた。

「満鉄付属地の外になります。瀋陽の新しい市街になる、商埠地《しょうふち》、と呼ばれる地区の中です。外城壁の外で、各国の領事館の建つ一角があるんですが、フランス領事館の並びです。日本領事館も、その一角です」

「瀋陽郵政局の建物も、近くでしょうか？」

「イギリス領事館の真向かいです」

「どうも」

直樹はロビーを抜けて、ホテル正面の石段を下った。さっき自分たちの身分証明書と荷物をあらためた憲兵たちが目を向けてきた。ここでも直樹は憲兵たちに目礼し、ホテル前に停まっている洋車に目を向けた。

すぐに寄ってきた洋車の車夫にイギリス領事館へと告げ、ホテルから十分離れたところで、直樹は商工会議所の所在地を告げて、行く先を変えた。

商工会議所の事務所は、奉天駅から真正面に延びる大通り、千代田《ちよだ》通りにあった。ビルの一階全部が、奉天商工会議所の事務所だった。

直樹の前に現れた会頭の住谷松三《まつぞう》は、三つ揃いの背広が窮屈そうな肥満の男だった。

直樹はまず、大連の笠松にも言ったように、社長が工場進出を考えている、と伝えた。さらに住谷には、いままで語ったことのない法螺もつけ加えた。

「とにかく社長は、次男坊を実業家としてひとり立ちさせたい。満州で面白い事業ができそうな街があれば、そこに思い切って事業を立ち上げるつもりでいるんです。もちろん無用な軋轢《あつれき》は避けて、地元の関係者に歓迎されるような事業を選びたいという希望です」

住谷は言った。

「満州はご承知のとおり、張学良が満鉄に対抗する鉄道路線を敷いて、売り上げをかっさらっています。日貨排斥運動もいよいよ激しくなった。いまは満鉄も三千人の従業員解雇という不景気だけど、この満州の状況をなんとかしたいという動きは、関東軍も持っているようです。そう遠くない将来、日本資本の進出もしやすくなりますよ」

「下調べに来た甲斐《かい》があります。どなたか挨拶をしておいたほうがよい方がいらしたら、一席もうけます。住谷さまにそうした方々に声をかけていただいて」

「一席?」

「はい。時間のない下調べ旅行なので、何でしたら今夜でも」

住谷は首を横に振った。

「今夜は無理だ。関東軍の新司令官が、各地の部隊の視察をすることになっていて、今夜は日本人会が司令官の歓迎会を開くんです。歓迎して、同時に陳情する会です」

「陳情？」

「日本人の商売を守り、商売の場を広げて欲しいと。奉天の有力者たちはみなそれに出る」

「あ、それは残念だ」

「あなたがそこに出れば、顔つなぎのご紹介はできるが。どっちみち、司令官は軍務の途中の出席だ。会場には長いことといないから、宴会は司令官抜きの懇親会にもなります」

「わたしたち、そこに出席できるものでしょうか？」

「わたしの権限で、招待状を書きましょう。開催は急に決まったので、簡単なものになります。藤堂さんおひとりですか？」

「若い部下と、秘書代わりの女性もかまいませんか？」

かまわないとのことなので、直樹は与志と千秋のふたりの名前を、新しい名刺の表に書き添えた。住谷は若い女性事務員に、新司令官歓迎会の招待状を書くように指示した。

五分後、直樹が奉天商工会議所の事務所を出るときに、三人の招待状が手渡された。

住谷は言った。

「司令官ほか、関東軍のお偉いさんたちはテーブルに着く。日本人は、出席希望者が多過ぎるんで立食だ」

直樹は訊いた。

「女性の出席者もいるのですね？」

「芸者たちが出るだろう。女が気になるのかな？」

「うちの秘書が目立ち過ぎかと思って」

「奉天には、女性の名士もいる。目立つのはたしかだろうが、問題はない」

直樹は礼を言って応接椅子から立ち上がった。

千代田通りに出たところで、歩道にいた学生ふうの青年が、直樹を見て近づいてきた。視線を合わせたままだ。

青年はすぐそばまで来て言った。

「ミスター・トウドウ？」

英語だった。

「イエス」と直樹も答えた。

青年は歩きながら言った。

「葉先生の使いです。奉天駅へ向かって歩いてください」

青年と並んで歩き出すと、彼は直樹に顔を向けないままに言った。

「歓迎会には出席できそうですか？」

「できることになった。ホテルの食堂の中に入れる」

「三人とも？」

「ああ」

「では、爆竹は食堂の中に用意します」

直樹は訊いた。

「逃走の手筈《てはず》は？」

「場所が食堂とはっきりしたので、これからです」

「火事が起こるはずだが」

「支店長がヤマトホテルに入ったところで、関東軍駐屯地に近い焼き物工場で火事が起こります」

「支店長たちは八時到着とメモが届いている。しかし、時間は前後するだろう？」

「ホテル到着を目で確認したあとに、火災が発生します」

「大きな音でもするのか？」

「大広場のヤマトホテルの並びに、奉天警察署があります。火事が起こったとき、警察署の裏手から消防車が出ます。サイレンを鳴らしていくので、それでわかります」

司令官がホテルに入るタイミングと、火災を起こすタイミングはどのようにして合わせるのだろう。どうしても時間差はできるはずだが。たとえ電話や馬車などを組み合わせて使ったとしても。

直樹は住谷から聞いた情報を伝えた。

「支店長は、あまり会場には長居しないと聞いた」

「五分あれば、大きな火事になります。騒ぎになったときが、その機会だと思います」

青年の言葉はそこで終わった。

少し不安要素のある計画と思えた。

あと確認しておくことはないかと考えている隙に、青年は千代田通りを反対側へと渡っていった。

そのとき気づいた。あの青年は、直樹が商工会議所の事務所が入っているビルを出たところで直樹に近づいてきた。葉先生の組織は、自分たちが奉天駅に到着したときからずっと尾行、もしくは監視を続けているのだろう。ホテルで働いている中国人も多いというから、たぶんホテルの中の行動もだ。

時計を見た。与志たちと約束した時間までまだ少しある。逃走経路を確認しておこう。

直樹はそばに停まっていた洋車に近づき、車夫に言った。

「ヤマトホテル。日本領事館」

伝わったようだ。車夫がうなずいたので、直樹は洋車に乗った。

ヤマトホテルのある大通りに入った。ほどなく右手にホテルの建物が見えてきた。その向こう側が円形の広場だ。警察署は、ホテルから見てひとつ建物を置いた左側になる。ホテルの真横に当たる場所で、ビルの建築工事か補修工事が行われていた。足場が高く組まれている。

ホテルの裏手に当たる場所までできて、直樹はホテルの通用口を探した。裏通りに面した煉瓦《れんが》塀の外に荷馬車が何台も停まっている。食品などの搬入出用の出入り口が裏手にあるようだ。もちろん従業員の通用口もこちらにある。歓迎会のときは、この裏手にも憲兵や警備の兵が配置されるだろうか。

洋車は広場に入り、外周の道路を左手に折れた。警察署の前を通るのだ。警察署裏手が駐車場となっていて、煉瓦造りの車庫の中には、赤い消防車が入っていた。

洋車はまた奉天市街地を斜めに貫いている大通りに入った。

やがて斜めの大通りは、明らかに満鉄付属地とは違う印象の通りに出た。通りの満鉄付属地側には、黒い制服にサーベルの日本人警官が二十メートルか三十メートルの間隔を空けて、道路の反対側に身体を向けて立っている。道路の反対側を見ると、そちらには灰色の制服を着た警官らしき男たちが、日本の警官たちに向かい合うように立っていた。この街路が付属地と中国との境界だ。

葉は、瀋陽の外壁の内側まで逃げ込めば安全と言っていたが、この通りまで逃げれば少なくともそこは日本ではなくなる。日本の警察官も、そして関東軍も、この境界を越えてまで直樹たちを追跡することはできないのではないか。

もちろん守屋先生から教えられた歴史では、関東軍は柳条湖で自演の爆破事件を起こしたあと、満州全土を手に入れるべくあっさりとこの境界線を突破するのだが。

しかし少なくとも今夜の時点では、警察はもちろん、現地軍も協定破りや戦争開始までは想定していない。ここまで逃げられれば、とりあえずは安心だ。自分たちは葉の組織に頼って逃げることができる。

ヤマトホテルからこの付属地の東北端まで、およそ一キロと二、三百メートルか。今夜、関東軍現地駐屯部隊は、ヤマトホテルからここまでのあいだに、阻止線を張るだろうか。

もうひとつ逃走経路を思いついた。矩形《くけい》の満鉄付属地を斜めに走る大通りを使うのではなく、付属地の北辺を目指すなら、その距離は九百メートル前後になる。ぎりぎりの場合、この距離の差は生命を救うかもしれない。

洋車は境界の道路を渡り、領事館街に入った。ここは大連の市街地とも奉天とも違う街並みだった。ヨーロッパの御屋敷街という雰囲気がある。その一角を突っ切ると、路面電車の走る大通りだった。西新大街と呼ぶのだったろうか。電車は瀋陽中心部と奉天駅前を結んでいる路線だろう。右手に行くと、瀋陽の外城壁だ。その外城壁の近くに、瀋陽と北京《ペキン》を結ぶ鉄道、京瀋線の終点、瀋陽駅があった。

三〇五号室に戻ると、すでに与志と千秋が待っていた。

「どうでした?」と千秋が訊いた。

「歓迎会に出席できる」直樹は住谷が書いてくれた簡単な招待状を見せた。「支店長たちはテーブルに着くが、日本人会の面々は立ったままだ。陳情が目的の会だから、挨拶のあとは列を作って名刺を渡すのかもしれない」

千秋が言った。

「食堂には、二階の回廊みたいなものはなかったんです。玄関前やロビーには兵隊がいるし、食堂の中に入れなければ難しいところでした」

与志が言った。

「テーブルに目標がずらりと並んでくれたら、爆竹も使いやすいですね。ごちゃまぜだと、相手の目の前まで行かなければならないけど」

千秋が訊いた。

「爆竹や道具は、どこで渡されるんです? たぶん警備の兵隊がまた、食堂の入り口で荷物をあらためると思いますが」

直樹は学生ふうの青年とのやりとりを思い出して答えた。

「食堂の中に用意してもらえるようだ」

「逃げる手段も、手配済みですか?」

「まだのようだった。だけど、この満鉄付属地は、境界の道路を双方の警官が警備していた。付属地をとにかく出てしまえば、安全だ」

「逃げ込めます?」

「民間人なら、大丈夫だろう。中国の警察が心配しているのは、付属地の外での日本の警察権の行使だ。その境界までの距離も、葉先生の言っていた距離より短い」

「軍や、憲兵隊は、自動車を使って追ってきませんか？」

「葉先生は、追手を突き放せる手を考えてくれるだろう。ここまでやってくれているんだ。逃げる手段にも抜かりはないはずだ」

千秋がくすりと笑った。

「葉先生たちは、わたしたちを見捨てたって何の損もないんですよ」

直樹は千秋を見つめてから、うなずいて言った。

「もともと葉先生たちの協力をもらうことなど想像もしていなかった。ホテルから逃走する手立てが用意されていなければ、自力でやるまでだ。軍の一個連隊が追いかけてくるわけでもないんだ」

与志が言った。

「爆竹なんかが、食堂のどこに用意されるのか、気になります。早めに教えてはもらえないんですかね」

直樹は腕時計を見た。

「開宴まであと一時間、会場準備もそろそろ始まったろう。おれも様子を見てくる。入り口は一カ所か？」

「ロビーの側から廊下を行った先にありますが、正面に観音開きのドア。中に入って正面の奥には厨房《ちゅうぼう》に通じる入り口があります。衝立《ついたて》がドアを隠していますが」

千秋がつけ加えた。

「食堂の左側は廊下で、やはりドアがあります。廊下には控室のような部屋がいくつか並んでいた。楽士《がくし》なんかが入る場合も、左のドアを使うみたいです」

「裏口はわかったか？」

「左の廊下の先だと思う。控室の並びのドアを開けると、左側に従業員用の階段とエレベーターがあった。その先にも、廊下が続いていた」

「見てくる」

ロビーに下りてから、食堂に通じる廊下に入った。廊下の右手のドアの上には、「便所」の表示が出ていた。反対側にも、ふたつドアがある。奥のドアが開いて、年配女性が出てきた。服装から、ホテルの清掃係のようだ。ちらりと見えた部屋の中は、清掃道具や消耗品の物置かと見えた。

その先には、帳場のような台があった。外套《がいとう》や手荷物の預かり所だろう。いまは誰もいない。奥には衣紋《えもん》掛《か》けがぎっしり横棒に吊《つ》り下げられていた。

食堂の入り口前には、すでに筆で書かれた表示が出ている。

「関東軍司令官本庄繁中将
歓迎会場」

ドアを少し開けて中を覗いてみた。

奥へと細長い空間で、間口は六、七間だろうか。奥行きは十間くらい。天井が高く、右手の壁の天井近くには、突き出しの天窓が横に連なっている。その外は、建物の東側の道路か。

正面に白いクロスをかけたテーブルがあった。司令官ほかの面々が腰掛ける来賓席だろう。そのテーブルの後ろには、巨大な日章旗がかけられていた。左右の壁際には、椅子が並べられている。

左手の壁にもドアがあって、その横で男の従業員がふたりで、クロスのかけられたテーブルを置こうとしていた。

来賓席の左手には、水盤を載せた台がある。やはり白いクロスがかけられていた。ちょうど左手のドアから、女性従業員が生花の束を持って入ってきて、台の上に置いた。このあと、日本人で活《い》け花の心得のある女性たちが、その花を活けるのかもしれない。

正面の左手に衝立がある。その後ろに、たぶん厨房へと続く出入り口があるのだろう。しかし今夜の宴会のような場合は、その出入り口から食事を運んだり下げたりはすまい。左側にある出入り口を使うのではないか。

厨房を通り、衝立の後ろから居並ぶ関東軍トップを、その背後から撃つという手は使えるだろうか。厨房とかホテルの裏側で怪しまれずにその時機を待つということができれば、可能だが。

視線を食堂の入り口寄りに向けた。出入り口の左側にもテーブルがある。脚に車輪のついた小洒《こじゃ》落《れ》た台車もあった。軽食や飲み物はこちら側で出席者にサービスされるのだろう。やはり車輪のついた箪笥《たんす》様のものには、食器類が収められているのだろうか。

黒っぽい背広を着た従業員のひとりと目が合った。

「まだ準備中です」と彼が言った。

直樹はドアを閉めて、食堂の外側の廊下を左手に移動した。途中で廊下は右手にも延びている。食堂の左手の壁のすぐ外となる。千秋の言っていた、控室とか厨房に続いているのだろう。裏口もこの方向だ。

その反対側の廊下の先を見ると、階段室とエレベーターホールに通じるようだった。

右手の廊下を突き当たりまで進み、施錠されていない木製のドアを開けると、そこはホテルの裏手、業務やサービスの空間となっているようだった。少し汚れた通路が続いていた。千秋が言っていたとおり、左手に階段とエレベーターがある。

建物の外の物音が聞こえてきた。馬の蹄《ひづめ》の音、車輪のきしむ音。裏口はその奥だ。

調理師らしき白い服を着た男が奥から現れた。直樹はドアを閉じて、廊下を戻った。

与志と千秋も、すでにこの建物の中の構造は頭に入れた。決行時にまごつくことはないだろう。問題は、爆竹などの道具類だ。葉が無理を頼むことのできる中国人は、どこで渡してくるつもりなのか。どこに潜ませたのか。

もうひとつ、決行後の逃げる手段。

葉は、自分たちが用意すると約束し、直樹に自動車の運転はできるかと確かめていた。ほんとうに自動車は用意されるのだろうか。

葉の支援者の持ち物だとしても、逃走に使ったが最後、破壊されるか、押収されるかする。葉の組織にとっては、たとえ戦争を回避するためとはいえ、日本人が実行する確実性の読めない計画への提供だ。それが失敗した場合は、組織にとってかなり痛い損失ということになる。高価な自動車を使うという判断はしにくいのではないか。

いや、と直樹は考え直した。葉先生たちは直樹たちの所持金を知っている。もしカネの不足で自動車の手配が難しいとしたら、直木にそのカネを使わせろと言ってきたろう。障害があるとしても、カネではない。葉たちはいま、車の手配に懸命になってくれていると信じていい。

部屋に戻ると、与志と千秋が顔を向けてきた。

直樹は丸テーブルの椅子に腰掛けて言った。「見てきた。どういうふうに道具類を返してくれるのか、見当もつかないな」

与志が言った。

「この部屋に届けられるのでしょうか」

「食堂に入るときに、たぶんまた身体検査がある。持って食堂に入るのは無理だ」

千秋が言った。

「そんなに厳しくやりますか？　今夜のお客も、身体検査は玄関でやっておしまいになりませんか？」

直樹は首を振った。

「憲兵隊はピリピリしている。なんたって三年前には自分たちが張作霖を爆弾で暗殺した街だからな。自分たちがやることは相手もやる、と確信している。身体検査や会場の点検は厳重なはずだ」

そのとき、ドアがノックされた。二回、小さくだ。直樹は振り返ってドアを見た。

ドアの下に封筒がある。隙間から、いま差し入れられたのだろうか。

直樹はドアに大股に寄って、聞き耳を立てた。ノックは続かない。ひとがいる気配もなかった。

与志と千秋も、ドアのそばに来ていた。与志は、右手に衣紋掛けを持っていた。武器代わりの意味か。

直樹はドアを押し開けた。外には誰もいない。絨毯《じゅうたん》敷きの廊下の先、階段室のところに一瞬だけ人影が見えた。黒っぽい影はすぐに消えた。

ドアを閉じてから封筒を拾い上げ、中を見た。

葉先生が今朝渡してくれた直樹の名刺が入っていた。つまり、葉先生は試し刷りか何かを何枚か、自分用に取っていたのだろう。こんなときの身分証明用に。

裏を見た。

二語だけ鉛筆で書かれていた。

「裏通、馬車」

そこに誰かがいるという意味だろう。たぶん伝言があるのだ。名刺に走り書きでは、伝えきれないだけのことだ。

直樹は与志と千秋に名刺を見せて言った。

「部屋にいてくれ。たぶん伝言がきた」

ふたりは黙ってうなずいた。

直樹は部屋を出ると、エレベーターを使わずに階段でロビー階まで下りた。さっき見て、この階段室から建物の中央の廊下に出られることがわかっている。帳場からは、階段を下りたところは見ることができない。

裏手へ通じる廊下を進み、従業員用の出入り口から裏口へと出た。少し広い空間があって、リヤカーや荷馬車が停まっている。荷下ろしの作業をしている男がふたり。レンガ塀の外の裏通りには自動車も一台停まっていた。

右手方向に、さっきも見た建築工事の足場があった。

馬車を探すと、裏通りの左手に、駅から乗ったときと同じ種類の馬車があった。馭者も、あのときと同じ男のようだ。馭者と目が合うと、彼は目で、来い、と合図してきた。直樹は道を横切って、馬車に近づいた。

客席の幌が少し開いて、白髪の李が顔を出した。

「乗ってくれ」

「どこかに行くのか？」

「話をするだけだ」

直樹は客席の後ろから馬車に乗った。中にいるのは、李だけだ。李に向かい合って、直樹は腰を下ろした。

「警備は厳重ですね」と李が言った。

「ロビーにも憲兵がいる」と直樹は言った。「司令官が歓迎会場に入るときは、もっと厳しくなるだろう」

「今夜、司令官がホテルに到着した時刻に、街はずれの焼き物工場で火事が起きます。憲兵隊や軍の駐屯地の近くです。ホテルに連絡が入って、会場は騒ぎとなるでしょう。駐屯地が攻撃されたというような通報となるかもしれない。食堂は混乱するはずです。隙ができる」

「いいや。遠くで火事が起こったくらいでは、様子見でしょう。遠くの火事程度のことであれば、将官や佐官級の軍人たちはあたふたしない。豪胆さを競い合う男たちです」

「そうですか」李は自信なげな顔となった。「もうひとつ大きな騒ぎも必要かな」

「もし騒ぎが起こったら、おそらく司令官の周りは憲兵や従卒《じゅうそつ》たちが囲む。移動途中とか、宿舎のほうに、隙はやはりありませんか?」

「ここの会場で司令官を歓迎するのが、やはり一番と判断しました。もうその計画で動いています」

「そのための道具は? 逃走の手筈は?」

李は、上体を少し前に倒して、顔を近づけてきた。李から小声で、その手筈が伝えられた。

李は話を終えてから、直樹を見つめてきた。

「どうです?」

「その手配ができるんですか? 時間もないのに」

「手配済みです。わたしたちは、必要とあらば」李は、馬車の床の部分を指で示して言った。「この馬車だって半日で作ります」

手配済みというのであれば、安心していいのだろう。

「では、歓迎はそれでやります。異存はない。で、逃げる手立ては？」

「こちらはまだ手配が終わっていません」

その口調から、自動車の手配は無理なのだと想像できた。

「なんであれ、表ではなく、裏口に逃げてください」

「ここに、ということですね」

「そのとおりです」

「三人は、バラバラに逃げることになるかもしれない。その場合、どこを目指して逃げたらいいんです？」

「付属地の外、瀋陽駅の向かい側に、日本語ふうに読めば西新大街酒店《にししんたいがいしゅてん》というホテルがあります。そこでわたしの名を言ってください。あなたたちのことも伝えてあります」

腕時計を見た。午後六時二十五分になっていた。歓迎会の開始まで、三十五分。関東軍首脳部の到着まで、およそ一時間三十五分だ。

李が言った。

「祝你好運《チューニイーハオユイン》」

この言葉はわかった。「幸運を祈ります」だ。

祈ってくれ。

直樹は馬車を降りた。歓迎の手筈については手配済み、という李の言葉を信用して、これに賭けるしかない。

裏口から入って廊下を進み、階段室へと入った。三階まで階段を上がりきったとき、正面に三つ並んでいるエレベーターの真ん中のドアが開いた。中年男が降りてくる。

知っている顔だ。門司港の桟橋で、自分たちのごくそばにいた男。自分たちが大連のヤマトホテルに入るとき、ホテルにいた憲兵に手荷物検査をしろと、たぶん密告もしている。中国人抗日運動と関わりがある連中だとでも言ったはずだ。

向こうも直樹の顔に気がつき、驚いた表情を見せた。

その中年男は、エレベーターホールから見て右手奥の廊下へと歩いていった。直樹はその男の後ろを歩いて、三〇五号室の前でドアノブに手をかけた。中年男は五つほど先のドアの前で止まり、やはりドアノブに手をかけてから直樹に視線を向けてきた。直樹がまだドアの前に立っていたので、ぎくりとしたようだ。直樹はドアを開けた。中年男も自分の部屋のドアを開けた。

部屋に入ってから、直樹は与志に言った。

「手を貸してくれ。門司港のあの男が、ここでも泊まっている」

与志は無言のまま、バネ仕掛けでも仕込まれていたかのように立ち上がった。

廊下に出ると、あの中年男が廊下を歩いてくるところだった。いま自分の部屋に戻ったばかりなのに、もう一度エレベーターか階段を使おうとしている。憲兵に密告する気だ。

中年男は直樹たちが廊下に出てきたのを見て、足を止めた。顔には、まずい、という表情。中年男は、躊躇を見せてから廊下を戻り出した。直樹たちは足を速めた。中年男は自分の部屋のドアまで戻ってキーを差し込み口に入れた。三一二号室だ。

中年男がドアを開ける前に直樹たちは中年男に追いついた。直樹は中年男の左腕を取って押さえた。

中年男が声を出そうとした。

「何をす……」

直樹は男の首筋の急所に指を刺した。男は声を続けられず、うめいた。

与志が中年男の右側にまわって、右腕を押さえてキーをもぎ取った。

ドアはすでに開錠されていた。直樹は廊下の前後を見た。誰もいない。直樹は中年男を突き飛ばすように部屋の中に押し込んだ。

浴衣の帯で、縛り上げておこう。あと二時間ばかりは、この男を自由にさせておくわけにはいかない。

中年男は這うように部屋の奥に突進し、旅行鞄に手を突っ込んだ。直樹は、武器が出る、と直感した。物音は立てられない。

男の背中の上に飛び掛かった。中年男は半自動拳銃を出してきた。仰向けになって直樹に引き金を引いてくる。引き金は落ちなかった。薬室に実包が装塡されていない。

与志が中年男の脇へしゃがみ込んで拳銃をもぎとろうとした。男は激しく抵抗した。直樹は中年男の背にまわって、右手で頭をつかみ、左手で喉を絞めた。中年男は両足をばたつかせた。与志がその足を押さえた。

同じ姿勢のまま、右腕に力をこめていった。ふいに男が抵抗しなくなった。身体が弛緩《しかん》し、両足が伸びた。もう一分ほどのあいだ、直樹は腕から力を抜かず、そのまま絞めつけたままでいた。呼吸が止まっている。頸動脈《けいどうみゃく》の脈動も感じられなかった。

直樹はゆっくりと立ち上がった。与志はまだ中年男の足を押さえ込んだままだ。

直樹は荒い息をしたまま言った。

「洋服簞笥の中に押し込んでおこう。手伝ってくれ」

「はい」と、やっと与志も中年男から離れて立ち上がった。

中年男の死体を彼の部屋の洋服簞笥に隠した後、直樹たちは自分たちの部屋に戻った。

千秋が訊いてきた。

「何があったんです？」

直樹は答えた。

「下準備。歓迎会の障害を取り除いておいた」

「ふたりのことだから、加勢は必要ないと思ったけど、でも部屋に飛び込むことも考えていた」

千秋は右手を持ち上げた。裁縫用の洋鋏を逆手に持っていた。王子でも使ったものだろう。

直樹は言った。

「やつも拳銃を持ち歩いていた。これは想像していなかった。発砲されていたら、そこで終わりだったな」

与志が訊いた。

「さっき出ていったときは、何があったんです？」

「李さんが待っていた。彼らはやはり歓迎会場でやるしかないだろうという判断だ。支援してくれる」

直樹は丸テーブルの椅子に腰を下ろした。与志と千秋も直樹にならって腰かけ、直樹を見つめてきた。

直樹は、李から教えられた爆竹の返却の手立てと、逃走の方法についてふたりに伝えた。自動車の手配がまだついていないようだということも。

聞き終えて、千秋が言った。

「やっぱり多少の騒ぎは起こってくれたほうがいい。宴会が続いているときにそれをやるには、ちょっと勇気がいる」

直樹は、心配要らないと千秋に微笑を向けた。

「その次の爆竹を鳴らすことを考えれば、なんということもない」

11

ロビーから食堂へ通じる廊下に、歓迎会出席者の列ができていた。

歓迎会開宴の三分前である。直樹たちが開宴直前までロビーに下りなかったのは、目標の面々が到着する前に、あまり長いことひと目についてはならないという判断だった。

ホテル玄関の外には、憲兵たちの姿がある。ロビーの中には、さっき帳場の前で目の合った憲兵将校がいて、列に並ぶ日本人たちの様子やロビーの中を、油断のない目で見回していた。

列はなかなか進んでいかない。食堂へと続く廊下の入り口のところで、招待状の確認が行われているのだ。白い布をかけたテーブルに背広姿の若い男と和服のやはり若い女性が着いていて、ひとりひとりの招待状をあらためている。そのテーブルの脇にも憲兵がいて、招待状を提示している客たちの顔をひとりひとり凝視している。

またその憲兵将校と目が合った。直樹の顔を思い出したようだ。直樹は目をあわててそらしたりせずに、自然に見えるように視線をずらした。

列が進み、直樹たちもそのテーブルの前に出た。直樹は招待状を背広のポケットから取り出して、若い男に渡した。三人の名が記されたものだ。直樹の横に千秋、その後ろに与志が立った。

若い男は招待状に目を落としてから、直樹たちの顔をひとりひとり見つめてきた。

「三人ご一緒ですね？」

「ああ」直樹は答えた。「この三人だ」

若い男は招待状を受け取って脇の書類箱の中に入れ、どうぞ、と廊下の奥を示した。

手荷物預かり所の手前にも、テーブルが出ていた。手荷物の検査が、兵士たちの手で行われている。手荷物検査の兵士たちの横には下士官が立っていた。

直樹は兵士のひとりに上着とズボンの上から、不審なものを所持していないかあらためられた。洋装の千秋は、手にした信玄袋の口を広げて、中身を見せた。与志も、身体検査だ。

与志の検査が終わったところで、下士官が首を横に倒し、食堂へ進んでいいと許可を出した。七時七分を過ぎていた。

直樹たちは廊下を食堂方向へと歩いた。食堂の入り口には、左右にひとりずつ兵士が立っている。小銃を担っていた。

ここまでに、何人の将校、下士官兵士がいた？　軍が、抗日組織による関東軍首脳暗殺を、やはりそうとうに警戒していることがわかる。

食堂の中に入ると、すでに五十人ばかりの出席者が食堂の壁際に立っている。方々で数人ずつ、固まって談笑していた。新司令官らが歓迎会に、つまり事実上の陳情会に出席してくれることになったので、安堵しているのだろう。

立食形式となっているのは、出席者の数をできるだけ多くしたいからだろう。テーブルを配置しての会食では、三十人ばかりしか司令官と挨拶できない。立食であれば、百人は参加して、それだけ陳情の圧力を上げることができる。

か。

しかし、まだ誰も酒やビールの入ったグラスを持ってはいない。乾杯は司令官到着後ということ
和服姿の女性がふたり、来賓席左手の台から離れた。花を活け終わったのだろう。時間がない中、かなり急いで活けていたようだ。

直樹たちが隅のほうに居場所を決めたところで、奉天商工会議所の住谷松三が近づいてきた。

「これが部下の方々ですな」

与志と千秋に目をやって言う。千秋が頭を下げた。住谷の視線は少しのあいだ、千秋の顔に留まった。しっかりと化粧した千秋は、この食堂の中では映えている。

「部下と、通訳代わりです」と直樹は与志たちを示して言った。

住谷は会場の中を見回してから言った。

「ご挨拶しておいたほうがよいひとたちをご紹介しましょう。工場進出を円滑にするために」

最初に紹介されたのは、横浜正金銀行の支店長だった。

どちらかと言えば、銀行員というよりは官僚然とした支店長は、工場進出という言葉に興味を示して言った。

「いまここをしのげば、満州は有望な土地です。関東軍だって、日本の実業家たちの苦境を知らんふりするはずもありませんからね。そうでないなら、何のための軍かということになる。いいときに満州に目をつけられた」

満州経済の現況についてひとしきり講釈があったあと、支店長は、工場建設にかかる場合はと、奉天の建設業者を紹介してくれた。外崎組《そとさきぐみ》という建設会社を経営する男だった。

「まかせてください」と、堅気とは見えぬ雰囲気のある社長は請け合った。「安くやりますよ。い

まなら付属地の空き地も買い叩ける。引き揚げようとしている地主たちは少なくないので」

やがて列を作っていた客たちがほぼ全員、食堂に入ったと見えた。新たに入り口から入ってくる客は、間欠的になった。百人前後が入ったように見えた。和装の女性は十数人か。たぶん出席者の配偶者たちだろう。十歳前後かと見える女の子も三人いる。女給服姿のホテルの女性従業員を別にすれば、洋装の女性は千秋ひとりだった。

羽織袴《はかま》姿の恰幅のいい初老の男が、正面の来賓席テーブルの前に立った。

「奉天日本人会の藤原《ふじわら》です。本日は急な呼びかけにもかかわりませず、このように大勢のみなさまにご参集いただきありがとうございます」

直樹は藤原と名乗った男に身体を向けた。

藤原は続けた。

「新司令官の到着は、午後の八時近くになるようだと、軍のほうから連絡を受けています。何せご多忙中の司令官ですので、この歓迎会にいられる時間もあまりないとのことでございます。最初は出席者全員に挨拶していただくつもりでおりましたが、司令官には日本人会会長であるわたしが代表としてご挨拶させていただき、もろもろの件を要請しようかと思います」

藤原は、壁や入り口脇のテーブルに目をやって続けた。

「司令官が到着されてから乾杯の予定でしたが、駐屯地のほうから、かなり待たせることになるかもしれぬので、会食は遠慮なく始めていてくれとの指示がございました。というわけで、まずはみなさま、お飲み物をお取りいただけますか。司令官ご一行が到着されてから、乾杯といたします。どうぞ、お料理のほうも」

男たちの一部はグラスやぐい呑みを手に取り、ホテルの女給仕たちから酒を注いでもらっている。

男性給仕たちも、取り皿に料理を取り分け始めた。

従業員たちに指示を出している中年男は、ホテルの支配人だろうか。背広服で、ポマードをつけた髪をきれいに左右に分けている。挙措動作《きょそどうさ》がこの場によくなじんでいた。欧米での滞在経験もあるホテルマンなのかもしれないとも思えた。

直樹はこのような出席者全員が立ったまま料理を食べ、酒を飲む会食はあまり経験がなかった。日本の内地ではまったくなかったと言っていい。そもそも内地では、和室でひとりずつ膳を前にする会食がふつうなのだ。このホテルでの宴会が立食なのは、ホテルの性格なのだろうか。それともここがかつてはロシアであった文化のせいなのか。

もっとも、このような形式の宴会だから、自分たちの歓迎の計画も、和室での会食以上に現実的なものになっているのだが。

直樹は、まったく料理には手をつけなかった。グラスを手にしてはいたが、酒を飲んでもいない。住谷が紹介してくれた地元の実業家たちに、当たり障りのない挨拶を繰り返しているが、気になっているのはその歓迎の計画の段取りだけだった。

横浜正金銀行の支店長と建設会社の社長が、千秋の前から離れない。何かしきりに話しかけているが、千秋は適当にかわしているようだった。

その斜め後ろで、与志が不快そうに立っている。そのふたりの日本人男が千秋に何かなれなれしげな振る舞いでもしようものなら、飛び掛かっていきそうな様子もあった。身体検査を受けているから、与志はいま、刃物を一閃《いっせん》させるようなことはあるまいが。

三十分ほど経ったときだ。正面寄りの左手のドアから、若い従業員らしき男が姿を見せて、ポマード頭の支配人らしき男に近寄っていった。顔立ちが緊張している。直樹はその男と、支配人らしき男に目をやった。若い従業員は、支配人らしき男に何か耳打ちした。その顔がかすかに強張った。彼は、若い従業員にやはり耳打ちするように何か言った。若い従業員はうなずいて、いま入ってきたドアから出ていった。支配人らしき男が食堂の中に首をめぐらしてきた。直樹は視線をそらした。

ただならぬことが起こった。なんだろう？　司令官たちの予定が変更になった？　いや、支配人らしき男に若い従業員が耳打ちしたのだ。司令官に関わる何かが起こったのではない。

あの三一二号室の男の件か？　外傷を負わせずに殺したが、何かの拍子に死体が見つかってもおかしくはない。殺される前、たとえばあの男が部屋に何かを届けるようにとでも帳場に伝えていたのだとしたら、従業員が部屋を訪ねて発見することはありうる。電話があったと伝えに行った可能性も考えられた。

もしいまあの支配人らしき男がそれを知らされたとしたら、彼が従業員に指示することはひとつだ。

警察を呼びなさい。

警察は死体をあらためて、同じフロアの三人の泊まり客がこの食堂に来ていることを知る。もしそのとき、支店長たち、つまり司令官たちが会場に到着しているなら、食堂の中に入ることはしない。歓迎会が終わるのを待つか、従業員を通じて直樹たちを外に呼び出すだろう。その場合は、火事の知らせや騒ぎが起こる前に、爆竹での歓迎を決行する。出席の日本人たちが邪魔になるし、食堂は大混乱となるかもしれないが。

もし司令官たちの到着前に警察がやってきた場合は、とにかく警察から逃れる。決行の場所を変えて、時機を待つ。それとも、いったん同行を受け入れて、ロビーに出る前に巡査たちを排除するか。

直樹は、社長たちと話している千秋に近づいた。千秋が気がついて直樹のほうへと歩いてきた。与志もその後ろだ。

ふたりに、直樹は顔に微笑を作って小声で言った。

「簞笥の中のもののことで、歓迎は先延ばしするかもしれない」

与志も千秋も、どういう意味だとは訊いてこなかった。すぐに事態を理解した。

「どうします？」と与志。

「警察に身柄拘束されるわけにはいかない。警察を排除できるならする。できない場合、決行前でもホテルから逃げる。裏手に行く」

「その場合、合図してくれます？」

「ああ。おれが合図を出せなくなっていたら、自分たちで判断しろ」

与志と千秋が同時に小さくうなずいた。

そのとき入り口のドアが開いて、ホテルの従業員がふたり、その両開きのドアを開け放した。

食堂にいる者全員が会話を止めてドアを見た。

外から、兵隊口調の言葉が聞こえた。

「司令官閣下のご到着です」

予定よりも少し早く着いた。早く歓迎会から解放されたいということかもしれない。

食堂の中、客たちのあいだが広がって通路ができた。三人の憲兵が先導し、続いて将官の軍服の男が入ってきた。本庄司令官だ。ついで軍服に参謀飾緒《しょくしょ》を吊った軍人がふたり。関東軍高級参謀の板垣征四郎大佐、それに作戦参謀の石原莞爾中佐だろう。

三人とも軍刀を下げている。その後ろに従卒らしき兵士が三人。憲兵も従卒たちも、革帯《かわおび》に拳銃嚢をつけていた。

藤原に案内されて、三人が正面の白いクロスをかけたテーブルに着席した。真ん中が本庄繁中将、向かって右が石原莞爾中佐、左側に板垣征四郎大佐だった。三人は軍帽を後ろに立った従卒に預けた。

本庄司令官は、野心あふれる将官の印象があった。重大な決断は参謀まかせという種類の将官ではないと見えた。

板垣大佐はチョビ髭を生やしており、どことなく感情をつかみがたい茫洋《ぼうよう》とした顔立ちと見えた。しかしその地位、階級から考えるなら、その茫洋とした印象の裏には猛烈な野心と謀略精神があると判断してよかった。直樹が中野学校で経験的に覚えた人相判断であるが。

石原中佐はへの字口の、見るからに傲岸《ごうがん》そうな印象があった。三人の中で、もっとも声が大きく、大胆なことを臆せずに言うのがこの石原だろう。

千秋が直樹に言った。

「特別部署の方々は来ないんですね」

関東軍のこのたびの謀略の首謀者として聞いてきた特務機関員たちふたりは姿を見せていない。任務の性格上、ひと前に顔をさらさないほうがよいということか。

三人だけの排除で、自分たちの計画は完遂できたことになるのかどうか、少しだけ心配になった。特務機関員たちが、この首脳たちの代わりを務めることになるかもしれないのだ。しかし、この三人を後回しにするわけにはいかないし、ここでの排除のあとに特務機関員三人を探して排除という、二段構えの作戦は取ることができない。ここの三人の確実な排除に集中するしかなかった。

藤原が、腰を低くして三人に言った。

「お忙しい中、奉天日本人会の歓迎の集まりにご出席いただき、まことに恐悦至極であります。奉天在住日本人を代表して、司令官には心よりの感謝を申し上げます」

本庄が鷹揚《おうよう》そうにうなずいた。

藤原は食堂の客たちのほうに向き直って言った。

「関東軍司令官として新たに着任された、本庄繁中将です」

客たちがみな深々と頭を下げた。

藤原がふたりの参謀を紹介したところで、本庄が立ち上がった。

本庄は出席者をゆっくりと見回してから言った。

「奉天在住の、いや、満州在住の全邦人のみなさんの、不安と恐怖を解決するために、わたしは赴任いたしました。それが解決できないならば、軍は何のためにあるのか、何のために駐屯しているのかと問われることになります。わたしは事態の解決を先延ばしするためにここに来たのではない。あまり言葉を費やすことはできませんが、在留邦人に、もう安心していい、もう心配は要らないと保証するために、ここにいることをはっきり申し上げる。どうぞ、関東軍を信じてください」

出席者の一部の男たちは歓声を上げた。女性客たちは控えめに拍手をしている。

藤原が両手を上下させて、食堂の中を静粛にさせた。

和服の女の子が三人、花束を持って来賓テーブルのほうに歩いていった。ふたりの参謀たちも立ち上がった。

三人に花束が渡された。女性の出席者たちは、こんどは大きく遠慮なく拍手をした。

藤原が言った。

「それではすでにきこしめした方もいらっしゃるかと思いますが、新司令官と乾杯をいたしたく存じます。乾杯の音頭を、奉天商工会議所の理事長でありますす玉木健二郎《たまきけんじろう》さまからいただきたく思います」

羽織袴の中年男が客の中から進み出た。

「それでは僭越《せんえつ》ながら」と、商工会議所理事長と紹介された男がしゃべり始めた。「そもそもわたしが日露の戦役《せんえき》、奉天会戦《かいせん》で軍功を上げたのが明治三十八年の三月のことにございまして」

自慢話が始まった。五分ほど経ってから、直樹は来賓席を確かめた。

本庄は無表情で、板垣は苦笑い、石原は不快を押し殺している顔だ。

直樹は時計を見た。

騒ぎが起きるのはもうそろそろのはずだ。いや、ホテルの周辺から電話で連絡を受けた葉《イエ》の同志たちがすぐに窯業会社で揮発油か何かを使って放火したとして、炎が駐屯地の軍に気づかれるまでにはもっと時間がかかるのではないか。

やっと乾杯が終わり、しばし料理を楽しんでくださいと藤原が出席者たちに言った。陳情を含めての藤原の挨拶は、この数分後となるのだろう。

葉の同志たちによるきっかけをじりじりしながら待っていると、入り口のドアの片側が少しだけ開いた。

ホテルの男性従業員が中を見てくる。その横に制服姿の巡査がいる。男性従業員と目が合った。従業員が巡査に何ごとか言った。片側のドアがさらに開いた。そこにもうひとり巡査。中に入ってこようとしている。

逃げるか。それとも実行するか。

直樹はもうほんの少しだけ様子を見ることにした。

そのとき、巡査たちをはね除《の》けるように、兵士が駆け込んできた。巡査たちは脇によけ、食堂の中に踏み込むのを留まった。

兵士は食堂の中を大股に進み、来賓席の横にいる兵士に近寄った。

食堂の中は静まっている。兵士が報告するのが聞こえた。

「駐屯地近くの焼き物工場で火事です。貯炭場から炎が上がっています」

「抗日組織か？」と、憲兵のひとりが訊いた。

「わかりません」

外から、サイレンの音が聞こえてきた。近くにある警察署から、消防自動車が発進しようとしているのだろうか。食堂の中が再びざわついてきた。

司令官たち三人は顔を見合わせている。

火事の意味を判断しかねている。たまたまの事故なのか、それとも抗日組織か東北辺防軍の仕業なのか。

藤原が食堂の中の出席者たちに身体を向けて言った。

「ご心配なく。火事だそうですが、遠くです。このまま歓迎の会を続けましょう」

直樹は入り口に目を向けた。

巡査たちが食堂の中に入ってこようとしている。

そのとき、外でガラガラという大きな音が響いた。天窓から聞こえてきたのだ。悲鳴を上げる女性もいた。司令官たち三人の軍人は立ち上がった。

爆発音ではなかった。建物か何かが崩壊する音。

あの建設工事現場の足場が崩れたのか？

偶然ではない。葉がやってくれたのだ。

決行だ。

まだ崩壊音が続いている。出席者の一部は右往左往していた。避難すべきなのか、気にせずにいればよいのか、戸惑っている。グラスや皿が割れたような音も響いた。

いまだ。

直樹は与志と千秋に目で合図し、来賓席の左側にある活け花の台に近寄った。

憲兵のひとりが怪訝そうに直樹を見つめてきたのがわかった。

水盤を台の向こう側に突き落とした。大きな音が響いた。与志が白いクロスをさっと取った。木製の台がむき出しになった。

直樹は台の天板をはね上げた。天板が蓋だった。蓋の下は、浅い箱となっている。馬車で預けた武器がすべて入っていた。散弾銃にも装填され、拳銃はみな実弾が薬室に送られているはずだった。つまり、すぐに発砲できる。

直樹は二挺の拳銃を取り出した。悲鳴が上がり、出席者たちはどっと入り口のほうへ逃げた。司令官たちも立ち上がった。直樹は来賓席の右側にいる憲兵を撃った。与志は左側の憲兵。

千秋は銃身を短く切り落とした散弾銃で、逃げようとしている司令官を撃った。司令官の軍服に鮮血が散った。千秋はもう一発放った。司令官は真後ろへ倒れ込んだ。

入り口のほうから憲兵将校が出席者をかき分け、拳銃を抜いて近づいてきた。出席者たちは身を屈めた。床に這いつくばった客もいる。

「海軍だ！」と将校は怒鳴った。

直樹はその将校を撃って倒した。さらにもうふたり、食堂に飛び込んできた憲兵も撃った。

後ろで、銃声が響いている。

また散弾銃の発砲音。千秋が落ち着いて新しい弾を装塡し、石原か板垣を撃ったのだろう。拳銃の発砲音は与志が撃っているのだ。彼は千秋の発砲を援護している。

入り口からまた憲兵が飛び込んできた。直樹はその憲兵も撃って倒した。

もう飛び込んでくる憲兵も兵士もいない。巡査たちは姿を消していた。

直樹は振り返った。千秋が、抜刀《ばっとう》した石原に向けて二発放ったところだった。石原は胸を真っ赤に染めてひっくり返った。すでに本庄も板垣も見えない。倒れてしまっているのだろう。

与志がまだ撃ち続けている。見えている兵士の最後のひとりが膝から崩れ落ちた。

食堂の中を見回した。銃声がなくなったところで、また大混乱となっている。われがちに出席者たちは入り口から逃げようとしていた。壁際の客やホテルの従業員たちは、みな頭を抱えてうずくまっている。

直樹は来賓席まで駆け寄り、その後ろを覗き込んだ。血溜《ちだ》まりの中に、三人の軍人が倒れている。本庄司令官と、石原、板垣のふたりの参謀だ。あの血の量では、すぐに失血死となる。

直樹は与志と千秋に言った。

「成功だ。行くぞ」

千秋は、焦っている声で言った。

「特務機関員がいない。いいんですか」

「しかたない」

左手のドアが開いている。このドアから逃げた従業員や客もいるのだろう。直樹は活け花の台から自分の拳銃弾の箱をふたつ手に取って背広のポケットに突っ込んだ。与志が入り口のほうに発砲した。

直樹は食堂を出ると、裏手に向かって駆けた。すぐ後ろは千秋だ。しんがりが与志だった。与志は廊下を駆けているあいだにまた一発放った。どさりとひとが倒れる音がした。

裏口を出た。完全に夜で、照明は少なかった。薄明かりの中を、敷地の端の塀まで駆けた。

自動車は見当たらなかった。やはり手配がつかなかったのか。

裏通りの左手に、午後に李《リー》と会ったときの馬車が停まっていた。

あれで逃げる？　あの馬は馬車を曳いて走れるのか？

後ろで発砲音があり、煉瓦の表面が砕けて散った。

「行け」と与志たちに指示してから、直樹は塀の陰に隠れて追手を撃った。裏口から駆け出してきたのは憲兵だ。その憲兵は二発目で倒れた。

振り返ると、与志たちはもう馬車の荷台に飛び乗っていた。馭者が直樹を見てくる。早くと言っている顔だった。

また裏口のところから立て続けに発砲があった。こんどは三人の兵士が飛び出してきた。いや、憲兵たちか。

「行け！」と馭者に大声で指示してから、直樹はもう一度裏口に身体を向け、拳銃の引き金を引いた。二発だけしか撃てなかった。弾倉は空になった。憲兵のひとりが倒れた。もう一挺を右手に持ち替えて撃った。こちらは一発で空になった。

馬車が動き出した。洋車《ヤンチョ》代わりの馬車だ。速くはない。弾倉に弾を装塡している時間はない。

直樹は動き出した馬へと駆けて、荷台にいる与志と千秋に言った。

「拳銃を貸せ」

与志が拳銃を渡してきた。

「こめたばかりです」

直樹はその拳銃を受け取ると、馬車には乗らずに、ホテルの裏口へとまた身体を向けた。暗くて裏口のあたりはよく見えないが、塀の内側で発砲があり、暗闇に光が散った。直樹はその光点があった場所に向けて撃った。夜の奉天市街地に銃声が反響している。どさりとひとが倒れる音。

馬車が走り出している。もしやいまの向こうの発砲で、弾が馬の尻でもかすったか。みるみるうちに夜の舗道を遠ざかっていく。馬車が裏通りを出たと見えたとき、通りの出口でガラガラと大きな音がした。材木が倒れてきたのだ。道路をふさぐように、夜の路面で跳《は》ねている。これも葉の組織が？

材木の立てる音が静まったとき、またひとしきり銃声があった。

呼子の音がする。このホテルのごく近所に、警察が集まっている。ホテルの向こう側、広場の方向ではかなりの騒ぎとなっているようだ。

与志と千秋は、馭者が付属地の外の安全な場所まで連れていってくれる。自分は駆け、李に教えられた隠れ場所まで行く。さほどの距離ではないのだ。夜の闇に紛れて、付属地を出ることは容易だろう。

直樹は奉天の地図を思い起こした。警察や軍が向かってくる方向に歩いてはならない。ヤマトホテルのある広場を南側に迂回《うかい》し、それから北の付属地の境界へと出る。瀋陽から延びる西新大街は、路面電車が走っている大通りだ。そこまで出て東に進めば、ほどなく瀋陽駅前に出るはず。その向かい側に、西新大街酒店があるのだった。息が荒かったが、もう少し肺と心臓には頑張ってもらわねばならない。

直樹は、与志から受け取った拳銃を右手に提げたまま、夜の街路を大股に歩き出した。

自分たちは、司令官とふたりの高級参謀を排除した。

しかし守屋先生が教えてくれた満州事変の関東軍司令部の直接の責任者は五人だった。特務機関の将校がふたりいたのだ。このふたりの排除はできなかった。そのふたりが満州事変の謀略で果たした役割は、どの程度のものだったのだろう。守屋先生からは詳しいところは教えられていなかった。

特務機関員であれば、部隊を直接指揮できたはずはないが、司令官の密命を受けた者として、現地の部隊に司令官令を伝えることはできる。そのことの軍事的意味についても、必要とあらば語れるだろう。彼らはそういう役割だったのだろうか。

そのふたりの排除はかなわなかった。司令官たち三人の排除をしてしまった以上、このあとあらためて、残った特務機関員らを狙うことは難しい。計画はここで終了したのだ。頓挫《とんざ》ではないし、完全な失敗でもないが、予定のほぼ半分だけの目標達成だ。

果たして自分たちは、満州事変の勃発を、すなわちその後の支那事変から太平洋戦争に至る戦争の歴史を変えることができたろうか。あの三人の排除で十分だったろうか。

大広場を迂回して、斜めに延びる大通りに出たとき、野次馬たちがヤマトホテルの方向に歩いていくのに出くわした。小走りに駆けている野次馬もいる。ヤマトホテルのほうから戻ってくる通行人もいた。

そうした通行人たちは言っていた。

「司令官が襲撃されたそうだ」

「ヤマトホテルには軍が出ている。立ち入り禁止だ」

「火事は焼き物工場だ。便衣隊の仕業じゃないらしい」

その野次馬たちの間を抜けて直樹は付属地の北の境界へと向かった。

いまはまだ軍も警察も、付属地を完全に封鎖しようとは考えていないはず。事態を見極めるだけで手一杯のはずだ。

関東軍が東北辺防軍を攻撃に出る心配も少しあった。李の話でも、まだ張学良や軍の幹部は、関東軍の攻撃に備えてはいないはずだ。関東軍にもし藤堂たちの謀略が伝えられていたら、司令官への襲撃を理由に奉天の現地部隊が出動する可能性もあるのだ。

いや、と直樹はいましがたの「歓迎」の様子を思い起こした。きょう帳場の前で、水交会という言葉を聞いて反応していたあの憲兵将校。彼は食堂に飛び込んできたとき、直樹に拳銃を向けながら大声で言っていた。

「海軍だ！」と。

あの言葉を、食堂にいた者たちの多くが聞いた。この襲撃を、謀略を阻止しようとする海軍の諜報部なり特務機関なりがやったことだと信じてもらえるのではないか。謀略が露顕していたと気がつけば、関東軍は事変を引き起こすことを断念するだろう。飛んで火に入る夏の虫だからだ。

そうして東京の陸軍中央は、謀略の再決行の前に、海軍の反陸軍派の排除を決意するかもしれない。陸軍の野望実現のためには、帝国内部の軍事力を持った強大な敵を粛清しないわけにはいかないからだ。結果として、帝国には対外戦争を遂行できるだけの余力はなくなる。

これは読みというよりは、七割は自分の期待であるが。

後方、ヤマトホテルの方角で銃声が五、六発続いた。

与志たちはもうホテルから遠ざかっている。彼らの発砲ではない。憲兵隊か、巡査が、闇雲に撃っているのだろう。

舗道の前方から靴音がする。駆けてくる。薄明かりで、巡査だとわかった。自分に向かってくるのか？　単に銃声を聞いて、発砲の現場へ駆けているのか？　境界の警備に当たっている巡査ではなく、警邏中なのかもしれない。

直樹は振り返った。逃げ込める路地や暗がりはない。

直樹はポケットの拳銃を腰のベルトのあいだにはさむと、巡査たちの方向に向かって駆けだし、叫んだ。

「お巡《まわ》りさん！　ヤマトホテルで！」

巡査は立ち止まった。

「何があったんだ？　撃ち合いか？」

「ええ。ヤマトホテルの食堂で、司令官が撃たれた！」

またヤマトホテルのほうで銃声。巡査はその方向に目を向けた。

「終わってないのか？」

「大勢いた。境界にまだお巡りさんはいますか？」

「いるはずだ。勝手に持ち場を離れられない。あんたが知らせてくれ」

「はい」

巡査はヤマトホテルの方角へ駆け出していった。

その後ろ姿を見送ってから、直樹はまた付属地の端へと向けて急いだ。

境界の道路でも、巡査たちがヤマトホテル方向や西の方角を気にしていた。西の空が赤くなっているのは、窯業会社の火事のせいだろう。

直樹は、歩道に立つ巡査に言った。

「いまそこでお巡りさんから言いつかった。ヤマトホテルへ向かえと伝えてくれと」

巡査が訊いた。

「何があったんだ？　銃撃みたいな音が聞こえていた」

「関東軍司令官が襲われたみたいだとか。詳しくは知らない」

「巡査は集まれと？」

「そう言われた」

巡査は境界の通りを駆け出した。警備中のほかの巡査にも伝えるのだろう。

巡査の姿が夜の向こうに消えるまで見送ってから、通りを渡った。中国側の警官も、西の夜空に目をやっている。直樹のことを気にしていない。

そこからは、難なく路面電車の走る西新大街の街路に出ることができた。


瀋陽駅前は、ひと通りこそ少なかったけれど、ざわついていた。中国警察の姿が多い。西の方向に目を向けている通行人が大勢いた。西の空が赤いのだ。火事はかなりの規模のものとなっている。

路面電車が三両、停まったままだ。付属地方面への通行規制が始まったのだろうか。

大通りをはさんだ南側に西新大街酒店の看板を見つけた。建物の前には、あの馬車はない。裏手に着いているのだろうか。もうとうに着いている時刻だが。

中に飛び込んだ。ホテルのロビーを想像していたが、安食堂の雰囲気だ。テーブルで新聞を読んでいた初老の男が顔を上げて店の奥のドアを示した。

李から話は聞いているようだった。

そのドアを開けると、裏庭のような空間だった。背よりも高い板塀で囲まれ、裸電球がついている。

李がいた。振り返ってくる。その向こうにふたりの男。地面に横たわっている者がいる。

直樹は思わずその横たわった者のそばへと駆けた。与志だった。胸の下から腹にかけてが真っ赤だった。止血の布が当てられているが、出血はかなりの量だ。しかし、胸がかすかに隆起をしている。息はある。目をつぶっていて、苦しげだ。

いつ撃たれたのだろう。馬がふいに速足になったときか？

「与志、おれだ。大丈夫か？」

与志が薄目を開けた。意識はある。

与志は、言葉を切りながら、かすれる声で言った。

「無事、なん、ですね。撃たれた、と……」

「無事だ。たどりついた」

李が言った。

「医者を呼びに行っている」

直樹はあたりを見回した。

千秋はどこだ？

李が察したようだ。直樹の横にしゃがんで言った。

「女性は、落ちた」

直樹は驚いた。

「撃たれて?」

「わからん。交差点を曲がるときに落ちたと、馭者は言っている」

「どこの交差点?」

「ホテル近くのようだ」

直樹は与志に訊いた。

「与志、千秋はどうしたんだ?」

与志が答えた。

「飛び、降りた、みたいに、見えた」

「どうして?」

「銃声、が、何発も、したから、かな」

そのときに、直樹が撃たれたと思ったのか。千秋は、直樹を助けようとした? バラバラになった場合は各自で西新大街酒店に逃げ込むことにしていたのに。

そしてバラバラになった場合というのは、直樹がもし撃たれても、逃げ切れなくても、与志と千秋は生き残って、もといた時間まで帰れという意味だった。

直樹がしんがりを受け持ち、最悪の場合、直樹が弾除《たまよ》けになってふたりを逃がすことは、最初から自分の計画に入っていた。それをこれまですべて言わなかったのは、ふたりがその計画に同意しないことを心配したからだ。ふたりがそれぞれ自分が犠牲になるからと言い出したら、計画は完遂できない。

自分は、諜報部員として経験もあり、守屋先生たちの計画に最初に乗った者としての責任もある。

だからヤマトホテルの裏口で、ふたりを馬車に先に乗せて、自分は追手を食い止めようとしたのだった。

いや、と直樹は苦しげな与志の顔を見つめながら、もうひとつの可能性に思い至った。

千秋は、俺を助けようとしたのではなく、計画の未達部分をひとりで終わらせようとしたのか。

千秋は、この歓迎会について気にしていた。

特務機関員がいないと。

千秋は、目標であった特務機関員ふたりを、自分の手で排除しようとした？

つまり、関東軍の特務機関長、土肥原賢二大佐と、特務機関補佐官の浅井恒夫少佐のふたりだ。浅井少佐には、旅順の酒場で自分たちは会っていた。

そのふたりを排除できなかったのは残念ではあるが、千秋がそれを自分の責任と感じる必要はなかった。これまであの百年返しの穴に入るときから、指揮は直樹が執ってきたし、与志にも千秋にもなんらかの責任の一部を引き受けさせたことなどなかった。千秋が、歓迎会の一部が未達だからと、逃走の馬車から降りる必要などなかった。

飛び降りたのではなく、やはり落ちたのか？　それとも特務機関員ふたりの排除以外の何か別の理由があって、逃走を中断したのか？

李が訊いた。

「どういう計画なのです？」

千秋が飛び降りた、と与志が言ったことを訊いているのだろう。それは計画の一部なのかと。

直樹は、首を振って言った。

「女性は、わたしが撃たれたと思ったか、失敗したと勘違いしたか。自分で何かやろうとしたのかもしれない」

きょう、葉と話しているとき、瀋陽倶楽部という高級将校がよく泊まるホテルのことが話題になった。千秋が葉に訊いた言葉を思い出した。

そこにはピアノはありますか、だったろうか。

旅順の連想で、瀋陽倶楽部の酒場に好奇心を持ったかと思ったが、あの質問の意味はもしかすると……。

いや、そこには土肥原であれ、浅井であれ、目標の特務機関員はいまいない。ヤマトホテルに駆けつけているはず。でなければ関東軍駐屯地に入ったのではないか。

建物の裏口のドアが開いて、男がふたり入ってきた。ひとりは葉だった。旅行鞄を肩にかけていた。もうひとりは若い男だ。日本の医者の往診鞄のようなものを手に提げている。

葉は直樹に言った。

「医者です」

直樹は立ち上がって、その場からよけた。

葉は直樹に向かい合うと、かすかに賛嘆の目を見せて言った。

「司令官以下三人の幹部が死んだ。本庄、石原、板垣という軍人たちだ。ほかに憲兵将校や兵士たちが三、四人。負傷した日本兵はもっと多い」

直樹は、あえて悲観的に言った。

「特務機関のふたりは姿を見せなかった」

「頭を失ったんだ。日本人の性格を考えれば、もう関東軍は何もできない」

「そんなことまで研究したのか？」

葉は答えずに言った。

「張学良司令官には、まだ戦闘態勢に入るようにという懇請は伝わっていない。しかし、ヤマトホテルの事件を受けて、瀋陽の軍はもう防戦準備にかかった。関東軍は、瀋陽の外城壁からは一歩も侵入できない」

「次の段階では、関東軍を包囲し、身動きが取れない状態までしなければ」

「それには張学良司令官の命令が必要だ」

「どうして伝わらないのです？」

葉は困惑を見せた。

「日本人にはわかりにくいこととは思うが、抗日運動の方向をめぐる意見の相違があるんだ」

「張学良司令官と、あなたたちの組織とのあいだには、ということだな」

「それでも当地の部隊指揮官にまでは、なんとか情報を伝えることができたんだ」

そのとき、葉の連れてきた医師が葉に何か言った。

葉がすっと医師の脇、与志の横にしゃがんだ。

直樹も、与志の頭の横にしゃがんだ。

葉が言った。

「ご臨終です。いま息を引き取りました」

この出血だ。最初に見たときから、覚悟はしていた。いくらかでも話ができたことのほうが驚異だ。

直樹は自分で与志の腕を取って、脈を診た。中野学校でこの程度のことは教えられている。与志の脈はなかった。医師の診たては正確だ。

立ち上がって李に訊いた。

「この男の持ち物は?」

その裏庭の、床几《しょうぎ》のような台の上に、財布とか、旅券がまとめてあった。上着のポケットに入れてあったものだろう。それと、拳銃が一挺。弾の箱。

直樹は自分が持っていた与志の拳銃から弾倉を引き出し、実弾をこめてから銃把の中に戻した。さらに与志のもう一挺の拳銃にも同じことを。

裏庭を出ようとすると、李が立ちはだかった。回転式の大型の拳銃を手にしている。

「使っていいのか」と手を伸ばした。

李が一歩後ろに下がり、鋭い声で言った。

「拳銃を置け」

拳銃の銃口は直樹の胸を狙っている。

あたりを見回した。空気が変わっている。ふいに緊張している。李も葉もほかの男たちも、直樹を取り囲んで敵意を見せていた。医師はおずおずと与志から離れて、葉の背後に回った。

直樹は李と葉に交互に顔を向けて言った。

「誤解するな。仲間を助けに行くんだ。落ちた女性だ」

葉が言った。

「ホテルは、もう大勢の兵隊や巡査に囲まれている。女はもう捕まっているだろう」

「あの女性は、ヤマトホテルにはいない」

「どこにいるというんだ?」

「瀋陽倶楽部というホテル。特務機関員がいるはずだ」

「どうしてわかる？」

「高級軍人の泊まるホテルだろう？」

「あの女性がひとりで、そのホテルに向かったと？」

「特務機関員は、ヤマトホテルにはこなかったから」

「そっちに行ったとしても、警備の厳重なホテルだ。女性ひとりでやれることじゃない」

「司令官たち三人は、どういう傷だったか聞いているか？」

「胸が陥没していたそうだ。散弾銃で撃たれたのじゃないか」

「彼女が撃ったんだ」

葉は驚いた様子を見せたが、すぐに続けた。

「あんたを行かせるわけにはいかない」

「仲間を救わなければならないんだ」

李が言った。

「拳銃をよこせ。撃つぞ」

直樹は李を見つめた。

「協力してくれるんじゃないのか」

「もう目標は仕留めたんだろう。最重要の三人が排除された」

「仲間がいるんだ」

葉が言った。

「もう助け出すことは不可能だ。あんたもわかっているだろう。これ以上の協力はできないし、あんたは捕まる」

「あんたたちには関係のないことだ」

「生きて捕まれば、あんたは厳しい尋問を受ける。わたしたちのことを話してしまう。わたしたちの運動は壊滅するかもしれない。そうはさせない」

「捕まるぐらいなら、自決する」

「当てにするわけにはいかない」

たしかだ。致命傷ではなく、無力になって倒れた場合、厳しい尋問を受けることになる。たとえ諜報部員として訓練を受けた者でも、拷問には耐え切れるものではない。知っていることをすべて話してしまう。李と葉の名。ほかの面々の容貌、年齢。身柄拘束された場所。固有名詞を出せなくても、憲兵隊はかなりの手がかりを得る。

李がまた言った。

「拳銃を置け。ほんとうに撃つぞ」

千秋を助けには行けないのか。

直樹は、このあとの可能性を考えた。

この組織が、帝国陸軍の憲兵隊なり特務機関と取引きする可能性にも思い至った。自分たちのもとに逃げ込んできたと直樹の身柄の確保を伝え、葉の組織の、たとえば門司駅で身柄拘束された青年を釈放させるという交渉に出るかもしれない。

葉が、直樹の顔色を読んだか、口調を変えてきた。

「助けられるようなら、助ける。だけどあなたは、生きている可能性をどのくらいだと見る？　あの女性は生きているか？　あの銃撃戦のあとで」

確率はかなり低い。千秋は来賓席の目の前で散弾銃をぶっ放したのだ。返り血も少し浴びたはず。

もう散弾銃は捨てたかもしれないが、どうであれ目立つ。彼女が向かったのがヤマトホテルではなく瀋陽倶楽部だとしても、無事に中に入ることができるものではない。

答えられずにいると、葉は畳みかけてきた。

「瀋陽駅から北平《ペイピン》行きの京瀋鉄路の夜行列車が二時間後に出る。逃げるつもりがあるなら、協力しよう」

「二時間後？」

「十一時五分」

「明日まで、待ちたい」

「日本軍は、瀋陽城や瀋陽駅を攻撃するかもしれないんだぞ。待っている余裕はないと思うが」

李も言った。

「逃げるのが利口だ。女性は、救えない」

その読みのほうが、現実的だ。それをしぶしぶと直樹は認めた。

直樹はポケットから拳銃を取り出すと、台の上に置いた。

「わかった。瀋陽から出る。日本に行きたい。途中の天津で船に乗るのか？」

「天津ではあなたは手配されるだろう。上海《シャンハイ》まで行くのがいい。上海までひとり案内をつける」

上海と神戸のあいだの日本船には、旅券なしで乗ることができる。共同租界に入って、適当な身分証明書を作ることも可能だ。帰国できる。一、二週間で帰国の船に乗れるかどうかはわからないが。

それともうひとつ。

「わたしは中国語ができない」

「英語のできる者を」

ならば、なんとかなる。商工会議所を訪ねたあと、ビルの前で英語で話しかけてきた青年だろうか。

それにもうひとつ気がかり。

「ホテルに、荷物をすべて置いてきてしまった。まったくカネもない」

葉は言った。

「あんたたちの身元がわかるようなものを、部屋に残しておくと思うか？」

葉は、帆布の旅行鞄を直樹に渡してくれた。

中を確かめると、与志や千秋の旅行荷物も全部まとめて入っていた。ホテルにいるという葉の抗日運動の協力者が、たぶん歓迎会の始まるころに回収していたのだろう。

李の後ろにいた若い男が、直樹から拳銃を取り上げると、その旅行鞄の奥に突っ込んだ。


一時間ほど経ったときだ。酒店の中に駆け込んできた者があったようだ。

李が裏口から入って様子を見に行った。

関東軍が動いたか？

直樹は自分の期待が潰《つい》えたことを覚悟した。関東軍は計画を前倒しにして、張学良の軍隊を攻撃するのか？　直樹たちの司令官ら排除を抗日活動だとして。

李が小柄な中年女性と一緒に裏庭に戻ってきた。身なりから、何か下働きをしている女性かと思えた。

葉が近づいて、その女性と話を始めた。ときおり、直樹の顔を見て、指をさしたりする。もしかすると、奉天ヤマトホテルで働いていた女性か？

女性はしばらく葉の質問に答えていたが、やがて李と一緒に裏口にまた入っていった。

葉が直樹の前までやってきた。沈痛そうな表情だ。

「その女性は、撃たれて死んだ」

やはりか。

直樹は確かめた。

「ヤマトホテルで？」

「いや。ヤマトホテルは事件直後から憲兵隊が固めたそうだ。駐屯軍の連隊長や特務機関の佐官や尉官もいったんホテルに駆けつけたが、緊急に瀋陽倶楽部に集まった」

「民間のホテルに？」

「憲兵隊隊舎に近い。あのホテルなら、十分に警備もできる。そこに女性が現れて、特務機関員を撃ったそうだ。すぐに反撃されて、女性は死んだ」

直樹は思わず漏らした。

「なんて無茶を」

そこまでやらなければ、戦争を止められないと思い詰めていたということか。生還などもとより考えない襲撃だったのだ。

葉は続けた。

「あの女性の襲撃は無駄じゃなかった。特務機関長の土肥原大佐は死んだ」

「浅井という特務機関長補佐官は？」

「わからない」

あの一見優男《やさおとこ》ふうの特務機関員は生き残った。彼は、どの程度の力を持っているのだろう。生き残った関東軍司令部の幹部として、現地部隊に命令を出すことはできるだろうか。

直樹は、自分がどっと疲れを感じていることに気づいた。ふたりの仲間が死んだ。自分が引き込み、無謀をやらせて、死なせてしまったのだ。自分が生き残ってしまった。

直樹は手近の木箱の上に腰を下ろし、背中を丸めた。

十五分ほど経ったときだ。銀縁の眼鏡をかけた、二十代半ばの青年がやってきた。

葉が言った。

「曹《ツァオ》くんが来た。きみの案内役だ」

直樹はふっと荒く息をついて気持ちを切り換え、立ち上がった。

午後に接触した青年ではなかった。身なりや物腰から、教員だろうかという雰囲気もあった。葉がしばらく曹と話していた。直樹を奉天から逃す手順を葉が説明したのだろう。途中から、曹はしきりに首をかしげるようになった。理解できない部分があるようだ。

ふたりきりになったときに、曹が英語で訊いてきた。

「あなたたちは、西暦で一九四九年から来たと教えられました。意味がわからないのですが」

「おれも説明しにくい。だけど嘘じゃない」

「過去に戻ることのできる穴を通ってきたとか」

「事実だ」

「あなたはその時代に逃げ帰りたいのですか？」

「そうだ。第一段階は、奉天から逃げ出す。第二段階は日本に戻る。あんたには、たぶんそこまでの案内を頼むのだろう?」

「上海から日本行きの船に乗せるよう、葉先生から指示されました」

「そこまでをお願いする」

「その先、日本に渡っても、そこはいまこの時代ではありませんか?」

「通ってきた穴を、もう一度抜ける」

「もっと過去に行くんですか?」

「その穴を逆に抜けることになる。未来からその行き来できる回路を通ってやってきたわけだから、たぶんやってきた時代に戻れる」

「たぶん?」

「ああ。保証はない」

正直なところ直樹は、帰りのことはあまり真剣に、徹底して考えてはいなかった。あの穴を通れば、またこの時点からの過去に行ってしまう可能性もあるのだ。あの穴が百年送りと呼ばれる、未来に行く穴だという伝承があったとしても、自分が果たしていまから「未来へ」抜けることになるかどうかはわからない。自分でそこを調整できることでもないのだ。抜けてみるしかない。

曹が言った。

「あなたがきょう、戦争の歴史を止めたのだとしたら、この時代にこのまま留まっても、戦争のない平穏な歴史を生きることになりませんか? 当面は奉天から離れて」

「自分は帰る。そのつもりでここに来た」

「何のために帰るんです? その時代は、戦争に負けて焼け野原の日本なのでしょう?」

直樹は少し言葉をまとめてから答えた。

「おれが生きた歴史だからだ。両親のあいだに生まれて、家族の中で成長し、周辺の親族やご近所や友達の中でいい関係を作ってきた。きょう、戦争が止められたなら、そこには戦争で亡くなったひとたちも生き残っている」

「ここでもあなたは生きている」

「おれはこの時代に生きたとは言えない。まだ二週間ほどしか過ごしていない」

「これからの人生がある。その人生は、外国に移民するのと変わりはないでしょう」

「帰るという選択肢がある以上、帰るのが自然だ」

よく理解できないというように、曹は首を振った。


京瀋鉄道の北京行き列車は、定刻を二十分遅れて出発した。

車両は寝台車ではなく、区切られた客室型でもなかった。一等車で、中央に通路のある車両だ。直樹は進行方向に向かって左側の窓側の席に着いた。向かい側には、葉がつけてくれた案内の曹がいる。

発車してほどなく、列車は陸橋の下を通った。上を南満州鉄道が走っているのだ。張作霖爆殺の現場ということだ。あのとき張作霖は北京から瀋陽に特別仕立ての列車で戻ってきて、陸橋に仕掛けられた爆弾の爆発で列車が損壊、死亡したのだった。満州某重大事件として、詳しいことは内地では報道されなかったが、爆殺は関東軍の仕業である。

列車が少し速度を落とした。

南の方角、民家の屋根の向こうが赤かった。葉たちが焼き物工場の貯炭場で起こした火災が、まだ鎮火していない。奉天駐留の関東軍第二師団歩兵第二十九連隊駐屯地に近い場所のはずだ。連隊は、身動きできないか、消火活動を支援しているだろう。軍はこの火災の意味をどう判断しているだろう。期待どおり、司令官襲撃と同時に計画された、海軍の反陸軍勢力による破壊工作とみてくれているだろうか。

いや、ここまで自分は与志や千秋に確信があるという口調でこの計画を語ってきたが、じっさいのところ、どの程度歴史を変えることができるのか、確信などはなかったのだ。不確定要素が多過ぎる。ただ、確信を持った口調で語らねば前へ進むことができなかった。いわば空元気で、遮二無二自分を急き立てて、ここまできたのだった。

その結果、ふたりが死んだ。やはり無謀過ぎる計画だった。

戦争を止めることと、三人の生還は、計画の裏表だった。三人の生還がかなわなかった以上、自分たちは失敗したのだ。

守屋先生は、戦争がない歴史になっていればとりあえずは喜ぶだろう。

そう考えてから、また同じ間違いをしたと直樹は苦笑した。いまが戦争のない歴史になったのだとしたら、守屋先生は戦争を止めようと企てることもなく、つまりは自分たちを、歴史を変える計画に引き込むこともないのだ。

「え?」と、向かいの席の曹が首を傾けた。直樹はつい何かひとりごちてしまったようだ。

「いや、いいんだ」

直樹は窓ガラスに額を押し当て、あらためて外に目を凝らした。

赤い空は後方に遠ざかっていった。

12

抜けたときと同様程度の時間で、直樹はその洞穴を抜けた。カラビナやハーケンやロープは、いくらか風化していたが、十分に使えた。

見覚えのある峡谷に出て、午前中の日差しの中、谷間の道路へと出た。谷が広くなったが、細々と拓《ひら》かれていた農地が荒れている。ほとんど放棄されたような畑となっていた。いぶかりながら、道路が橋を渡る場所まで来た。ここを通過したとき、右手の斜面に農家が一軒あったが、その農家は完全につぶれていた。ひとが住んでいる気配はない。洞穴を抜けた直後、自分たちはこの農家の住人に、そのときがいつであるかを訊ねたのだったが。

直樹は、不安を押し殺して考えた。

いまはいつなのだろう。過去に戻ったわけではないと思うが、未来、つまり直樹が洞穴に入った直後の時代に、自分は帰れたのだろうか。

駅までの道の途中でも、農村の風景は荒れて見える。

農地は半ば放棄されたようであるし、農家は傷んだままろくに手入れもされていない。

農民の姿をふたり見たが、どちらも怪訝そうな顔で直樹を見つめてきた。敵意とまでは言い切れないが、不審げだった。直樹は、自分が畑泥棒とか、空き巣とかと誤解されているかもと考えた。

持っている荷物は、肩に斜めにかけた旅行鞄だけ。着ているものは背広服だが、それ自体がこの農村では不審者の身なりであるのかもしれなかった。最初に洞穴に入るときは、地元のひとの不審を招かぬように、登山服に似た姿でこの地まで旅行してきたのだし。

それでも、自警団や消防団などに誰何されることもなく、駅までの道を歩き通すことができた。

駅のある集落も、ひとの姿が少なくなっている印象がある。駅前の商店は記憶にあるものとさほど違ってはいないが、建物自体はやはり傷んでいた。手入れをされていない木造家屋だ。

駅舎の中に入ってみると、待合室にいるのは三人だけだった。竹籠を脇に置いた老婆がふたり。ゲートル巻きの中年男がひとり、直樹を見つめてくる。その男も、怪訝そうな顔だった。

直樹は壁に時刻表を探した。

黒板に、日付や列車の発着時刻が算用数字で記されている。

きょうは四十九年十月十二日だ。

四十九というのは西暦一九四九年の意味だろうか。そうだとすれば、自分があの洞穴に入った年ということだ。自分はあの歴史に戻ったのか？

しかし、時刻表に元号が記されていない。いまが西暦一九四九年なら、今年は昭和二十四年ではないのか？　元号は単に省略されているだけか？

いや、と直樹はかすかに寒けを感じつつ思った。

元号がなくなった？

それは、つまり、ここはあの歴史、あの時間ではないということか。あの現在に戻ろうとしているわけではないが、自分たちは戦争を回避できたのだろうか？　自分が戻ってきた一九四九年の日本は、あの戦後なのだろうか。

時刻表を見つめ直した。

列車は一日に上下二本ずつしか運行されていないようだ。次の列車は上りで、小倉行きとある。十三時二十二分の出発。

壁の時計を見た。いま針は一時二十八分を指している。遅れているのか。

駅員や待合室の乗客に、直接的に「満州事変は起こったのですか?」「支那事変はどうなりました?」「太平洋戦争は始まりましたか?」と訊くわけにはいかない。「戦争が起こったとして、その結果どうなっているのでしょう?」とも。下手をすると通報されかねない。いまがどんな世の中であったとしても。

直樹は窓口へ歩いた。脇の壁に料金表が貼ってある。小倉まで、十二・〇〇と出ていた。十二円、の意味だろう。来たときの料金よりも高い。たしかあのときは新円で八円ではなかったか。

中にいるのは、初老の駅員だった。直樹は財布を取り出した。洞穴に入る前の歴史で使っていた紙幣が通用するかどうか。旧紙幣については守屋先生が潤沢に用意してくれたが、渡された新円はさほどの額ではなかった。

直樹は新円の十円札を二枚出しながら言った。

「小倉まで」

そんな紙幣は見たことがない、と駅員に言われることも覚悟した。不審に思われたら、自分は南方から帰ってきたばかりだと言おう。あちらではこれが軍票《ぐんぴょう》として通用していたのだと。いまがどの歴史にあるにせよ、理由としては使えるはずだ。たぶん。

駅員は札を受け取ると、切符と釣りを渡してくれた。

新紙幣が通用した。ということは、やはり自分はあの戦後に戻ったのかもしれない。

元号は、たまたまあの時刻表には書かれなくなったということだろう。しかし、新円の切り換えがあったのだから、この歴史では戦争はやはり起こって、大インフレが起こったのだ。

自分たちは戦争を回避できなかった?

駅員に、いまがどういう世の中なのか、質問しようかと思った。しかし、うまい質問のしかたが思いつかない。

駅員にどう質問したら、不審に思われることなく、いまがどんな時代か、どんな世の中なのかを教えてもらえるだろう。

汽車賃を話題にしてみるか。高くなったね、とか。

「汽車賃は」と言いかけたときだ。近くで汽笛が鳴った。遅れていた列車が近づいてきたようだ。

駅員は窓口の内側で立ち上がった。事務室にはほかに駅員の姿はないから、改札口へ出るのだろう。

待合室の中の客たちが改札口の前に並んだ。

いま切符を売ってくれた駅員が、改札口に立った。改札鋏を手にしている。

直樹は最後に切符にパンチを入れてもらい、プラットホームに出た。南の方角から、上りの列車が近づいてくる。すでに徐行に入っていた。蒸気機関車がまた汽笛を鳴らした。

列車は二両編成だった。停まっても、降りる客はほとんどなかった。窓から中を見ると、かなりの混みようだ。立っている客が多い。

直樹は後ろの車両に乗ったが、四人掛けの席は完全に埋まり、通路に大勢の客が立っている。網棚も鞄や籠でほぼいっぱいだった。

乗客たちの様子は、通勤や通学といったものではなかった。若い世代の客がほとんどいない。中年以上、年寄りが大半だ。身なりや荷物から考えると、田舎への買い出し客が多いのかもしれなかった。戦後すぐの東京周辺の鉄道の様子も、これに近いものがあった。

すぐに列車は発進した。直樹はときおり背を屈めて、窓の外の風景を眺めた。

ここを先日通ったときと比べて、周囲の山がずいぶん裸となっているのだ。裸の山の割合は、見える範囲で半分ぐらい。いや六割以上が裸か。このあたり、来たときは杉の人工林が多く見えたが、その杉だけではなく、広葉樹の雑木《ぞうき》も大規模に、徹底して伐《き》り出されている。建築資材として伐り出されているのか、それとも燃料用なのかはわからない。

銅山《どうざん》という駅で、また大勢の客が乗ってきた。客車の中は、まったく身動きが取れなくなった。じっとしているしかない。車両の中で、赤ん坊が泣いている。客のほとんどは、言葉を発していない。

歴史がどうなっているのか、その手がかりだけでも知りたくて直樹はずっと耳を澄ましっぱなしだったが、小倉のひとつ手前の駅を通過してもなおわからなかった。

やがて列車が小倉の駅に近づいて、直樹は窓の外の風景に驚いた。延々と掘っ建て小屋だけが続いているのだ。線路脇だけではなく、遠くまで掘っ建て小屋の街並みが広がっている。

建物がみな様式の統一の取れた日本の地方都市の様子ではない。自分たちが通過したときの小倉市の町の様子とも違う。あのときだって、小倉市のはずれは古い民家や二階建ての商家、それに長屋の建つ町だった。

いま見るこの様子は、大規模な戦災を受けてまだ一年も経たぬころの地方都市としか見えない。廃材を組み合わせてなんとか屋根と壁だけを作ったバラックの連なり。自分の記憶では、昭和二十一年の冬ごろの、東京の下町の様子にも近い。

小倉の被害は、同じ北九州の八幡や門司と比べて少なかったはず。八幡は製鉄所が、門司は倉庫街が空襲の目標となったが、小倉はこの二都市よりもずっと小規模な戦災ですんでいたと聞いていた。だいいち、自分たちはこれほどまでに復興の遅れた町を通過して、洞穴に行ってはいない。

自分は戦争の規模や終戦の経緯が違う歴史に入り込んでしまったのだろうか。

列車は小倉の駅に到着した。

屋根のないプラットホームを歩いて駅舎を出て、直樹はもう一度驚いた。そこは、先日通過した小倉の市街地ではなかった。駅前にバラックの商店街があるが、テントの店も多い。道路にはバスが通行しているが、荷馬車も交じっていた。それにリヤカー、満州で言うところの洋車《ヤンチョ》、オート三輪が交じる。セダン型の乗用車は見当たらず、トラックの数はわずかだ。

通行人たちの服装は、男は古い国民服か、軍服を仕立て直したものが大半だ。女は、子供以外はほぼすべてモンペ姿だ。洋装は皆無だった。自分が来た時代と比べて、明らかに貧しい。

外国軍の兵隊たちを探した。敗戦となって占領されていることは、その兵隊たちの姿で確認できる。自分が来た時代と一緒だろうか。すなわちアメリカ軍主体の連合軍が、この町の治安維持に当たっているか。

日本の警察官の姿を見たが、外国の軍人たちは見当たらなかった。小倉駅の周辺には、いるのかもしれない。

交差点に立てば、通りの先が見える。やはりバラックが延々と広がっている。ぽつりぽつりと建つ焼けた巨大な卒塔婆《そとうば》のようなものは、コンクリートのビルの一部なのだろう。

ここは、と激しい悔恨《かいこん》に駆られながら、直樹は認めた。ここは、先日通過したときの歴史とは違う。戦争は回避されなかった。それどころか、自分が生きた歴史よりもずっとひどい戦災を受けて終わったのだろう。

駅前の商店街の中に、煙草屋があった。屋台ほどの大きさのバラックだ。新聞も売っているようだ。

直樹はその煙草屋に向かった。

店の中に、頭に手拭いを巻いた老婆がいた。店の前に立つと、老婆は少しだけ愛想笑いを見せた。

「こんにちは」と言ってから、直樹は煙草を探した。木箱の中に、煙草の紙箱が並んでいる。

「ゴールデンバット」がある。「朝日」「敷島《しきしま》」も。「ゴールデンバット」は、日米開戦の少し前から、「金鵄《きんし》」と名が変わっていたが、戻ったのか。その事実から推測できる。対米戦は終わったようだ。煙草に英語の名をつけても問題のない時代になったということだ。

中国の煙草もいくつかあった。「ライオン」「スリーキャッスル」「ビルディング」。

中国の煙草が売られているのは、自分の知っている戦後とは違う。

それに欧米の銘柄。

「キャメル」「マールボロ」

キャメルは自分も上海《シャンハイ》で吸った。いまも鞄の中に二箱入っている。それにしても、こんな田舎の煙草屋に、これらの煙草の愛好家がいる？

煙草の箱の下に、数字が書かれている。価格だろう。「ゴールデンバット」が二：〇〇。

新聞は、二紙置かれていた。

ひとつは北九州タイムスだ。もう一紙は小倉新報。

直樹は老婆に訊ねた。

「北九州タイムスはいくら？」

老婆は新聞に目をやって答えた。

「あれは昨日の新聞なんだ。今朝のはまだ届いていない。三円でいい」

駅前の売店なのに、今朝の新聞が届いていない。配送の手段がうまく機能していないのか。

直樹は新円の五円札を出しながら、訊いた。

「こっちは初めてなんだけど、小倉はずいぶん戦災を受けたんだな」

「ふん」と老婆は悔しげに言った。「ピカだからね。何もなくなってしまった」

ピカ？

直樹は衝撃を受けた。小倉に原爆が落ちたということか？

直樹は動揺を隠しながら訊いた。

「南方から帰ってきたばかりで、よく覚えていないんだ。ピカドンの順序はどうだった？　広島、長崎の次だったかい？」

「何言ってんの。広島、長崎、名古屋、新潟、小倉。横浜と東京の前だよ」

七都市。東京にも落ちている！

戦争を回避できなかったという程度の歴史じゃあない。戦争は、もっともっと大きいものだったということだ。原爆が七個も投下されたのだ。では、終戦も昭和二十年の八月十五日ではないのか。戦争はあのあと何年続いたのだろう。

煙草屋から離れて、北九州タイムスの発行日付を見た。

一九四九年十月十一日。

この新聞にも元号は記されていなかった。

直樹は駅前の広場の隅にあった空き箱に腰掛けて、煙草に火をつけ、新聞を広げた。

四ページだけの新聞だ。見出しだけをさっと読んでいった。

一面の見出しはこうだ。

「同盟軍、茨城で攻勢」

「反乱軍、磐城《いわき》方面に潰走《かいそう》」

日本国内で戦闘が行われている？　同盟軍とは何だ？

同盟軍？

占領軍とか連合軍と呼ばれていない。

この歴史では、戦争は終わっていないのか？

記事を読んだ。号外の記事のように簡単なものだった。

「反乱軍主力と江戸川をはさんで対峙《たいじ》していた同盟軍部隊は、九日、空軍の猛爆撃のあとに渡河《とか》反攻に出た。敵主力は後退、一部は磐城に向かって潰走している。我が軍の損害は軽微、戦死八名、戦車一両」

そのあとの記事にも、地名と部隊名が多く出てくる。要するに関東平野の南東部から北にかけて、同盟軍という混成軍が、反乱軍と呼ばれている非正規軍と交戦中らしい。記事を読むかぎり、その戦闘は少なくとも一年とか一年半は続いているようだ。

二面には、このような記事。

「浅井恒夫司令官　報復原爆攻撃を示唆」

写真が出ている。あまり鮮明ではないとはいえ、見覚えがある。正確に言えば、その人物が若いときであればこうであろうという写真を、自分は覚えていた。

浅井恒夫だ。関東軍特務機関の。

その男が、いまは司令官？　同盟軍の、ということか？　それとも帝国陸軍の？

もしそうなのだとしたら、戦争は終わっていない。

その記事の本文。

「九日、敵便衣隊の東京中心部同時爆弾攻撃に対し、浅井司令官は朝霞《あさか》の司令部で記者団の質問に答えた。反乱軍の卑劣な無差別殺戮《さつりく》に対しては、拠点都市への原爆使用も辞さない。脅しではない」

二面の隅には、このような記事。

「長春で同盟軍は人民戦線軍主力と交戦　機甲師団を撃破」

長春で交戦？　満州でも戦争中なのか？　国共内戦とは別に？

もう一度考えた。そもそもこの同盟軍とは何のことだろう？　連合軍、もしくは占領軍とは違うのか？　人民戦線軍というのも何のことだ？

別の記事を読もうとしたとき、新聞に影が差した。

顔を上げると、ハンチング帽にニッカボッカーの中年男だった。無精髭を伸ばしている。畳んだ新聞を手にしていた。

「兄さん、こっちの新聞をやるから、煙草一本もらえないかな」

男が持っている新聞は北九州タイムスだ。買ったものとは見出しが違う。きょうの日付のものか。

直樹はゴールデンバットの箱を差し出した。

「どうぞ」

「ああ、悪いな」男は箱から一本抜き出して言った。

男は北九州タイムスを直樹に渡して、煙草を口にくわえた。直樹は男にマッチ箱を貸した。

男はすぐに煙草に火をつけて、マッチ箱を返してくれた。

ほんとうにこの男は煙草が欲しかったのか、それとも何かするきっかけとして、煙草をせびったのか。見極めがつかない。

男が、直樹の左隣りに置いてある木箱に腰掛けた。

男は言った。

「兄さん、仕事を探しているのか？」

手配師か。納得だ。あまり邪険に扱うと、厄介なことになるかもしれない。

「いや」直樹は男を見て首を振った。「そうじゃないんだ」

「新聞で仕事を探そうとしても無理だぞ」

「わかってますよ」

直樹は、その男に読みかけの北九州タイムスを示しながら言った。

「南方から帰ってきたばかりで、日本の事情はよく知らないんです。この浅井司令官って、満州事変のときに関東軍の特務機関にいた軍人さんでしたかね」

「ああ」ハンチングの男は煙を吐き出してから答えた。「たしかそうだ。あの事変のあと、めきめきと出世したんだよな」

あの事変のあと？　では満州事変は起こったのか？　自分たちは止めることができなかった？

直樹はあらためて失望を感じた。自分たちは失敗した？

「子供のころの事件だったし、いまだにわたしはあの事変の経緯がわからないんですが」

「国民みんなそうだろ。軍がやったことだったって、戦後になってからわかった」

「昭和六年の九月半ばでしたよね」

「いや、満州事変は十二月になってからだ。先に本庄司令官一行の遭難があって、東京では海軍軍令部長暗殺」

「司令官の遭難？」

「奉天のホテルで、司令官やら板垣、石原といった高級参謀が、海軍の特務機関に襲撃されたろう。もちろん海軍は無関係って黒幕であることを認めなかったけれども、証拠が出てきた」

「軍令部長暗殺って、そのときでしたっけ？」

「陸軍の跳ね上がり将校が、報復したんだ。海軍省や軍令部の高官が何人も逮捕されたな。それから十二月の奉天郊外の柳条湖で満鉄線路爆破」

「十二月？」

「十日だったかな。関東軍は、張学良軍の仕業だとすぐに出動、たちまち満州を占領してしまった」

直樹は男の言葉を整理した。九月十八日の柳条湖事件は起こらなかった。本庄司令官たちは遭難したが、海軍特務機関の仕業と判断されたようだ。謀略の実行はいったん延期となったのだろう。海軍に報復し、障害を排除したうえで、関東軍は再度謀略に出た。たぶん台本は、最初のときのものと変わっていない。踏み切り爆破をきっかけに、満州の中国軍を攻撃して、一気に満州の要所を支配、全土を占領した。その軍事行動の日は、十二月十日。

この男の話を信じるなら、本庄や石原、板垣といった、自分の歴史の側の張本人たちがいなくなったあと、特務機関の浅井が関東軍の中で本庄らの計画を引き継いで実行したのだろう。ポストまで引き継いだようには聞こえなかったが。

「浅井司令官は、満州事変が起こったとき、どんな地位だったんです？」

「石原、板垣の高級参謀も殺されたんで、参謀になっていた。そして新司令官の着任前に、本庄司令官の遺志だとして軍を出動させたんだ」

「そんな軍人が、戦犯にもならずに、司令官と呼ばれているんですか」

ハンチングの男は、不思議そうな表情となった。

「南方にはそうとう長かったのかい？」

疑問を持たれたか。

直樹はでまかせを答えた。

「昭和十九年に捕虜になって、収容所に四年。今浦島《いまうらしま》ですよ」

「そうか」ハンチングの男は、信じたようだ。「占領軍GHQは、戦犯だった浅井中将を赦免《しゃめん》したんだ。新しい戦争には、浅井中将の能力と人脈が必要だからね」

「その新しい戦争って、中国との何かですか？」

洞穴に入る前、あの歴史では中国では内戦が続いていた。国民党は主に中国の南部を、中国共産党は北を支配していたのだったが。

「氷漬けにでもなっていたのか？　何も知らないんだな」

「わたしもC級戦犯だったんで、復員したのはつい先日なんです」

「戦争のことは、どの程度知っているの？」

「ここにも原爆が落ちたのは、もちろん知っていますが」

「広島、長崎、名古屋、新潟、小倉、横浜、とどめが東京。米軍に言わせればセブン・シスターズが落ちた都市だ。ふざけた名前だよな。七姉妹だなんて」

それから男は左右を見渡した。

「うっかり聞かれたくないことだけど」

「東京に原爆が落ちたと聞いたときは、これで戦争が終わると思いましたね」

「ひどい冬だった」

ということは、戦争が終わったのは昭和二十年の年末？　それとも年明けなのか？

「あの年は、日本中、正月もなかったんでしょうね」

「そんな気分になれなかった。すでに落ちていた町は、住む家もない。原爆が落とされていない町だって、おちおち眠れない。東京に落ちたときだって、これで戦争が終わるのかどうか、わからなかった」

「広島から、何カ月かかった勘定になるのかな」

「丸八カ月かな。東京に原爆が落ちて四日目の四月八日で、終わった」

戦争は、自分が生きた歴史とは違って、まだ八カ月も続いたのか。

「さっきの同盟軍っていうのは、占領軍のことですか？」

「ほんとに何も知らないんだな。占領軍はいまは同盟軍って呼ばれてる。新日本陸軍が加わっているんだ」

「一緒に戦争をやっているんですか？」

「一昨年の春からだ。知らなかった？」

「外地では、何がほんとで何がデマなのか、区別がつかなかったんです」

「ほら、終戦直後、中国の内戦は満州にも拡大した。ソ連軍は紅軍《こうぐん》を支援して、人民戦線軍となった。そうこうしているうちに、朝鮮半島でも労働党が蜂起、アメリカは国民党軍を支援して満州に派兵、朝鮮にも上陸させた。連合軍は分裂して、それまでの連合軍は、ソ連を抜いて同盟軍って呼ばれることになった」ハンチングの男は直樹の顔を覗き込んできた。「このくらいのことは、頭に入っているんだろう？」

「ぼんやりとは。戦犯として収容されたのは捕虜収容所じゃなく、刑務所ですからね。外部のことはろくに教えられなかったんです」

「混乱の中で、国内でも方々で復員兵たちが蜂起した。支援しているのは、ソ連と朝鮮労働党だと言われている。それでGHQは、帝国陸軍のもとの将兵を集めて、新陸軍を作ったんじゃないか」

「ああ、そうだったんですね」

「同盟軍は、その旧帝国陸軍を含めた混成軍として、国内反乱軍と戦争に入ってる。新陸軍は満州にも送られているよ。浅井中将はA級戦犯だったが、小菅《こすげ》プリズンから釈放されて、新陸軍の司令官となった」

「戦犯が、どうして？」

「日本人には人気だ。満州国を作った男だから。同盟軍にも、使える軍人だという評価があるんだろう」

「敵だったのに？」

「反共なら、条件としては十分なんだ」

「その陸軍は、どのくらいの規模なんです？」

「いま七個師団ぐらいあるんじゃなかったかな。だけど、新陸軍だけで独立した作戦はできない。参謀本部は作られていないから、連隊単位で、同盟国軍の指揮の下に入ってるんだ」

「どうしてまた」

「GHQは、新陸軍の反乱が心配だからさ。浅井司令官も、GHQを差し置いて勝手に新陸軍に命令できるわけじゃない」

「で、その新陸軍は、関東で反乱軍と戦っているんですね」

「外地に送られてる連隊のほうが多い。新陸軍を国内に置いておけば、寝返りの心配もあるからな」男は直樹の風体《ふうてい》を頭のてっぺんから爪先までじろりと見た。「ついひと月前、徴兵制が復活した。あんたは三十前かな」

「ちょうどですよ」

「何年生まれ」

「大正八年」

「何年《なにどし》だい？」

「未年《ひつじ》」

「資格ありだ。徴兵警察が喜ぶ」

「徴兵警察？」

「徴兵のための役所だ。脱走兵や徴兵逃れの男を捕まえる。志願を受けつけることもやってる」

「つまり、戦争は続いているんですね？」

「ろくに途切れることもなかった」

「同盟軍の司令官は誰でしたっけ？」

「それも聞いていないのか。マッカーサー将軍だよ」

直樹は笑ってみせた。

「何も知らずに帰ってきてしまった。この新聞の日付に、元号が書かれていないのは何か理由でも？」

「GHQが元号使用を禁止したからだ」

「天皇は？」

「京都御所《ごしょ》」男は立ち上がった。「兄さん、ほんとに仕事、要らないのか？」

「先にやることがあって」

「煙草、ありがとよ」

男は駅前の広場を左手のほうに歩いていった。バラックの陰に消えるまで直樹は見送って、あらためて新聞を広げた。いまの男がくれた北九州タイムスだ。こちらは地元小倉以外のニュースも多いようだ。

「博多泥棒市場で手入れ」

「配給手帳不正使用で八幡市職員三人免職」

「三池《みいけ》炭鉱でガス突出、坑内員二人死亡」

「香春町《かわらまち》で大規模崩落」

ふと視界の端が気になった。左手の方角だ。

顔を上げてその方向に目を向けると、煙草をやったあの男が立っている。こちらを指さしていた。その後ろに、すっとふたりの男が現れた。何かの制服を着ている。兵隊ではない。

これが徴兵警察?

直樹は立ち上がった。ちょうど汽笛が鳴った。駅舎の裏手方向だ。列車が出発する?

どこ行きでもいい。それに乗ろう。直樹は新聞を丸めて鞄に入れると、駅舎に向かって駆け出した。

後方で、靴音が聞こえる。ふたりの男が駆けている。底に鋲を打った靴の音。直樹を追っていた。まちがいない。あの制服のふたりは、徴兵警察とやらだ。三十歳以下の男を兵隊にしようとしている。兵営に送り込もうとしている。満州か国内の戦場に飛ばそうとしている。

そうはさせない。

駅舎の中に駆け込み、ホームに入っている列車を目指した。列車はもう、ゆっくりと発車していくところだ。切符を買っている暇はなかった。直樹は改札口を脇から回って、列車に向かった。靴音はまだ追ってくる。徴兵警察とやらは、手当たり次第に若い男の身柄を押さえようとしているのか。戸籍から徴兵するという手間を取らずに、町の中で兵役適格者を探しているのか。世の中にはそういう国もあるらしいが、この歴史の日本はそんな国のひとつになったのだろう。だから、この世界の占領下日本の政府は、徴兵警察なるものを設置して男集めにかからねばならないのだ。

動き出している列車の最後部に達した。直樹は乗降口の手すりにつかまると、ぐいと自分を引っ張り上げた。汽笛が怒ったように鳴った。そのまま客車のデッキに飛び込んだ。

顔を出して、ホームを見た。制服の男たちが、追跡をやめたところだった。ひとりは苦しげに上体を左右に揺らし、もうひとりは両手を膝に置いて、背を屈めている。ふたりの姿はすぐに小さくなっていった。

デッキにいる何人もの乗客が、興味深げに直樹を見つめてくる。

直樹は目の前の初老の男に訊いた。

「どこ行きです?」

男は、直樹を見つめて答えた。

「伊田《いた》駅」

大丈夫だ。自分はあの洞穴まで戻れる。入り口まで行ける。

直樹はもう決めていた。

自分はもう一度あの洞穴に入る。満州事変前の時間に戻る。

自分たちのあの本庄司令官襲撃がどのように歴史を変えたのかはわからないが、さっきの男の話では、満州事変自体は起こったのだ。それも、浅井恒夫特務機関員が鍵であり、首謀者だったように受け取れた。こんどは、あの浅井も完全に排除しなければならない。もしそれができなければ、自分が干渉してしまった歴史は、しなかった場合よりもはるかに禍々《まがまが》しく悲惨なものになるのだ。いや、なってしまったのだ。それを止めねばならない。こんな歴史を、ここに残してしまうわけにはいかない。

洞穴を抜けたとして、こんどは先日行ったあの時間に正確に戻れるかどうかはわからない。でも、近いところまでは行けるだろう。洞穴が縮んでいるという和久田先生の言葉を自分なりに理解するなら、あの時点よりは少しだけ、このいま現在に近づいた時点に行くことになるのではないか。

どうであれ、一回は往復した洞穴だ。こんどは前回よりもずっと容易に、要らぬ心配もせず、あちらの時間に抜けられる。

蒸気機関車がまた汽笛を鳴らした。

さっき読んだ新聞の見出しのひとつが思い浮かんだ。

「香春町で大規模崩落」

局地的な地震でもあったのだろうか。あの洞穴の入り口がふさがれていなければいいが。

13

大気は乾き、冷えている。

星空である。星は内地で見るものよりもずっと多い。満州の内陸、その初冬という季節のせいだろう。

息が白かった。

直樹は、中通りの北側から、その建物を見つめていた。建物は煉瓦造り二階建ての小ぶりの洋館だ。日本資本の経営する西洋式のホテルであり、軍兵営に近いため、旅順の司令部から高級参謀や将校が出張してきたときは、その指定宿泊所のひとつともなる。瀋陽《シェンヤン》倶楽部という名だ。

いまこの街を代表する洋式ホテルは、大広場に面した奉天ヤマトホテルだが、その建物や内装を含めて、かなり成り金趣味と言えるものだった。

しかし瀋陽倶楽部のほうは、軍将校の指定宿泊所にもかかわらず、品は落ちていないと語られている。小さいがいい洋式のバーがあることでも、旅行客や海外体験のあるこの街の在住者には人気とのことだ。

直樹のいる中通りに面して、そのバーの出入り口がある。ホテルの宿泊客はホテル内にあるドアからそのバーに入るが、宿泊客以外の利用客は、中通りのドアを使って中に入るのだ。

ただし、中通り側の厚い板のドアは重厚な意匠《いしょう》で、慣れぬ客には気後《きおく》れを感じさせる。バーも関東軍の将校専用の酒場として指定されているし、常連でもない酔客がふらりとは入りにくい。またそのドアには内側に大きめの牛鈴《ぎゅうれい》がつけられていて、外からの来客があるときは鳴るとのことだった。

バーの名前はブレナムだという。イギリスの地名のようだ。スコッチ・ウィスキーが飲めますと、告知する意味もある名付けなのかもしれない。

ドアの上に灯がついている。袖看板も出ているはずだが、暗いせいで直樹の位置からはその看板はよく見えなかった。

そろそろだと、少し焦《じ》れったく感じてきたときだ。ドアの上の灯が消えた。営業が終わったのだ。

それから二回、短く瞬《またた》くように灯がついて、そのあとまた消えた。もう瞬きはなかった。

直樹はマッチを擦って時計を確かめた。午後十時三分だった。

バーは表向き営業を終えたが、関東軍の将校たちはバーテンダーや女給が去ったあと、店に居残ってなお飲み続けることがあるという。軍機に触れる話題となることも多いから、店は将校たちがしばらく勝手に飲むことを黙認しているとのことだった。いまの消灯は、店内から客が消えたことを意味してはいない。もう客は入れない、の意味だ。

直樹は身を潜めていた建物の暗がりから出て、その中通りを横切った。

通りにはひと気はない。日本人街である奉天の規模は、瀋陽城内と比べれば都会の一地区に過ぎないものだ。夜出歩く市民の絶対数が少ない。ましてや、ひと月以上前のあのヤマトホテルでの関東軍司令官を狙った襲撃事件があってからは、夜はひと出がめっきり減っているのだという。

通りを渡りきると、直樹は建物に沿って裏手へと歩いた。

建物の裏手に貯炭場があった。中年の男がひとり、貯炭場から石炭をショベルで手押し車に入れているところだった。ホテルの雑役の作業員だ。石炭で汚れた作業着を着ていた。中国人だと、支援者に教えられている。

貯炭場の向こう側に、荷馬車が一台停まっていた。石炭を運ぶ馬車のように見えた。馬車を曳くのは、栗毛の蒙古馬《もうこうま》だ。馬の胴体には、厚手のボロ毛布のようなものがかかっている。

直樹が立ち止まって作業員に顔を向けると、作業員は直樹に気づいて手を止めた。直樹は黙ってその雑役係に姿をさらしたままでいた。

雑役係は、頭を後ろに倒した。そっちの方角に、つまり貯炭場の奥の建物に向かえということだ。

直樹が歩き出すと、作業員はまたショベルを使い始めた。

貯炭場の脇を通って建物へと進むと、正面にドアがある。ボイラー室に通じる出入り口なのだろう。直樹は腰の拳銃を抜いて撃鉄を起こして腰に戻し、もう一挺をまたベルトから抜いた。前回も使った半自動拳銃だ。きょうは、実弾を詰めた弾倉も余分に二個用意してきている。

ドアの前に立って後ろを確かめてから、ドアレバーを押してドアを開けた。

常夜灯のついた廊下があって、左手の廊下の壁に窓がある。窓の中には真鍮製のボイラーがあった。焚き口はそのボイラーの向こう側だろうか。直樹は背を屈めて窓の前を通り過ぎ、廊下の突き当たりのドアをそっと開けた。

カーペットを敷いた廊下だった。天井灯はついているが、誰もいない。

この建物の中には初めて入るのだった。直樹はベルトの右腰に差した拳銃の握把《あくは》に右手を添えると、覚えてきた建物の構造を思い出しながら、廊下を右手へと進んだ。食堂の並びに、酒場があるのだ。

玄関口とロビーには、警備の兵士が立っているはず。外にふたり、中にふたりだ。ヤマトホテルで司令官襲撃があったあと、ロビーにも警備の兵士が立つようになったらしい。

将校が宿泊する場合の、当番兵の部屋は屋根裏にある。ほかの従業員たちの部屋に並んでいるのだ。

その酒場ブレナムは、ロビーから延びる廊下の奥、食堂の手前にあった。

廊下の途中に、便所の表示のあるドアがふたつ並び、その向こう側に酒場のドアがあった。半紙大の真鍮の板が壁に貼られている。ローマ字とカタカナで店の名が記されていた。

中は、奥へ向かって細長く空間が延びているはずだ。右側にバーカウンターが、正面奥にアップライト・ピアノがあると教えられていた。中通りに面したドアは左手だ。

直樹はドアに耳を当てた。

話し声はしない。かわりに、かすかにピアノの音が聞こえてくる。蓄音機をかけているのだろうか。それとも生の演奏なのか。

陽気な調子の音ではなかった。むしろ、陰鬱《いんうつ》な胸のうちを、慎重にすくい取ろうとしているかのような、訥々《とつとつ》とした音の連なりだ。

蓄音機の音ではない。直樹はそう判断した。

そのピアノの音に、ほかの音や声が重なってもいない。

直樹はドアから離れ、耳を澄ました。近づいてくる者はない。

直樹は左手で真鍮製のドアレバーをゆっくりと押し下げた。かすかに金属音が響いた気がした。それが中にいる者に聞こえたかどうか、確かめているべきではなかった。聞こえたものとして、動かねばならない。

直樹は右手の拳銃を天井に向け、左手でドアを押し開けた。

黄色い灯の入った空間だった。まず右手を見た。バーカウンターの中には誰もいない。

さっきの外の灯の二回の点滅が合図だった。客もバーテンダーもいなくなった。自分たち中国人従業員も店を出ると。

奥のピアノは右横を向いており、将校がピアノを弾いていた。ドアからピアノまでの距離は三間ほどか。

ピアノの手前のテーブルに、将校のほうに身体を向けた人物がいる。見えるのは洋装の背中だけだ。

女か、と直樹は驚いた。

ほかに客はいない。

ピアノを弾いていた男が手を止め、こちらに顔を向けてきた。

直樹は拳銃を向けて男のほうに歩いた。

手前のテーブルに着いていた女が、振り返りながら立ち上がった。

女が、驚愕の声を出した。

「藤堂さん！」

千秋だった。生きていた？

直樹は立ち止まった。どういうことだ？　どうしてここに千秋がいる？

すぐに思ったのは、ここはあのときとは違う時間なのか、ということだ。あのときに続いている時間に戻ったと思い込んでいた。満州事変が失敗した九月中旬の、そこからひと月ばかりあとの時間に戻ったのだと信じていたのだが。ここは、襲撃がなかった時間なのか？

千秋の後ろで将校が立ち上がった。浅井恒夫だ。あのときは特務機関員で少佐だったが、いまは中佐に昇進し、関東軍司令部の参謀のひとりとなっている軍人。

愉快そうに直樹を見つめてくる。

「お前か」

顔を覚えているようだ。自分たちは、この酒場によく似た雰囲気の旅順のバーで会っている。

浅井を撃つには、千秋が邪魔だった。射線上に千秋がいる。

「藤堂さん」と千秋がまた言った。「どうしてここに?」

「こっちが聞きたい。千秋は死んだと聞いた。襲撃のあと、逃げるときに」

「怪我をした。馬車から落ちた」

ということは、襲撃自体はあったのだ。この時間でも。

「どうしてここにいる？」

千秋は、困った表情となった。どう説明したらいいのかわからない、とでも思ったか。

千秋の後ろで、浅井が言った。

「わたしから話す。千秋は」

下の名を呼び捨てか。そういう関係なのか？　酒場でふたりきりで酒を飲み、男はピアノを弾く。

浅井は続けた。

「怪我をして、わたしたちが保護した。せっかく海軍の謀略だと広めてくれたのに、憲兵隊に捕まって欲しくなかったんだ」

「どうして？」

「海軍など関係がないと自白してもらっては困るから」

「海軍がやったことにしたほうが都合がいいのか？」

「一気に海軍の反陸軍機運を粛清できるからな」

「計画が違ってきただろう」

「満鉄爆破の？」

「その計画のことは筒抜けだ」

「ちょっと延期した。順序としては、たしかに先に海軍の売国奴《ばいこくど》どもを粛清しておいたほうがいい」

千秋が言った。

「助けてもらった。それで、ここにいる。保護されている」

だから手を出すな、と言っている口調だ。

葉《イエ》たちの瀋陽の組織は、千秋が浅井の庇護《ひご》下にあることなど何も言っていなかった。知らなかったのか？　きょうまで千秋は、民間のホテルではなく軍の施設にいたのかもしれないが。

直樹は千秋に言った。

「そいつは関東軍の参謀になったろう？　いずれ参謀総長になる」

「どういうことです？」

「あの襲撃のおかげで出世し、大戦争を推し進める責任者になるんだ」

浅井が笑った。

「未来から来たって話か？　そういう占いは聞いていないぞ」

浅井の言葉を無視して、千秋に言った。

「よけてくれ。そいつを排除する。しなければ、もっと悲惨な未来になるんだ」

「助けて。このひとも、あたしも」

このひとも、と来た。間違いない。ふたりは看守と囚人の関係ではない。

「一緒に戻るぞ。連れて帰る」

「行かない。ここでいい」

「幸せにはなれない。男と女が夢を見ていられる歴史じゃなくなるんだ」

千秋が浅井に振り返った。支援を求めたようだ。いや、追い出してやって、と頼んだか。

浅井がピアノの前から一歩離れた。身体が千秋に完全に隠れた。

浅井は千秋の後ろから言った。

「彼女はここにいる。だいいち、ここからどうやって逃げる？　歩哨《ほしょう》たちを殺したのか？」

「心配しなくていい」

カチリと小さな音がした。金属のボタンをはずしたときのような。

反射的に直樹は動いた。やつは拳銃を抜いた。直樹は腰を屈め、両手で拳銃を構えた。

浅井と自分とのあいだに千秋がいる。撃てない。

「やめて！」と千秋が両手を広げて叫んだ。

直樹は構わずに右手へ一歩動いた。浅井の身体の左側がさらされた。

直樹は引き金を引いた。発砲音は、ふたつ同時にあった。自分ははずした。千秋が膝から崩れた。

浅井は立ったまま右腕を伸ばしている。直樹はさらに右に動いて、両手で構えた拳銃の引き金を引いた。直樹の後ろの壁で、弾が跳ねた音がした。浅井は身体をよじりながら倒れた。

「千秋！」

直樹は倒れた千秋の横に歩いて、身体の脇にしゃがんだ。身体の下の、板張りの床に血が急速に広がっている。

胸に傷はなかった。背中を撃たれたのだ。それも、この出血だ。弾は肩甲骨を砕いて心臓に達した。でも貫通はしなかった。

「千秋！」と直樹は左手で千秋の頰に触れた。

千秋は薄目を開けているが、意識があるかどうかはわからなかった。心臓に銃弾が命中したのなら、失血死までさほどの時間とはならない。彼女は急速に死につつある。

千秋の唇がかすかに動いた。

「え？」耳を唇に近づけた。

「ありがと」と千秋は蚊が鳴くほどの声で言った。「大連」

「何のことだ?」

「ごめんなさい」

千秋の目がゆっくりと閉じられていった。

床ではまだ血が広がっている。すでに致死量を超えたと見えるほどの広がりだ。

ドアの外がやかましくなった。兵士が銃声を聞いて飛んできたのだ。

外から声がした。

「参謀殿、ご無事ですか?」

直樹は浅井のほうを振り返った。彼は軍服の右の胸を真っ赤にして倒れている。致命傷ではない。直樹を憎々しげに見つめつつ、拳銃を持ち上げようとしていた。

直樹は浅井の心臓に向けて放った。浅井の身体が一瞬、びくりと床で跳ねた。

いまの一発は、守屋先生たちとの約束のおまけだ、と直樹は胸のうちで浅井に言った。余計な私情を交えた。千秋を殺したことへの報復として。たとえそれが過失であったとしても、おれがお前を許す理由にはならないから。

バーのドアが開く音がした。

直樹は振り返りつつ、ドアの隙間に見えた兵士を撃った。兵士は後ろへと倒れた。

直樹はもう一度千秋の脇にしゃがんで彼女の左手を取った。手首の内側に指を当てて脈を診たが、もう脈動はなかった。

ドアが少し開いて、兵士が見えた。小銃を発砲してきた。銃弾はピアノの側面に当たった。直樹は三発、立て続けに放った。その兵士も後ろへと倒れた。

外の廊下に靴音がする。ひとりではなく、ふたりだ。玄関に立っていた歩哨が駆けてくるのか。

直樹は立ち上がると、もう一挺の拳銃に持ち替えて中通りに面したドアへと近寄り外を見た。ドアの上部につけられた牛鈴が鳴った。兵士や警官の姿はない。

直樹はドアから外へ出ると、暗い中通りをまた建物の裏手へと駆けた。

貯炭場のほうへ曲がると、あの作業員が荷馬車から馬をはずそうとしているところだった。馬の胴体から毛布は取り払われていた。鞍《くら》が置いてある。最初から用意されていたようだ。

作業員は馬をはずし終えると、馬銜《はみ》に乗馬用の手綱《たづな》をつけて直樹に渡してきた。

ホテルの中が騒がしい。怒声が聞こえる。

直樹は手綱を受け取ると、馬にまたがって、軽く腹を蹴った。馬はホテルの裏庭から裏通りへと蹄の音を響かせて飛び出した。

作業員が、馬にかけていた毛布を手押し車に投げ込み、バケツをその上に放った。水のようなものが毛布にかかった。作業員は毛布にマッチを擦って投げた。ボンと爆発音がして、毛布から炎が上がった。作業員は汚れた作業着を脱ぐと、ホテルの裏庭から駆け出した。彼もこのホテルとはおさらばするようだ。たぶん永久に。彼は、葉《イエ》の組織幹部から事の詳細を聞いているだろうが、それだけの事件に関わってしまったのだ。

自分はいったん街路を北に走り、満鉄付属地であるこの奉天を出てから、瀋陽の城内に入る。そのあと、また京瀋鉄道で瀋陽を出て、上海《シャンハイ》へと逃げるつもりだった。

与志と千秋も馬に乗れるとよかったと、夜の街路で馬を駆けさせながら、もう詮ないことを思った。馬に乗って逃げるという手が使えたなら、自分たちは一回目で守屋先生らに期待されたことを終えていたかもしれない。あの夜に、ヤマトホテルから瀋陽倶楽部に移動して、浅井も排除できたかもしれないのだ。

射撃の練習と同時に、乗馬もふたりに覚えてもらうべきだった。時間が足りなかったといえばそのとおりなのだが。

街路の前方、街灯の灯の下に、巡査がふたり見えた。こちらへ、つまり瀋陽倶楽部の方向へ駆けてくる。ふたりは足を止めて、左右に広がった。

当然だろう。何か騒ぎが起こっている方角から、馬に乗って男が駆けてくるのだ。不審者だ。彼らはまだ奉天ヤマトホテルでの関東軍司令官ら襲撃事件の記憶も生々しいはず。止めようとしてくる。

ふたりはサーベルを抜いた。

直樹はいったん手綱を引いて、巡査たちの手前で馬を止めた。

巡査たちが近づいてくる。その顔つきから、巡査たちが直樹を犯罪者とみなしたのがわかる。目は憎々しげだ。

ひとりが歩きながら怒鳴った。

「馬を下りろ！　手を上げて、腹這いになれ！」

馬を街路の端へと寄せて、ふたりの脇を抜けていくこともできる。サーベルだけが武器の巡査たちには止めようがない。

しかし、直樹は気持ちがささくれだっていた。怒りがまだ胸のうちで暴れている。なだめようもない。邪魔してくる者がいるなら、正面から相手をしてやる。

直樹は馬上で拳銃を抜くと、近づいてくる巡査のひとり、怒鳴ってきたほうを撃った。巡査は、事情がよく飲み込めないという顔で膝を折り、路面にうつぶせに倒れた。

もうひとりは足を止めた。直樹が何の警告もなしに発砲したことに驚いている。まばたきしていた。

直樹はもう一発放った。もうひとりの巡査は仰向けに倒れた。ごつりと、舗石に頭蓋骨がぶつかった鈍い音がした。

背後、瀋陽倶楽部のほうで、叫び声がする。銃声もした。歩哨が直樹に撃ってきたのか。

直樹はあらためて馬の腹を軽く押して、街路へと駆けさせた。馬は並足《なみあし》から速足となり、すぐに駆け足となった。

直樹は蹄の音を街路に谺させて、夜の奉天を逃げた。

駆けさせながら、直樹はあらためて考えた。

自分はこんどこそ、満州事変を回避することができたか？　戦争の歴史を止められたか？

14

葉の落ちた銀杏《いちょう》の並木の間を抜けて、直樹は大学の構内を奥へと進んだ。

自分の頭と身体が記憶している時間では、およそ五カ月前にもここを通ったのだった。あのときはまず正面の建物の塔に上り、屋上で守屋と名乗った大学教授から、不可思議な話を聞かされたのだった。そのあと自分がその守屋教授に連れられていったのは、理工学部の建物の和久田教授の研究室だった。そこでお茶をごちそうになり、贅沢なアメリカ製の缶詰の肉を食べさせてもらった。

きょうは、文学部の建物に行く。日本史学科の守屋教授を訪ねるのだ。

昭和二十五年、一九五〇年の一月二十一日だった。

すれ違う何人かが、ちらりと直樹に目を向けた。理由はわかる。自分の身なりが、汚れているのだ。外套も払い下げの古着だし、帽子も軍帽、革靴にも穴が開いている。

研究室の前に立ってドアをノックした。

「どうぞ」と中から声があった。守屋教授の声だ。

ドアを開けて、一歩中に入った。

正面のデスクに、守屋教授がいる。資料を読んでいたところのようだ。

教授はぽかりと口を開けて、直樹を見つめてきた。

直樹はデスクの前へと歩きながら言った。

「帰ってきたんです。藤堂直樹です」

守屋はデスクの後ろから、テーブルのほうへと出てきた。

「座ってくれ。わたしはあのあと三日待ったんだが、けっきょく行けたのか」

「ええ」と答えながら、直樹は椅子に腰を下ろした。「昭和六年、一九三一年に行ってきましたよ」

守屋は、いくらか疑わしげな目だった。直樹の言葉ではなく、直樹をいまここで見ていることが信じられないのかもしれない。

守屋は直樹の向かい側の椅子に腰を下ろして言った。

「昭和六年？　四年か五年ではなかったのか？」

「誤差がありましたね」

「正確に計算することは難しいと、和久田先生も言っていた。ひとりなのかな？」

「与志も、千秋も、向こうで死にました」

守屋の顔が強張った。

「それは？」

「歴史を変えようとして、撃たれたんです。一緒には帰ってこられなかった」

「どんなふうにだ？　昭和六年の計画はまったく練っていなかったじゃないか」

「軍部の好戦派を東京で排除することには間に合いませんでしたが、満州事変を止めることはできると考え、満州に渡ったんです。先生が、満州事変に至る関東軍の動きを教えてくれていましたから」

「満州まで」と守屋は驚きを隠さなかった。そこまでは望んでいなかった、ということかもしれない。「計算した時間とはずれたのに、それをしてくれたのか？」

「約束でしたから」

「首尾はどうだった？」そう訊いてから、守屋は首を振った。「ここでまたあんたに会っているんだ。失敗したんだろうな」

「満州事変の首謀者たちの排除には一応成功したんです。いや、首謀者のうち、三人をまず排除した」

直樹は、本庄繁関東軍司令官、石原莞爾、板垣征四郎の名を出した。

「中国人の抗日組織が協力してくれました。でも、三人の排除では不十分でした。満州事変の謀略は、こちらの歴史よりも少しあとに実行されたんです。けっきょく、もっとひどい戦争が起こっていた。終わるのも遅れ、また別の戦争が始まっていたんです」

直樹は、旅行鞄から、一度目に洞穴を戻ったときに手に入れたいくつかの新聞を出して守屋に渡した。そのうちの二紙は、小倉で買ったものだ。

「こういう時代でした。東京を含め、七つの都市に原爆が落ちた」

守屋がざっと見出しを読んでいったが、何も感想めいたことは言わなかった。ただ深く吐息をつきながら、首を横に振っただけだった。

「わたしひとりが洞穴を抜けて、それがわかった。自分の失敗が、より悲惨な歴史を作ってしまった。そんな歴史を向こうに置いてくるわけにはいきません。それでわたしはもう一度穴を通った」

「向こうに行ったのか」

「ええ。戻ってきたときよりひと月ばかりあとの時間に戻ることができましたよ。それで首謀者の残りのうち、浅井恒夫を排除したんです」

「彼が、後の戦争を主導したのか？」

「先生に、問題の三人以外の関係者として教えられていた将軍や佐官たちは、その後の戦史の中にはほとんど名前が出てこないんです。浅井が、司令官たち退場のあとの実力者として陸軍の中で出世していく。後の歴史で、帝国陸軍の参謀総長にまでなった」

「その歴史では、戦争はいつまで続いたのかな？」

「昭和二十一年の四月とのことでした」

「食べるものは何ひとつない冬も、なお戦争を続けたのか」

「想像を絶する地獄だったでしょう」

「原爆が七個落ちたと言ったな」

「東京に落ちたところで、一応は大日本帝国陸海軍は降伏、国は滅亡したんです」

「天皇制は残っていると？」

「天皇は京都御所にいる、と聞きましたが、元号は使われていませんでした」直樹は逆に訊いた。

「東京に戻るまでに知りましたが、中国の国共内戦は、共産党が勝って、中華人民共和国が成立したんですね」

「向こうの歴史では？」

「より悪い歴史では、決着はついていませんでした。アメリカ軍は国民党軍を支援して、中国紅軍、それにソ連軍と、主に中国北部で戦っています。再編制された日本陸軍も満州に派兵していた。朝鮮では朝鮮労働党が南に侵攻。アメリカ軍と新日本陸軍はこちらの戦線にも軍を送っていました。内戦も始まっていた。浅井は、内戦に原爆を使うとまで言っている。それで、浅井も排除しなければと、戻ったんです」

「その結果は？」

「浅井を一九三一年の十二月に排除して、もう一度洞穴をくぐってきたら、この歴史です。歴史は何も変わっていなかった。でもわたしには、もう一度あの洞穴を抜けて過去に行く気力はなくなっていた。それでなんとかこうして、東京に戻ってきたんです」

守屋が黙ったままなので、直樹は訊いた。

「先生の期待に応えられなかったことを、責めますか？」

「まさか」と守屋は首を横に振った。「でも聞かせてくれ。過去の歴史で、満州事変の首謀者四人までも排除したその旅の詳細を」

直樹は、順に自分たちの過去遡行の細部を詳しく話した。途中で守屋はお茶を頼み、お茶請けにアメリカの菓子を出してくれた。

直樹は、その二回の過去遡行の詳細、満州事変首謀者排除の一部始終を語った。ただし、話さなかった部分もある。明日は奉天に向かうという前夜、大連ヤマトホテルであったことは、守屋には言う必要もない。だから千秋が息を引き取る直前に言った言葉も、省略した。

守屋からの質問もなくなり、あらかた語り終わったところで、守屋は深くため息をついた。

「きみたちはたしかに、その後の歴史が変わるだけの歴史への干渉をやってくれた。たぶんきみが洞穴を戻ったりせず、そのままあちらの時間に残れば、戦争を回避できた歴史の中で生きることができたのだろう。満州国は作られず、支那事変もない。経済制裁もないから、真珠湾攻撃もないし、原爆投下もなかったんだ」

「わたしが先生に、戦争を止めてくれと頼まれることもなかった」

守屋は新聞を机の脇によけてから、直樹に確かめた。

「その必要もなかった。そういう歴史をきみが生きるならば」

「先生は、自分は戦争が回避された時間の中を生きることはできない、とわかっていたのですか？」

「いいや。ただ、自分が洞穴を抜けるのではないのだから、向こうで戦争を回避できたとして、自分はやはり戦争のある歴史を生きることになるのではないかとは、思っていた。わたしはじっさいに戦争の中をすでに生きてきたんだ。どこで変わる？」

「ある朝目覚めたら、歴史が変わっているのかもしれません。戦争の記憶はあるけれども、自分はたしかに戦争のない時代を生きてきたと確信できる朝が。まわりのすべてが、戦争はなかったことを証明してくれるような朝が」

「そんな都合のいいことを信じられるか？」

「わたしは、世界はどこまでも美しく、自分は世界のすべてのひとから愛されていると思って生きて、ある日それは完全な勘違いだと知った日のことを覚えています。誰かがどこか、わたしの知らない過去で、それまでの時間を変えてしまったかもしれない」

「わたしは歴史学を学んだし、残念ながら、そのような体験はなかったな」

「なのに、あの洞穴を使って戦争を回避しようとした。自分が平和の恩恵を受けるわけでもないのに?」

「洞穴がいったいどんなものであるか、わからなかった。いまでもわからない。ただ、伝承がそう解釈できるなら、賭けてみる価値はあると思ったんだ。そのとき、戦争を回避しようとする自分の存在と、回避された歴史を生きる自分の存在がどのような関係になるかは、答を持っていなかった。どうなるか、やってみなければわからないという気持ちだった」

「和久田先生は説明してくれるでしょうか?」

「きみが行く前の説明以上のことはできないだろう。それにいまは、アメリカだ。ロスアラモス国立研究所。原水爆の研究機関だ。ソ連も原爆実験に成功した。先生は不本意ながら、急き立てられて働いている、おそらく」

「一回目に戻ってきたときは、より悲惨な歴史のいまだった。でも浅井恒夫を排除して戻ったら、一回目に穴に潜る前の時間だったということですね。どうしてここは、行く前に自分が生きていた歴史なのでしょう?」

「わからない。わたしにはわからない。洞穴は、きみが変えた時間の未来にはつながっていなかったということなのだろうが、なぜつながっていなかったかは、わたしの知識の範囲を超えている」

それから守屋がふと思いついたという表情になった。

「大きな歴史は、変わっていないのかもしれない。別の言い方をすれば、変わっていないと見える程度の変わり方なのかもしれない。きみが二度目に洞穴を反対側から抜けて出てきたここは」

直樹は、いくらか意地の悪い気持ちで確認した。

「盧溝橋事件は?」

「昭和十二年の七月七日」

「真珠湾攻撃は？」

「昭和十六年の十二月八日」

「無条件降伏の玉音《ぎょくおん》放送は？」

「昭和二十年八月十五日」

少なくともいま確かめた点については、直樹たちは動かすことができなかったのだ。戦争は起こり、自分が生きた歴史どおりの事件がその日付で起こった。

守屋が立ち上がった。

「またあそこに行ってみようか」

「どこです？」

守屋は窓を指さした。

「塔の上だ」

直樹は外套の襟のボタンを留めて研究室の外へと出た。守屋も外套を着込んで、出てきた。


ひんやりと冷えきった講堂に入り、塔の屋上へ続く階段を上った。前回この塔に上ったのは、守屋先生に留置場から出してもらったときだ。歴史を変えて欲しい、過去に行ける洞穴があるのだと説得された日。本題に入る前にここに上って、戦後四年の、ようやく戦災からの復興が始まり出した東京の風景を見せられたのだった。

屋上に出ると、少し風があった。直樹は外套の襟を合わせてつかみ、背を少し丸めた。

守屋はゆっくりと屋上を手すり壁に沿って歩いてから、中央に立つ直樹に向かい合った。

守屋は言った。

「開国し、近代化して年々豊かになるはずだったこの国が、この惨状だ。あるときから狂い始め、狂いは途中で修正されることもなく、滅亡へと進んでいった。日本の民衆が営々と築き上げてきた富も都市も灰となり、国家資産は軍艦と砲弾と派兵の資金に消えた。四つの島で生き残った国民は、いまなお飢えからも、窮乏《きゅうぼう》からも逃れられていない。都市住民の多くは掘っ建て小屋の、六畳一間に家族四人五人と寝起きする暮らしだ。わたしが、どこかまだ修正の利く時点で歴史を修正したいと願ったことを、きみは嘲笑《あざ》うかね？」

「まさか。それが現実的なことであれば、笑うことなどできません」

「わたしたちの計画は非現実的だったか？」

「いいえ。少なくとも、過去に行けるという前提に誤りはなかった。問題は」直樹は一瞬言葉に詰まった。問題は何だったのだろう。直樹はなんとか言葉をひねり出した。「過去で未来を変えられるという部分が、科学的ではなかったんです」

「きみは一度は未来を変えた。違うかね？」

「悪いほうに。というか、あのような未来は変えようがなかったのかもしれない。あちらの歴史では、首謀者四人の排除があろうとなかろうと、ああなることになっていたのでは？」

「浅井恒夫を排除したあと、その未来は変わった」

「変えたというよりは、二度目に洞穴を抜けて帰ってきたとき、もとに戻ったんです」

「東京を見回してくれ。たしかに、あのときに戻ったか。多少の時間差はあるが、きみがいるのは、この前ここに来たときのあの東京か？」

「先生はどうなんです？　どこにいるんです？」

「きみを送り出したあとの時間だ。変わっていない。ここは、五ヵ月経てば変わるという程度の変化しかない」

直樹は塔の屋上を右回りに歩きながら、東京の午後の様子を眺めた。変わっていない。多少新たに建てられた建物とか建設途中の施設などは目に入っているのかもしれないが、変わっていると言えるほどの変化ではなかった。たぶん自分はあのときと同じ時間の流れに戻ってきて、ここにいる。

直樹は足を止め、あらためて守屋に向かい合って言った。

「わたしは同じ時間の流れに戻ってきたようです」

「そうか」と守屋はうなだれた。「洞穴の性格を確認もできないうちに、危険なことをさせてしまった。すまないと謝るだけでは済まないことだと思うが」

「わたしは先生に助けてもらえましたよ」直樹はその件も確認しなければと口調を変えた。「あの事件はどうなりました。王子でGIたちを死なせてしまった一件」

守屋は顔を上げた。

「安心していい。MPが軍の密売グループと日本人の窃盗業者らを摘発した。撃ち合いになって、三人が死んでいる。王子でGIともめたのは、そのグループだと結論が出た」

「つまり？」

「殺害犯はすでに死んでいる。あの事件は片がついたんだ。あんたは、自由に生きていける。この歴史で」

「そうですか。もう一度あの洞穴に飛び込む必要はなくなったんだ」

「そういう解決ができていなかったとしたら、あんたはまた洞穴に戻るかね？」

「まさか。洞穴はもう真《ま》っ平《ぴら》です。というか、いまさらあの時代に行くことはできません。どこか田舎に隠遁《いんとん》しますよ」

守屋が塔の階段への入り口に向かって歩き出した。

階段を下りているときだ。守屋がふいに踊り場で足を止めた。直樹も立ち止まった。

守屋は真顔で言った。

「糸魚川町《いといがわまち》の近くに、同じような伝承のある洞穴がある。ここは最後の百年戻しの記録は大正五年で、これに対応する地元の記録は天保十五年だ」

不安を感じて直樹は訊いた。

「何をおっしゃりたいんです？」

「そこなら、その」守屋は言いよどんだ。「収縮していたとしても、いまなら明治の中ごろに行けるかもしれないと、ふと思いついたんだ」

「明治の中ごろに行けるなら、何だと言うんです？」

「そのときなら歴史を変えることができるかもしれない。わたしたちは生まれていない。そこにわたしたちが存在しているという事実が、わたしたちが歴史を修正する制約にはならない」

直樹は笑った。いまこの場で取るべき正しい反応として、笑うしかなかった。

「洞穴がどんなものか、もう仮説の誤りは証明されたんでしょう？　固執《こしゅう》しないほうがいい。復興をきちんとやり遂《と》げることで、最悪の歴史を回避すればよいと思いますよ」ひとことつけ加えた。

「いまは」

階段のその先は、直樹が先に立って下りた。

守屋はもうひとことも話しかけてはこなかった。

講堂の外に出て、去る旨《むね》を伝えた。

守屋は、消え入りたいとでも思っているかのような表情で言った。

「一度、あんたに満州でのできごとをもっと語ってもらいたい。聞かせてもらえるだろうか？」

「かまいませんよ」

「連絡はどうしたらいい？」

「わたしから先生に連絡を取ります。落ち着いたところで」

「落ち着くためのおカネはあるかね。少しなら用立てることはできると思う」

「必要になったら訪ねてきます」

守屋はうなずいた。直樹は守屋に目礼すると、振り返って大学の正門に向かって歩き出した。学生たちの姿はろくに見ない。自分の靴音だけが、真冬の大学の構内に硬く響いた。

直樹は正門を出ると、市電を乗り継いで上野《うえの》駅に向かった。

上野駅からは京浜《けいひん》線で赤羽に向かうつもりだった。こちらの時間では三年前、自分が復員してきた直後に短期間働いた鞄工場がある。そこには知り合いがまだいるはずだ。

給料が低過ぎて不平を言った以外には、とくに問題を起こして辞めた勤め先でもない。遠縁の者の紹介で勤めた会社だから、直樹の学歴も兵歴も知られている。就職先を探すとき、何かしらの力になってくれる者が誰かいるのではないか。短期間だけつなぎで働かせてもらうのでもいい。

どうしても無理なら、秋葉原《あきはばら》で仕事口を探してみる。あまり選ばなければ、直樹の年齢の男であれば、何かしらの仕事は探せるだろう。

上野駅で京浜線の葡萄《ぶどう》色の車両に乗った。かなり混んでいて、直樹はドアに身体を押しつけるかたちで、外に目を向けることになった。

列車が走り出した。

直樹の乗る車両がホームの中ほどまで走ったときだ。ホームの反対側に停まった山手《やまて》線の列車から、客がどっと降りてくる。その中に、ひと組の男女を見た。笑い合って降りてきたのだ。新婚夫婦かと見えるような印象があった。

与志と、千秋だった。

そんな。

目を凝らした。間違いないと見えた。ふたりは直樹の乗る車両には目を向けてこない。列車はどんどんと加速していく。ふたりはすぐに人混みに紛れて、後方へと去り、見えなくなった。

動揺しながら直樹はいま見たものをもう一度反芻した。見間違い？ いや、自分はたしかにふたりの顔をはっきりと見た。与志と千秋だ。身なりこそ、この季節の貧しい日本人が着るものだったけれど、あの顔は、そして表情は、幸福そのものの与志と千秋だった。

ひとりだけよく似た者がいたのではない。ふたりが一緒に、自分から七、八メートルしか離れていない場所に現れたのだ。間違いではない。

列車はなお加速していく。

もう窓の外に見えるのは、鶯谷《うぐいすだに》方向に連なる掘っ建て小屋の連なりだった。

ふたりは生きていた？

どうしてだ。自分は最初に過去に行ったとき、与志の死を確認している。脈も診た。

千秋は二度目に行ったときに、自分の顔の下で死んだ。浅井に背中から心臓を撃たれ、大量出血で息を引き取った。やはり自分は脈も診て、その死を確かめている。

なのに、どうして？

直樹は守屋の質問を思い出した。

あのときに戻ったか?

塔の屋上から見る東京の景色には、そうだと思えた。自分が行ったときの時間だ。その少しだけ延長にある東京だ。

先生はこんなふうにも言った。

変わっていないと見える程度の変わり方なのかもしれない。きみが二度目に洞穴を反対側から抜けて出てきたここは。

自分は、少しだけは変わった未来に来ているのか?

なら、それはそれでいい。その事実を受け入れる。自分たちは過去に行き、少しだけ歴史に干渉することで、違う未来を招来したのだ。もとより意義を受け入れての「旅」ではなかったし、ましてや使命感があって行った旅でもない。自分には何の徒労感もない。生き延びたことを、ただ喜びうる。親しくなった者たちの生還もだ。

この歴史では、少なくとも与志と千秋は生きている。自分たちはこの戦後を生き抜いているのだ。

直樹は走る列車の中で、口に出して言った。

「それならば、それでいい」

電車は鶯谷の駅に向けて減速を始めた。ガタリガタリと、連結器がぶつかり合う音が響いてきた。


(終わり)

初出
「小説宝石」二〇二二年四月号～十一月号、二〇二三年一・二月合併号～三月号

佐々木 譲（ささき・じょう）

1950年、北海道生まれ。'79年「鉄騎兵、跳んだ」でオール讀物新人賞を受賞しデビュー。'89年刊行の『エトロフ発緊急電』で、山本周五郎賞、日本推理作家協会賞、日本冒険小説協会大賞を受賞。2002年『武揚伝』で新田次郎文学賞、'10年『廃墟に乞う』で直木賞を受賞。'17年には日本ミステリー文学大賞を受賞している。著書に『ベルリン飛行指令』『笑う警官』『制服捜査』『警官の血』『暴雪圏』『警官の条件』『地層捜査』『天下城』『警官の掟』『沈黙法廷』『真夏の雷管』『英龍伝』『抵抗都市』『図書館の子』『帝国の弔砲』『闇の聖域』『樹林の罠』ほか多数。

時《とき》を追《お》う者《もの》

2023年５月30日　初版１刷発行

著　者　佐《さ》々《さ》木《き》 譲《じょう》

発行者　三宅貴久

発行所　株式会社 光文社

〒112-8011　東京都文京区音羽1-16-6

電話　編　集　部　03-5395-8254

　　　書籍販売部　03-5395-8116

　　　業　務　部　03-5395-8125

URL　光　文　社　https://www.kobunsha.com/

組　版　萩原印刷

印刷所　萩原印刷

製本所　ナショナル製本

ISBN978-4-334-91530-8